Nachhaltigkeit liegt uns am Herzen.

Hergestellt in Deutschland
Gedruckt auf FSC®-Papier
Lösungsmittelfreier Klebstoff
Drucklack auf Wasserbasis

Natürlich
magellan

Esther Kuhn

SOS Mission Blütenstaub

Der Honigladen

Hugo

»Hugo Kalinski!«

Die blöde Berta. Ich stehe mit dem Fahrrad an der roten Ampel und kann weder vor noch zurück.

»Komm mal hier rechts rausgefahren, Freundchen«, sagt sie, während sie einem alten Opel im Vorbeigehen ein Knöllchen unter den Scheibenwischer klemmt. »Ich möchte mal einen Blick in deinen Anhänger werfen.«

Rot.

Immer noch Rot.

Dunkelrot.

Orange.

Endlich!

Grün.

Ich trete in die Pedale und gebe Gas.

»Hugo. Bleib stehen!«, höre ich sie keifen, während ich mich so schnell wie Flash aus dem Staub mache. Dass die alte Doofitesse mich nicht einfach in Ruhe lassen kann. Dabei kann sie mir gar nichts Illegales nachweisen. Ich bin doch nur ein Junge, der mit seinem Fahrrad spazieren fährt.

So eine verdammte Schweinepest.

Jetzt muss ich auch noch einen Umweg zur Krämergasse fahren, unten am Fluss entlang, damit ich ihr nicht noch mal in die Arme laufe. Ich beeile mich, denn meine Kunden sind Pünktlichkeit gewohnt. Vor allem Frau Meister, die jeden Samstag Punkt neun Uhr da ist, wenn ich meinen Laden öffne.

Schon von Weitem sehe ich sie an der Brücke stehen.

»Frau Meister«, rufe ich und strample den kleinen Pfad vom Ufer hinauf in die Krämergasse.

Oben angekommen, steige ich völlig außer Atem ab und hänge das Pappschild mit der Aufschrift »Hugos Honigladen« schön sichtbar vorne an meinen Lenker.

Meine Lieblingskundin lächelt mir entgegen.

»Sie sehen heute Morgen echt bunt aus. Steht Ihnen«, sage ich. In Wahrheit sieht sie echt schräg aus. Sie trägt lila Pluderhosen, einen orangen Poncho und einen grünen Hut dazu. Die Arme muss farbenblind sein oder verrückt. Aber wer Kunden gewinnen will, sollte freundlich sein und Komplimente machen. Das nennt man *Marketing*. Sagt zumindest der Ritchie. Der wohnt bei mir im Hochhaus in der Wohnung gegenüber und macht zurzeit 'ne Lehre bei der Bank.

»Wo hast du denn gesteckt?«, fragt Frau Meister. »Ich war schon kurz davor, zurückzulaufen und bei der Konkurrenz zu kaufen.« An ihrem Arm hängt ein Korb voller Gemüse und Obst, frisch vom Markt um die Ecke.

»Was? Beim alten Lümmerlein? Das können Sie mir nicht antun.«

Herr Lümmerlein ist Bauer und Imker. Er hat einen großen Stand auf dem Markt. Dagegen bin ich noch ein kleines Licht. Noch!

»Schon gut. Ich hab ja extra gewartet und drauf gehofft, dich zu treffen. Dein Honig ist immer noch der beste der Stadt.«

Schnell lüfte ich die alte Decke über meinem Anhänger, greife in die Kiste darunter und halte ihr zwei Gläser entgegen.

»*Blütenliebe* oder *Frühlingsmagie*? Die Etiketten sind Kunst. Hab ich selbst designt.« Ich hasse Malen. Jeder Vierjährige malt besser als ich. Die Bienen sehen aus wie Fledermäuse mit gelb-schwarzen Streifen.

Aber Ritchie sagt: »Hugo, Alter, du musst voll an das glauben, was du machst. Nur wenn du deinen Honig richtig geil findest, dann überzeugst du auch die Kunden.«

»Einmal *Blütenliebe*, bitte«, sagt sie und drückt mir einen Zehneuroschein in die Hand. Ein Glas Honig kostet fünf Euro, also müsste ich ihr jetzt eigentlich fünf Euro zurückgeben, aber ich habe kein Kleingeld dabei.

»Ich kann leider noch nicht rausgeben«, gestehe ich. Sie lacht und winkt ab.

Ich bedanke mich, sie wünscht »Frohe Ostern« und schlendert davon.

Zehn Euro. Das ist ein prima Start in den Tag. Schnell checke ich das Lager. Neun Honiggläser und achtmal Marmelade, dazu ein paar Kerzen aus Bienenwachs.

»Ist der Honig von Bienen aus dieser Gegend?«

Als ich mich umdrehe, erschrecke ich. Nicht vor der Frau, die mich gerade angesprochen hat, sondern vor dem Mädchen neben ihr. Es trägt eine weiße Atemschutzmaske über Mund und Nase. So etwas habe ich zuvor nur zwei Mal gesehen. Im Krankenhaus und in einer Fernsehsendung über China. Dort ist die Luft in Großstädten so schlecht, dass viele Menschen sich mit solchen Masken vor den Abgasen schützen. Aber hier mitten in der Altstadt in einer kleinen Gasse, in der noch nicht mal Autos fahren dürfen, riecht die Luft nur nach nassen Pflastersteinen vom Regen der letzten Nacht und nach Frühlingsblumen.

»Was kann ich für Sie tun?«, frage ich freundlich, ganz Marketing-Profi, um von meiner Verwunderung abzulenken. Aber die geröteten Augen des Mädchens fixieren mich. Es weiß, was ich denke.

»Ich wollte nur wissen, ob dein Honig auch wirklich aus dieser Region stammt«, wiederholt die Frau.

»Ja, sogar direkt aus dieser Stadt. Meine Bienen wohnen hier gleich um die Ecke. Na ja, ein Stück ist es schon. Mit dem Fahrrad so sieben Minuten.«

Ich könnte ihr jetzt von dem Gartengrundstück meines Opas erzählen, von meinem Bienenvolk und meiner Arbeit als Imker, aber Ritchie sagt: »Kau den Kunden kein Ohr ab. Lieber lächeln statt zu viel Unfug quatschen.« Also lächle ich. Das Mädchen lächelt nicht. Das sehe ich sogar durch die Maske. Wie kann man nur so schlecht gelaunt sein, wenn Ferien sind und endlich wieder die Sonne scheint?

»Wir suchen einen Honig aus Frühlingsnektar. Es sollten eben viele Pollen aus der Gegend drin sein«, erklärt die Frau.

Ihre Tochter schweigt. Sie geht nicht in meine Schule, sonst würde ich sie kennen. Ihre braunen Haare trägt sie zu einem Pferdeschwanz gebunden. Ohrringe und Kette mit Herzanhänger passen zueinander. So schick, wie sie angezogen ist, mit 'nem Blumenkleid, geht sie bestimmt aufs Wirtschaftsgymnasium, wo alle reichen und schlauen Kids hingehen. Ich bin nicht doof, nur faul, sagt meine Mutter immer. Deshalb hat sie mich auf die Gemeinschaftsschule geschickt. Da gehen alle faulen Schlauen hin. Aber natürlich auch die Doofen. In Zukunft will ich mir mehr Mühe geben. Wenn ich irgendwann mal reich werden will, muss ich auf jeden Fall gut in Mathe sein und in Marketing. Sagt der Ritchie.

»Da habe ich genau das Richtige«, sage ich und präsentiere stolz ein Glas *Frühlingsmagie*. Dabei lächle ich wie auf einem Werbeplakat für Zahnpasta.

»Wir nehmen drei.«

Während ich mich gerade über die große Bestellung freue und drei Gläser den Besitzer wechseln, sehe ich aus den Augenwinkeln das Unglück nahen.

Strammen Schrittes kommt die blöde Berta auf uns zu, den Blick zum Glück auf ihren Knöllchen-Minidrucker gerichtet. Dass sie auf ihrer Suche nach Parksündern hier entlangkommt, ist echt ärgerlich. Es war bisher so ein sicherer Standort für meinen Laden.

Verdammt.

»Das macht fünfzehn Euro«, sage ich und hoffe, dass die Kundin schnell ist.

»Hey«, ruft Berta. Sie hat mich gesehen. Jetzt nix wie weg.

Die Kundin kramt immer noch in ihrer Tasche. Fünfzehn Euro oder eine Anzeige wegen unerlaubtem Handel mit Lebensmitteln? Da brauche ich nicht lange zu überlegen.

»Zahlen Sie einfach beim nächsten Mal«, sage ich und schwinge mich auf mein Rad, während Berta wie ein Rennpferd von Trab in den Galopp wechselt. Ich lasse zwei verdutzte Kundinnen und eine wütende Politesse zurück.

»Bleib stehen«, höre ich sie noch rufen, bevor ich um die Ecke biege. »Hugo Kalinski. Ich weiß genau, was du tust!«

Weil sie mich beinahe erwischt hätte, muss ich heute leider eine Pause einlegen, denn sie wird mich überall in der Stadt suchen. Deshalb besorge ich Brötchen und fahre erst mal nach Hause. Morgen, am Sonntag, stehen meine Chancen besser, dann arbeitet die blöde Berta nicht.

»Bin wieder da!«, rufe ich fröhlich durch die Wohnung. »Hab Frühstück mitgebracht.«

Normalerweise schläft Mama immer lang, wenn sie Spätdienst hat. Aber die Tür zu ihrem Schlafzimmer steht offen und das Bett ist leer.

In der Küche finde ich sie und weiß sofort, dass etwas nicht stimmt. Es riecht nach Qualm. Sie hat wieder heimlich geraucht. Das macht sie immer, wenn sie unter Stress steht.

Aus dem Aschenbecher, der auf dem Tisch auf dem Balkon steht, ringeln sich noch kleine Rauchfäden in die Lüfte.

Mama folgt meinem Blick. Sie weiß, dass ich es weiß, aber sie versucht es trotzdem mit einer Ausrede: »Gloria war noch kurz da. Sie ist gerade erst weg. Müsstest ihr eigentlich noch begegnet sein.« Gloria wohnt im sechsten Stock rechts. Sie ist die beste Freundin meiner Mama und raucht tatsächlich wie ein Schlot. Allerdings waren ihre Rollläden eben noch heruntergelassen. Sie schläft immer bis in die Puppen. Das ist berufsbedingt, denn Gloria gehört das Melody, eine Karaokebar hier um die Ecke. Daher kennen sich die beiden. Meine Mama singt nämlich leidenschaftlich gern. Allerdings habe ich sie schon lange nicht mehr singen gehört und jetzt gerade sieht sie auch überhaupt nicht nach einem frohen Lied auf den Lippen aus. Sie nimmt den letzten Schluck Kaffee aus der Tasse und zeigt auf den Stuhl neben sich.

»Ich muss dir was sagen, Großer. Setz dich zu mir.«

Sätze, die mit »Ich muss dir was sagen« beginnen, bedeuten nix Gutes. Das weiß ich seit dem dritten September im vergangenen Jahr. Da saß meine Mama genauso an diesem Tisch wie jetzt, mit gesenktem Kopf und Tränen in den Augen. Alles in mir erinnert sich. Das mulmige Gefühl im Bauch ist wieder da, und ich höre ihre Worte in meinem Kopf: »Okay, Hugo, du musst jetzt ganz stark sein. Das Krankenhaus hat eben angerufen. Dein Opa. Es tut mir so leid, Großer, aber dein Opa ist tot.«

Das waren die schlimmsten Minuten meines Lebens. Es hat sich angefühlt, als würde ich selbst jeden Moment einen Herzinfarkt bekommen, so wie er. Und danach wurde es nicht besser. Von morgens bis nachts verfolgte mich diese Scheißtraurigkeit wie das Surren einer Stechmücke. Immer wenn ich dachte, sie ist endlich weg, dann war sie schon wieder da. Auch jetzt, in diesem Moment. Ich vermisse ihn schrecklich.

Ob wieder jemand gestorben ist? Der Gedanke gruselt mich. Vielleicht ist was mit meinem Vater, schießt es mir durch den Kopf. Aber selbst wenn? Ich kenne ihn gar nicht. Ich weiß seinen Namen, aber wir haben keinen Kontakt. Von Anfang an wollte er nichts von mir wissen. »Es war ein Unfall«, sagt Mama immer. Ich verstehe nicht so richtig, wie sie das meint. Aber eins weiß ich: Wenn ich ein Unfall war, dann hat er Fahrerflucht begangen. Zur Strafe muss er jeden Monat Geld für mich bezahlen. Manchmal macht er das sogar. Aber wir brauchen ihn nicht. Wir kommen bestens alleine klar.

Alles in mir sagt, dass es jetzt besser wäre, schnell wegzulaufen. Trotzdem setze ich mich.

»Hugo.« Mama legt ihre Hand auf meinen Arm. Sie kann mich nicht ansehen. Das ist ein schlechtes Zeichen. Sie atmet tief ein, dann sagt sie es: »Der Garten ist verkauft.«

Ich höre die Worte, aber verstehe im ersten Moment nicht wirklich, was sie bedeuten sollen. Der Garten ist verkauft. Was redet sie da? Das kann sie doch jetzt nicht gesagt haben?

»Opas Garten?«, frage ich deshalb, noch ganz ruhig, als ginge es mich nichts an.

»Großer, ich weiß, wie viel dir der Garten bedeutet. Und denk ja nicht, dass es mir leichtgefallen ist. Es tut mir auch weh. Sehr sogar. Aber manchmal gibt es Zwänge im Leben.«

Was denn für Zwänge? Ich verstehe immer noch kein Wort.

»Mit dem Geld, das ich bekommen habe, kann ich jetzt endlich unsere ganzen Rechnungen bezahlen«, sagt sie und schiebt einen Stapel Briefe zur Seite, der schon seit Tagen ungeöffnet auf dem Tisch liegt. »Und wir können hierbleiben, in unserer Wohnung. Als Krankenpflegerin verdiene ich nicht sehr viel. Jetzt können wir uns die Miete leisten, auch ohne Opas Rente. Du wohnst doch gerne hier, oder Hugo?«

Ich will weinen, aber ich schreie.

»Bist du völlig bescheuert?« Mit Wucht stehe ich auf, so blitzschnell, dass mein Stuhl polternd nach hinten umfällt. »Das ist mein Garten. Den kannst du gar nicht verkaufen ohne meine Erlaubnis. Opa wollte, dass ich mich darum kümmere.«

Dann spüre ich die Tränen. Sie laufen und laufen und ich habe nur noch einen Gedanken. Das kann sie nicht machen! Der Garten ist doch alles, was mir von ihm geblieben ist auf dieser Welt.

Meine Freunde fallen mir ein, meine kleinen summenden Kameraden. Sie wohnen schließlich dort.

»Was ist mit den Bienen?«

Sie kann mich nicht ansehen. Stattdessen schaut sie aus dem Fenster in den Himmel.

»Herr Lümmerlein holt sie heute Abend ab.«

Ich explodiere vor lauter Wut.

»Herr Lümmerlein? Niemals. Eher fällt die Sonne vom Himmel.«

Meine Mutter versucht, mich zu beruhigen, mich aufzuhalten, aber ich lasse sie einfach zurück an ihrem Scheißküchentisch und laufe weg.

Im ersten Moment bin ich völlig kopflos und weiß nicht, wohin, aber dann, als ich auf meinem Fahrrad sitze und in die Pedale trete, strampeln meine Füße drauflos, als wüssten sie den Weg.

Natürlich.

Es gibt nur einen Ort, an dem ich jetzt sein will.

Die langweiligsten Ferien aller Zeiten

Merle

»So, Mund auf, jetzt kommt dein Löffelchen Medizin«, sagt meine Mutter, als wäre ich drei Jahre alt.

Dann steckt sie mir einen ganzen Löffel voll Honig in den Mund. Er ist cremig und so süß. Einen Teil davon halte ich auf der Zunge und koste den Geschmack aus. Dabei fällt mir plötzlich die wütende Politesse ein, die unbedingt wissen wollte, ob der Junge uns etwas verkauft hat.

»Wieso hast du den Jungen eigentlich nicht verpfiffen?«, frage ich. Es wundert mich, denn meine Mutter ist sonst in allem so korrekt.

»Ich wollte nicht, dass er Ärger bekommt. Hast du nicht gesehen, wie arm er aussah? Die Schuhe waren schon total alt und abgelaufen. Und er hatte ein Loch in der Jeans.«

Das ist eine rührende Erklärung, aber ich bin nicht blöd. Natürlich ging es ihr auch um den Honig. Den hätten wir bestimmt als Beweis bei der Polizei abgeben müssen. Sie hofft so sehr, dass die Pollen darin etwas gegen meinen leidigen Heuschnupfen ausrichten können. Angeblich gewöhnt sich der Körper mit jedem Löffel mehr an die Pollen und reagiert dann nicht mehr ganz so krass darauf. Dr. Lauermann hält das für Quatsch, mein Vater auch, aber meine Mutter hat mal was drüber gelesen, und jetzt probieren wir es eben aus. Es kann ja auch nichts schaden.

»Wir haben den Honig nicht mal bezahlt«, merke ich an. Meine Mutter nickt. »Wenn wir ihn noch mal in der Stadt sehen, bekommt der Junge sein Geld. Versprochen.«

Mein Handy surrt. Es ist eine Nachricht von Emilia.

Um in Ruhe zu chatten, ziehe ich mich in mein Zimmer zurück.

»Schon wach?«, fragt mich Emilia mit einem schnarchenden Smiley dahinter. Klar, ich penne gerne lang, aber es ist fast elf Uhr. Was denkt sie sich bloß? Dass ich ein Faultier bin?

»Hä???? Seit Stunden. Ich war sogar schon in der Stadt. Und du? Liegst du am Strand?«

Mit einem traurigen und einem wütenden Smiley antwortet sie: »Sitzen am Flughafen fest. Wegen was auch immer hat der Flug Verspätung. Sterbe vor Langweile.«

»Aber immerhin hast du Sonne und Meer vor dir. Ich nur zwei Wochen Ferien mit mir alleine. Das wird die Hölle.« Ich garniere meine Nachricht mit einem Teufelchen. Tatsächlich fürchte ich mich vor den Ferien. Außer Emilia habe ich noch keine andere Freundin gefunden. Sie ist die Einzige aus meiner neuen Klasse, mit der ich mich gut verstehe und die mich schon mal zu sich nach Hause eingeladen hat. Die anderen Mädels haben irgendwie alle schon beste Freundinnen oder gehören zu irgendeiner hippen Clique, die sich nicht mit einem Mädchen mit einer Monstermaske zeigen will. Obwohl das nicht der einzige Grund sein kann, denn als wir letztes Jahr hergezogen sind, hatte ich ja gar keine Maske im Gesicht. Über Herbst und Winter macht der lästige Heuschnupfen zum Glück mal Pause.

Also ist die Wahrheit noch schlimmer. Sie mochten mich wohl einfach nicht. Warum auch immer.

Ein Brummen kündigt Emilias nächste Nachricht an: »Komm doch nächstes Jahr einfach mit. Ist ein cooles All-inclusive-Hotel. Wird dir gefallen. Meine Eltern haben nichts dagegen.« Dickes rotes Herz.

Für einen Moment sehe ich mich zusammen mit Emilia ganz gechillt am Pool liegen. Die Vorstellung gefällt mir.

»Ich frag meine Eltern. Das wäre so fett.«

Mit Palmen- und Flugzeug-Stickern verabschiedet sich Emilia: »Geht los. Endlich!«

Ich würde alles darum geben, wenn ich jetzt auch in dieses Flugzeug steigen könnte. Aufgeregt stürme ich Mamas Homeoffice. Gerade hackt sie mit flinken Fingern hochkonzentriert in die Tastatur. Sie arbeitet als Übersetzerin für Englisch und Französisch. Mit einer Hand wehrt sie mich ab und gibt mir zu verstehen, dass ich jetzt auf keinen Fall etwas sagen darf, damit sie den Faden nicht verliert. Dann höre ich den letzten Buchstaben klacken, sie sieht mich an, und ich weiß, dass ich dran bin. Ohne Umschweife komme ich zum Punkt: »Darf ich nächstes Jahr mit Emilia nach Gran Canaria? Ihre Eltern haben schon Ja gesagt.«

Meine Mutter schnauft. Sie muss es gar nicht sagen. Die Antwort steht ihr schon ins Gesicht geschrieben.

»Nein.«

»Aber warum?«

»Weil ich nicht möchte, dass du mit wildfremden Leuten alleine in Urlaub fährst.« Sie tut gerade so, als wäre das die verrückteste Idee der Welt. Dabei hab ich das schon oft gehört, dass Familien Freunde ihrer Kinder mit in den Urlaub nehmen. »Bis nächstes Jahr ist noch viel Zeit. Ihr könnt Emilias Eltern kennenlernen. Dann sind sie ja nicht mehr wildfremd.«

»Trotzdem. Dafür bist du noch zu jung. Die nächsten Jahre kannst du erst mal schön mit uns in den Urlaub fahren.«

»Okay. Dann hätte ich einen anderen Vorschlag: Wir fliegen einfach auch über Ostern in dasselbe Hotel.«

»Das geht nicht. Dein Vater hat im Frühling einfach zu viel in der Firma zu tun.«

Ich merke, dass ich verächtlich mit den Augen rolle. Ich kann es nicht verhindern. Sie hat es gesehen.

»Dafür fahren wir ja im Sommer«, sagt sie und fängt schon wieder heimlich mit einer Hand an zu tippen.

»Ja, eine lausige Woche«, motze ich.

»Dafür aber in ein Wellness-Luxus-Hotel mit allem Pipapo.« Sie schnalzt mit der Zunge.

»Aber ohne andere Kinder.« Jetzt rollt meine Mutter genervt mit den Augen. Sie hält mich für undankbar. »Und was ist mit Weihnachten? Da fahren wir schließlich immer ein paar Tage Ski und du kannst jederzeit zu Oma und Opa. Ich muss nur anrufen. Wenn du willst, kann ich dich morgen mit dem Zug hinbringen und du machst dort ein bisschen Ferien. Sie würden sich bestimmt freuen, wenn du kommst.«

»Nein. Da ist es ja auch todlangweilig.«

Gestresst reibt sie sich die Nasenwurzel.

»Ich verspreche, dass ich mir in den nächsten Tagen Zeit nehme. Sobald ich diesen Text fertig habe, können wir zusammen ein bisschen was unternehmen, okay? Wir machen es uns schön.«

Für meine Mutter ist das schon ein großzügiges Angebot. Auch wenn sie zu Hause arbeitet und man meinen könnte, dass sie viel Zeit für mich hat, ist sie doch meistens mit ihrer Arbeit, ihren Hobbys und ihren neuen Bekanntschaften beschäftigt. Also schlage ich gleich zu: »Wie wäre es mit Inlineskaten im Park?« Zu Weihnachten hab ich Inliner von meiner Patentante aus Hamburg geschickt bekommen. Seit Wochen freue ich mich darauf, sie auszuprobieren. Aber meine Mutter guckt mich an, als hätte ich ihr Bungee-Jumping vorgeschlagen.

»Sieh dir deine Augen an, Kleines. Sie sind immer noch knallrot. Wir waren heute lange genug draußen. Wie wäre es, wenn du duschen gehst und dir erst mal die Pollen aus den Haaren wäschst. Dann wird es bestimmt gleich besser.«

Sie versucht abzulenken, aber so schnell gebe ich nicht auf. »Dann Schwimmbad? Keine Pollen, Spaß und duschen auf einmal?«

Sie schnauft noch mal wie ein müdes Lastenpferd. Begeisterung sieht anders aus.

»Wir könnten zusammen was spielen, hier zu Hause«, schlägt sie vor.

»Okay.« Ich nehme, was ich kriegen kann: »Wie wäre es mit Autorennen? Aber bitte am großen Fernseher im Wohnzimmer. Da geht es richtig ab.«

»Was?«

»Na Autorennen. An der Konsole.«

»Ich dachte eher an Mensch-ärgere-dich-nicht oder so. Ein schönes Brettspiel.«

Es ist zum Verzweifeln. Hat sie gerade Brettspiel gesagt?

Das werden auf jeden Fall die langweiligsten Osterferien aller Zeiten.

Die Entführung

Hugo

Tausend Erinnerungen wirbeln durch meinen Kopf, als ich mein Fahrrad durch das Gartentor schiebe. In Gedanken sehe ich meine erste Sonnenblume vor mir. Direkt neben der Gartenlaube hatte ich sie gepflanzt. Sie war riesig und ragte sogar über das Dach. Es gibt ein Foto davon, auf dem mein Opa, die Sonnenblume und ich nebeneinanderstehen wie drei alte Freunde. Beim Blick auf das verwilderte Gartenbeet fällt mir das Bohnentipi ein, das mein Opa jedes Jahr für mich gebaut hat. Ein cooles Versteck. Plötzlich muss ich an unsere Wasserschlachten denken. Ich war meistens schneller, aber mein Opa konnte besser zielen. In meiner Erinnerung trifft mich ein Strahl eiskaltes Wasser volle Kanone am Rücken. Schallend höre ich Opa Jakobs Lachen. Es ist so ansteckend, dass ich mitlachen muss, obwohl ich klatschnass bin.

Für einen Moment habe ich das Gefühl, dass er gar nicht tot ist. Ich stelle mir vor, wie er aus der Gartenlaube kommt und zu mir herüberwinkt. So als wäre alles nur ein schrecklicher Albtraum, aus dem ich aufwachen kann. Er kommt zu mir, nimmt mich in den Arm und sagt: »Na, mein Junge.«

Doch so ist es nicht.

Die Tür der Gartenlaube bleibt zu.

Wütend trete ich gegen den Kirschbaum vor mir, so doll, dass es rosa Blüten regnet.

Ich weiß, was er in diesem Moment gesagt hätte: »Schenk deine Wut doch lieber jemandem, der sie gebrauchen kann.«

Gute Idee.

Ich gehe in den Werkzeugschuppen und bewaffne mich mit Handschuhen, Harke und Spaten. Dann schenke ich meine Wut dem Gartenbeet. Im Sommer wachsen hier Salate, Zucchini und Bohnen, jetzt wuchern Gräser, Löwenzahn und Disteln. Ich ziehe am Unkraut, als wären es die Haare des neuen Besitzers. Wer er ist, weiß ich nicht, aber ich hasse ihn.

Doch den größten Batzen Wut hebe ich noch auf. Für später. Denn ich habe eine Entscheidung gefällt: Herr Lümmerlein wird meine Bienen niemals kriegen. Wenn er heute Abend herkommt, um sie mitzunehmen, sind sie einfach nicht mehr da. Weil ich, Hugo Kalinski, sie von hier entführen werde.

Dummerweise kann ich das nicht sofort tun. Die Bienen sind noch unterwegs. Sie arbeiten, bis die Sonne untergeht. Überall in den Obstbäumen um mich herum höre ich sie summen. Deshalb muss ich bis zur Dämmerung warten.

Bis dahin habe ich Zeit, ein Versteck für sie zu finden. Es muss mindestens drei Kilometer von hier weg sein, sonst finden sie den Weg zurück in ihr altes Zuhause.

Bevor ich die Entführung vorbereite, besuche ich sie noch kurz. Die Beute, das ist der Holzkasten, in dem mein Bienenvolk lebt, steht ganz am anderen Ende des Gartens. Am Flugloch herrscht gerade Hochbetrieb. Die Sammelbienen fliegen in Sekundenschnelle rein und raus. Die einen machen sich auf die Suche nach Nektar, Honigtau und Pollen, die anderen bringen gerade ihre reiche Ernte zurück. Es duftet herrlich, schwer und süß nach Holz, Honig und Blütensaft.

Zurück im Schuppen hole ich meine Imkerjacke, den Hut mit Schleier und Handschuhe. Zusammen mit den anderen Werkzeugen, die man für die Arbeit an Bienen braucht, stopfe ich alles in meinen Anhänger. Das ganze Zeug kann ich im Keller zwischenlagern. Da stehen auch die Honigschleuder, leere Gläser für die nächste Ernte und all meine Produkte für den Honigladen. Nur die Bienen kann ich natürlich nicht im Keller verstecken. Da muss mir noch was Besseres einfallen.

Als ich ein paar Stunden später zurück in den Garten komme, ist die Sonne schon fast weg. Jetzt muss ich mich beeilen. Herr Lümmerlein ist bestimmt schon auf dem Weg hierher. Er ist ein Experte wie ich und weiß, was zu tun ist. Aber ich muss schneller sein.

Vorsichtig schiebe ich den Anhänger meines Fahrrades rückwärts bis an die Beute heran. Ich warte noch kurz, bis die letzten Bienen nektarschwer im Flugloch verschwunden sind, dann verschließe ich es mit einem Korken.

Blitzschnell.

Denn die Wächterbienen nehmen ihren Job sehr ernst und greifen an, wenn sie sich bedroht fühlen.

Geschafft.

Jetzt kommt der schwierigste Teil meiner Mission.

Die Beute steht zwar auf Holzpaletten, die genauso hoch sind wie mein Anhänger, also theoretisch dürfte es kein Problem sein, sie auf den Anhänger zu schieben. Aber praktisch ist es eins.

Denn das Ding ist höllisch schwer. Nicht nur, dass zurzeit mindestens zwanzig- bis dreißigtausend Bienen darin wohnen, auch die Waben sind gefüllt: manche mit Larven, manche mit Pollen, manche schon mit dem ersten Honig des Jahres.

Aber Jammern nützt nichts. Ich muss es versuchen. Irgendwie.

Mit meinen Handflächen drücke ich gegen die Holzkiste, aus der ein tief tönendes Summen erklingt, aber die Beute bewegt sich keinen Millimeter.

Zum Glück habe ich mir ja Wut aufgespart, Wut auf Herrn Lümmerlein. Dass der Garten verkauft ist, daran kann ich wohl nichts ändern. Schließlich bin ich ja nur ein Kind. Aber die Bienen, die gehören mir.

»Niemals. Niemals kriegst du meine Bienen«, rufe ich und versuche es noch mal. Mit aller Kraft stemme ich mich mit meinem Oberkörper dagegen.

Doch nichts passiert.

»Ich hasse dich, Lümmerlein«, knurre ich und versuche es, wieder und wieder.

Die Sonne ist inzwischen verschwunden.

Es dämmert.

Immer wieder halte ich den Atem an und lausche, ob ein Wagen den Zufahrtsweg entlangkommt oder sich Schritte nähern. Ich rechne damit, dass sich jeden Moment das Gartentor öffnet und Lümmerlein auftaucht. Ich muss mich beeilen, sonst war alles umsonst.

Also flüstere ich durch die Ritzen der Holzkiste.

»Ihr müsst mithelfen, verdammt noch eins.« Dann drücke ich mit aller Macht. »Bitte, bitte, bitte.«

Ich schwitze und stöhne und schiebe mit letzter Kraft, und plötzlich – ich weiß nicht, wie – bewegt sich der Kasten tatsächlich.

Krass.

So muss sich Hulk gefühlt haben, als er zum ersten Mal aus seinem T-Shirt geplatzt ist. Ich kann es kaum fassen, aber die Beute steht jetzt mitten auf dem Anhänger.

Keine Sekunde zu spät, denn ich höre Stimmen hinter der Hecke. Hektisch schiebe ich das Fahrrad samt Anhänger über die Wiese zurück in Richtung Gartenlaube. Fahren lässt es sich im Gras leider nicht. Meine Fracht ist einfach zu schwer!

Die Stimmen verfolgen mich auf meiner Flucht. Wir laufen gemeinsam in eine Richtung. Sie draußen auf dem Weg zum Gartentor und ich auf der Gartenseite. Wäre keine Hecke zwischen uns, würden sie mich sehen.

Verdammte Schweinepest. Sie werden mich erwischen.

Ich muss mich verstecken, nur wo?

Die Laube ist noch zu weit weg.

Das Tor geht auf.

Der Werkzeugschuppen!

Im letzten Moment schaffe ich es hinter die alte Bretterbude.

Erleichtert sinke ich zu Boden.

Das war so was von knapp.

Dann höre ich eine Stimme: »Hier entlang, Herr Lümmerlein, die Bienen stehen ganz weit dort oben. Wir müssen ein Stück die Wiese hinauf.«

Ich erstarre.

Meine Mutter. Diese Verräterin!

Ich möchte rausstürmen und sie anbrüllen, aber ich verharre und warte.

Es dauert eine Weile, bis die Stimmen zurückkommen.

»Tja, es tut mir leid, dass Sie jetzt völlig umsonst hergekommen sind«, entschuldigt sich meine Mutter.

»Unfassbar. Wer klaut denn Bienen?«, höre ich mit Freude Herrn Lümmerleins Fassungslosigkeit. »Also, das ist mir in fünfzig Jahren als Imker noch nie passiert. Sie sollten die Polizei rufen, Frau Kalinski. Und an Ihrer Stelle würde ich auch mal in der Laube nachsehen. Vielleicht haben die Diebe noch mehr mitgehen lassen.«

»Ich fürchte, ich weiß schon, wer die Bienen hat. Sehen Sie, mein Hugo hängt sehr an all dem hier. Für ihn war sein Opa wie ein Vater. Er war immer für ihn da. Schon als Hugo noch ein Baby war, hat er ihn mit hierhergenommen. Der Garten ist sein Zuhause und die Bienen sind seine Freunde. Ich bin mir sicher: Hugo hat die Beute weggeschafft.«

Lümmerlein lacht. »Nee, Frau Kalinski, da kann ich Sie beruhigen. Der Hugo hätte gar nicht die Kraft dazu. Der Kasten wiegt mindestens zwanzig Kilo. Je nachdem, wie viel Honig drin ist, sogar noch mehr. Vielleicht mit Hilfe, aber alleine auf keinen Fall.«

Ich halte die Luft an.

»Von wegen!«, möchte ich schreien. »Ich brauche niemanden.«

Aber ich halte die Klappe.

Staatsfeind Nummer 1

Merle

Sirenengeheul reißt mich aus dem Schlaf. Ich sitze senkrecht im Bett. Mein Herz rast, vor Schreck und vor Freude. Endlich kommt mal ein bisschen Action in diese stinklangweiligen Ferien. Aufgeregt greife ich zum Handy und stelle den Polizeiton ab. Nicht dass meine Eltern noch von meinem Spezialalarm wach werden. Außerdem gehört dieser Dieb, auf den ich schon seit Monaten warte, mir ganz alleine.

Neugierig öffne ich die neueste Nachricht auf meinem Display. Sie kommt direkt von unserem Haussicherheitssystem. Es ist modernste Technik. Sobald sich ein Einbrecher der Terrasse nähert, löst er einen Bewegungsmelder aus. Der informiert in Sekundenschnelle die Überwachungskamera. Die wiederum filmt den Verbrecher auf frischer Tat und sendet das Video an mich. So wie jetzt.

Ich klicke auf das Video und platze fast vor Spannung.

Zu sehen sind die Terrasse, der Rasen, die Grundstücksmauer.

Ja. Und jetzt? Wo ist er denn, der Einbrecher?

Nichts. Auf dem verdammten Video weht nicht mal ein leises Lüftchen.

»Merle. Merlelein.« Die Tür geht auf und meine Mutter streckt ihre Nase in mein Zimmer. »Alles klar?«

»Ja. War falscher Alarm. Sorry, wenn ich dich geweckt habe.«

»Mach das Ding aus und schlaf noch ein bisschen. Ich ruf dich, wenn es Frühstück gibt«, sagt sie und schließt die Tür.

Schlafen? Never.

Ich bin hellwach.

Aufgeregt springe ich aus dem Bett, schnappe mir die Fernbedienung und lasse per Knopfdruck die Jalousie meiner Fenster nach oben fahren. Wenn jemand in unserem Garten ist, dann kann ich ihn jetzt vielleicht noch sehen. Aber nein. Nichts. Nur der Rasen, die Wäschespinne, ein paar Büsche, die Mauer und … Jay Wilson. Ich sehe ihn durch das offene Fenster in unserem Nachbarhaus. Wir wohnen Garten an Garten und dummerweise haben wir beide die gegenüberliegenden Zimmer ausgewählt. Ich hasse ihn. Er ist eingebildet und arrogant. Obwohl er genau weiß, wer ich bin, beachtet er mich nie in der Schule. Kein Hallo, kein Lächeln. Klar, er ist ja auch schon in der achten Klasse. Da wäre es peinlich, dem seltsamen Mädchen mit der Monstermaske »Hallo« zu sagen.

Er filmt schon wieder sich selbst. Ich kann seinen Selfiestick sehen, mit dem er sich vor der Nase herumwedelt. Wahrscheinlich dreht er ein Live-Video für seinen Kanal »Krasser Scheiß TV«. Ich finde, es sollte »Totaler Scheiß TV« heißen, die Themen sind so unnötig und uninteressant. Dabei hat er mehrere Tausend Follower, alle Kids in der Stadt kennen ihn. Er ist voll der Star. Ich glaube, sie finden ihn toll, weil er in New York aufgewachsen ist. Damit gibt er auch gerne an. Ätzend.

Was macht er denn jetzt? Ach du heilige Scheiße, er isst doch nicht etwa ein rohes Ei? Na dann, rohe Ostern, du Idiot!

Ich fahre die Jalousie wieder runter. Es ist Zeit, das Geheimnis um den falschen Alarm zu lüften. Dieser doofe Bewegungsmelder muss kaputt sein. Eine andere Erklärung hab ich nicht. Ärgerlich checke ich das Video noch mal. Ein Schatten huscht vorbei. Was war das denn? Sekundenlang passiert wieder gar nichts.

Gerade will ich auf Stopp drücken, da endlich zeigt sich die Übeltäterin. Fassungslos starre ich auf das Display, dann muss ich laut kichern. Ziemlich frech steuert eine Biene direkt auf die Kameralinse zu. Sie fliegt ein paar Schleifen und kommt immer wieder ganz nah an die Kamera herangesurrt.

Ich lache mich schlapp. Ein Insekt hat den Alarm ausgelöst. Nicht so spannend wie ein Einbruch, aber lustig ist es allemal.

»Du sollst doch nachts dein Handy ausmachen«, sagt meine Mutter, als ich voll guter Laune das Esszimmer stürme. Sie stellt gerade gekochte bunte Eier auf den Frühstückstisch, der mit Tulpen und grünen Servietten festlich gedeckt ist. Sie hat ein Händchen für Dekoration.

»Was war denn los, Küken?«, will sie wissen.

»Das System spinnt. Irgendwas mit dem Bewegungsmelder stimmt nicht.«

Die Biene verschweige ich. Bienen sind für meine Eltern ein rotes Tuch. Staatsfeind Nummer 1. Sie haben riesige Panik, weil ich als Kleinkind zweimal gestochen wurde und es beim zweiten Mal beinahe nicht überlebt hätte. Durch das Bienengift hatte ich einen allergischen Schock. Da springen im Körper alle Sicherungen raus. Man kriegt Rötungen, Hautausschlag und juckende Augen. Hals und Gesicht schwellen an. Dadurch kann man nicht mehr schlucken und sprechen. Es folgen Übelkeit, Bauchkrämpfe, Erbrechen. Und wenn es ganz dumm läuft, ist man tot.

»Vielleicht hat der Osterhase den Alarm ausgelöst«, sagt meine Mutter und grinst. Ihre Augen leuchten.

Ich bin zwölf, aber meine Mutter denkt immer noch, dass ich sieben bin. Wie soll ich ihr bloß sagen, dass ich schon seit Jahren nicht mehr an den Osterhasen glaube.

»Willst du nicht mal nachsehen, ob der Osterhase da war?«

Sie klatscht vor Freude in die Hände wie ein Robbenbaby mit seinen Flossen und treibt mich dann mit beiden Armen ins Wohnzimmer.

Durch die große Fensterfront sehe ich den Garten. Ich laufe zur Schiebetür, öffne sie und sause hinaus. Unter meinen nackten Füßen spüre ich das taunasse Gras. Ich tanze und mein Nachthemd bauscht sich um mich wie eine Glockenblume. Dabei breite ich die Arme aus und atme ganz tief die wunderbare Ostersonntagmorgenluft ein.

»Merle? Willst du nicht anfangen zu suchen?«, höre ich meine Mutter. Sie reißt mich aus meinem schönen Gedanken. In Wahrheit stehe ich immer noch im Wohnzimmer. Denn in meinem Leben versteckt der Osterhase die Eier immer nur drinnen. Zumindest wenn es nach meinem Vater geht. Der ist noch viel strenger als meine Mutter. Sie weiß, dass es nicht gut für ein Kind ist, so eingesperrt zu sein. Vor allem, wenn draußen die Sonne scheint. Ich sehe es ihr an. Sie leidet mit mir. Ich klimpere mit den Wimpern. »War der Osterhase nicht zufällig auch draußen?«

Sie lächelt. »Es könnte sein, dass er auf seinem Weg im Garten noch ein, zwei Eier verloren hat.« Ich stürze mich in ihre Arme und drücke sie ganz fest.

»Du bist die Beste«, rufe ich und will jetzt tatsächlich losstürmen, als sie mich am Arm festhält.

Sie braucht ihren Einwand nicht auszusprechen, denn ich kenne das Aber.

… aber nicht ohne Schuhe, aber nicht ohne Weste, aber nicht ohne Atemschutz.

Schnell wie der Blitz ziehe ich mich an und öffne endlich die große gläserne Schiebetür. Meine Mutter folgt mir und schiebt die Tür genauso schnell hinter uns wieder zu. Sie hat Angst, dass der kleinste Windhauch Birkenpollen ins Haus tragen könnte.

Das Gemeine ist, dass der Blütenstaub winzig ist, ein weißgelbes Pulver. Für mich ist es wie unsichtbares Gift in der Luft. Ich kann mich nicht ducken, mich nicht davor verstecken. Auf Birke reagiere ich am heftigsten, da helfen nicht mal die Tabletten richtig. Deshalb trage ich zurzeit immer diese doofe Maske, wenn ich rausgehe. Sie schützt aber nur meine Atemwege. Meine Augen fangen sofort an zu jucken. Der Trick ist, nicht dran zu denken. Nur so kann ich es irgendwie aushalten.

Glücklich wie lange nicht mehr suche ich die Ostereier. Viele Verstecke gibt es nicht, denn unser Garten besteht fast nur aus langweiligem Rasen. Trotzdem freue ich mich richtig heftig über ein rotes Osterei im Gras unter der Wäschespinne und einen Schokohasen unter dem Terrassentisch. Jetzt checke ich noch den einzigen Busch, indem ich mich hinknie und Blätter und Geäst durchwühle.

»Merle.«

Ich zucke zusammen, denn es ist die feste Stimme meines Vaters, und am Ton höre ich, dass etwas nicht stimmt.

»Nicht bewegen«, sagt meine Mutter.

Ich erstarre. Dann höre ich es. Ein bedrohliches lautes Surren, ganz nah an meinem Kopf. Ich möchte weglaufen, um mich schlagen, aber ich kenne das Gesetz.

»Haben wir nicht klar gesagt, dass der Osterhase nur drinnen unterwegs sein darf.«

»Das ist jetzt nicht der richtige Moment, Karsten«, faucht meine Mutter zurück. Sie ist jetzt ganz nah bei mir. Ich sehe sie nicht, aber ich spüre sie an meiner Seite.

»Sei ein Stein«, sagt sie. »Es passiert nichts, sie fliegt gleich weiter. Sie ist nur neugierig.«

Ich bin ein Stein. Ich bewege mich nicht. Ich blinzele nicht. Ich atme nicht. Ein verrückter Gedanke schießt mir in den Kopf. Vielleicht ist es immer noch dieselbe Biene, die den Alarm ausgelöst hat. Wenn ja, verstehe ich nicht, was sie hier noch sucht. Es gibt keine einzige Blume, keine Blüte, nichts, was für eine Biene interessant sein könnte.

»Geh weg«, flüstere ich. »Geh einfach weg.«

Meine Augen brennen inzwischen wie Feuer. Ich möchte sie so dringend reiben. Je länger ich darüber nachdenke, desto schlimmer wird es. Es ist ein Reflex, der meine Hand fernsteuert. Ich reibe blitzartig über mein linkes Auge, mein Arm bewegt dabei mein Haar. Jetzt höre ich das Surren ganz laut an meinem Ohr. Verdammt, die Biene hat sich in meine langen Haare verirrt. Ich schreie, schüttele meinen Kopf und greife in Panik hinein. Dann spüre ich einen stechenden Schmerz an meiner Hand.

Angst.

Atemnot.

Herzrasen.

Schwächegefühl.

Bewusstlosigkeit.

Tod.

Etagenbrüder

Hugo

Das Glück ist auf meiner Seite. Als ich gestern Abend nach Hause gekommen bin, war Mama vor dem Fernseher eingenickt. Ich hab mich dann schnell ab ins Bett verabschiedet, damit wir uns auf keinen Fall mehr begegnen. Vor allem, weil ich schon weiß, was sie gesagt hätte: »Wo warst du denn so lange?« – »Nächstes Mal läufst du nicht einfach weg.« – »Ich wollte schon die Polizei rufen und dich suchen lassen.« – »Der Opa hätte nicht gewollt, dass wir uns streiten.«

Ein schlechtes Gewissen habe ich trotzdem und ihr deswegen einen Zettel an ihrer Zimmertür hinterlassen, mit einer Entschuldigung, aber nur dafür, dass sie sich bestimmt Sorgen gemacht hat. Für sonst nichts, denn eigentlich muss sie sich noch bei mir entschuldigen, Geldsorgen hin oder her. Mir wär schon eine Lösung eingefallen. Doch sie hat mich nicht mal gefragt. Ich bin ja nur ein Kind. Was weiß ich schon?

Aber ich kann das Geld verdienen, das wir brauchen. Und das kann ich auch beweisen. Heute am Sonntag arbeitet Berta nicht und die Straßen sind frei für Hugos Honigladen.

Vorher muss ich allerdings noch nach den Bienen gucken. Ich hab einen Platz für sie gefunden, auch wenn der nicht ganz optimal ist. Dort können sie auf keinen Fall lange bleiben. Ich hoffe, dass es ihnen gut geht und es sie nicht völlig verwirrt, wenn sie merken, dass sie nicht mehr in Opas Garten sind.

Auf Zehenspitzen schleiche ich mich zur Wohnungstür. Meine Mutter hat heute wieder Spätschicht, da muss sie erst um elf Uhr auf der Arbeit sein.

»Hugo.«

Mist!

Die Tür zu ihrem Schlafzimmer geht genau in dem Moment auf, in dem ich voll ninjamäßig vorbeihusche.

Jetzt steht sie vor mir, mit verschränkten Armen und echt wütenden Augen.

»Sag mal, bist du noch zu retten? Hast du irgendeine Vorstellung davon, wie viele Sorgen ich mir gemacht habe? Du kannst nicht einfach weglaufen und dann bis nachts nicht nach Hause kommen. Du kennst die Regel. Wenn die Sonne untergeht, bist du zurück.«

Mir fällt keine Antwort ein. Ich blicke auf meine Sneakers und schweige.

»Und hast du irgendeine Ahnung, wie peinlich das gestern für mich war?«

»Was meinst du?«, antworte ich scheinheilig und setze mein Engelsgesicht auf. Aber es nützt nichts.

»Du weißt genau, wovon ich rede. Die Bienen. Wo sind sie?«

Ich zucke nur mit den Schultern.

»Schluss jetzt mit dem Theater. Sag mir, was du mit ihnen vorhast! Du weißt schon, dass wir hier in der Wohnung keinen Platz für ein Bienenvolk haben, oder? Oder denkst du etwa an den Balkon?«

Sie redet Unsinn. Und das weiß sie auch. Auf unseren Balkon passen ein Stuhl, ein klitzekleiner Tisch und eine Kaffeetasse.

»Lass mich nur machen. Ich finde eine Lösung«, sage ich und merke erst beim Reden, dass ich gerade meine Tat gestanden habe.

»Also doch. Hatte ich recht.« Sie versucht, mich am Arm anzufassen, aber ich ziehe ihn weg. »Wieso kannst du nicht einsehen, dass die Bienen bei Herrn Lümmerlein ein gutes neues Zuhause bekommen? Er ist schließlich ein richtiger Imker.«

Was soll das denn heißen? Jetzt platzt mir aber gleich der Kragen. »Ich bin auch ein richtiger Imker«, rufe ich und schiebe sie wütend zur Seite.

»Wo willst du hin?«

»Ostereier suchen«, antworte ich und lasse sie stehen.

»Nimm wenigstens das Handy mit, damit ich dich erreichen kann«, höre ich sie noch sagen, bevor ich ihr die Tür vor der Nase zuschlage. Aber das kann sie vergessen. Den alten Knochen kann sie selbst benutzen. Voll peinlich. Aus dem letzten Jahrhundert. Ich spare auf ein richtiges Smartphone.

Es ist wie verhext. Kaum stehe ich im Treppenhaus, geht auch schon die Tür der Wohnung gegenüber auf. Ich denke eine Sekunde über Rückzug nach, aber es ist zu spät.

»Hugo Kalinski.«

Die blöde Berta hat die Arme in die Hüften gestemmt und sieht mich feindselig an. Wie viel Pech kann man haben?

Ohne ihre Uniform sieht sie ganz anders aus. Nur ihre blonden Pudellocken und das Bulldoggen-Gesicht sind unverkennbar. In schickem Mantel, Rock und hohen Schuhen könnte man sie für eine harmlose Nachbarin auf dem Weg zur Ostermesse halten.

»Guten Morgen, Frau Buschmann«, sage ich und versuche, cool zu bleiben. Zum Glück habe ich keine Beweise bei mir. Sie kann mir gar nichts.

»Weißt du zufällig, wo sich der Ritchie rumtreibt?«

Ich schüttele den Kopf. In Wahrheit hab ich so eine Ahnung, aber ich sage nichts.

»Ich hab nur gesagt: ›Ritchie, in zehn Minuten müssen wir los!‹ Und schwupp, war er weg. Wenn ich ihn zu fassen kriege, kann er was erleben. Sag ihm das.«

Dann knallt sie die Tür zu, stampft an mir vorbei zum Aufzug und verschwindet nach unten. Ich folge ihr nicht, sondern nehme die Treppe nach oben. Ganz nach oben, bis in den verbotenen Turm. Hier gibt es keine Wohnungen, sondern nur eine Tür. Sie führt direkt aufs Flachdach. Und sie ist immer verschlossen, denn es ist viel zu gefährlich dort. Es gibt nämlich kein Geländer wie auf einem Balkon, sondern nur einen niedrigen Dachrand. Dahinter geht es sechs Stockwerke tief nach unten. Ein Fünfmeterturm im Freibad ist ein Witz dagegen. Und wer da mal runtergeguckt hat, weiß, wovon ich rede.

Ich drücke die Klinke herunter. Die Tür ist offen.

Bingo.

In Anzug und Krawatte liegt Ritchie neben dem Lüftungsschacht auf dem Boden, die Beine übereinandergeschlagen, den Kopf auf sein Skateboard gebettet, und starrt in den blauen Himmel.

Früher war er einer der coolsten Typen in unserer Gegend. Immer in Jeans und T-Shirt auf seinem Board unterwegs. Aber seit er auf die Seite der Erwachsenen gewechselt ist, sieht er aus wie ein Arsch mit Ohren.

»Trägst du deine Arbeitsuniform jetzt auch schon sonntags?«, frage ich und setze mich neben ihn.

Er stöhnt auf: »Alter, meine Mutter besteht drauf. Wir gehen zu so einem grottenlangweiligen Familienfest. Und sie will mich vorführen wie einen Affen im Zirkus. *Seht mal alle, was aus meinem guten Jungen geworden ist. Er kann jetzt schon eine Krawatte binden.*«

»Bin ihr gerade begegnet. Sie sucht dich. Ist ganz schön angepisst.«

»Die Alte geht mir so was von auf die Nerven. Wenn ich genug Geld verdiene, bin ich weg. Und wenn es so weit ist, dann bekommst du den hier.« Er hält mir den Dachschlüssel entgegen.

Ritchie hat ihn von seinem Bruder Erik bekommen, als der vor einem Jahr ausgezogen ist. Und da er keinen kleinen Bruder hat, sondern nur einen kleinen Nachbarn, werde ich ihn wohl erben. Cool.

»Danke«, sage ich. Und auch wenn ich jetzt mein Erbe aufs Spiel setze, muss ich ihn noch was fragen.

»Hast du deiner Mutter von meinen Geschäften erzählt?«

Ritchie setzt sich auf wie von einer Tarantel gestochen: »Bist du bescheuert, Alter? Wir sind Etagenbrüder. Unsere Geheimnisse sind safe. Das haben wir uns doch geschworen, oder?«

»Ja, klar. Aber es ist seltsam. Deine Mutter nervt in letzter Zeit ein bisschen zu viel. Da dachte ich, die weiß was.«

»In letzter Zeit?« Sein linkes Auge zuckt. »*Ritchie, hast du schon deine Zähne geputzt? Ritchie, räum den Saustall auf, sonst setzt es was. Ritchie, für heute hast du aber genug gedaddelt.* Es ist die Hölle.«

Der arme Ritchie, er kann einem leidtun.

»Ich muss los«, sagt Ritchie. »Wenn ich da nicht auftauche, redet sie wieder tagelang nicht mit mir. Und das ist noch schlimmer, als wenn sie ständig mit mir redet.«

Dann steht er auf und klopft sich den Staub vom schicken Anzug.

»Wie sieht es morgen aus? Bock auf 'ne Runde skaten?«, fragt er mich, als wir zusammen nach unten gehen.

»Sorry, ich hab zu tun. Du weißt ja: die Geschäfte!« Ritchie klopft mir verständnisvoll auf die Schulter. »Wenn du mal einen Kredit brauchst, dann weißt du ja, wo du mich findest.«

SOS

Merle

Sirenengeheul, Sanitäterinnen in orangenen Jacken, Panik in Mamas Gesicht, Schmerzen in meiner Hand. Das ist alles, woran ich mich im ersten Moment erinnere, als ich aus meinem Albtraum erwache.

Ich bin nicht tot. Ich liege in einem weiß bezogenen Bett im Krankenhaus. Meine Hand ist mit einem dicken Verband umwickelt. Sie pocht.

Die Tür geht auf. Eine Krankenpflegerin kommt herein.

»Da ist ja jemand aufgewacht«, sagt sie und lächelt.

»Ich bin Schwester Jelena. Wie fühlst du dich?«

»Wo sind meine Eltern?«

»Sie reden noch mit dem Arzt und unterschreiben die Entlassungspapiere. Sie kommen bestimmt gleich. Dann kannst du nach Hause.«

Sie schaut auf die Krankenakte auf meinem Nachttisch.

»Das war ein ganz schöner Schreck, was?«

Sie reicht mir ein Glas Wasser. Ich nippe daran und gebe es zurück.

»Zum Glück ja nur falscher Alarm.«

»Falscher Alarm?«, frage ich erstaunt.

»Ich meine, es war ja zum Glück kein allergischer Schock, sondern nur eine Panikattacke.«

»Eine was?«

»Eine Panikattacke. Das ist, wenn die Angst verrücktspielt. Es fühlt sich nur so an, als würde man sterben. Du kannst ganz beruhigt sein, es ist nichts Schlimmes.«

»Aber ich wurde doch gestochen.«

Ich zeige auf meine Hand.

»Das schon, nur nicht von einer Biene.«

»Doch, ganz sicher«, sage ich. Wer sein Leben lang in Panik vor Bienen lebt, der kennt den Unterschied zwischen ihnen und anderen summenden Insekten. »Seltsam ist nur, dass ich sie hab wegfliegen sehen. Ich dachte immer, sie verlieren beim Stechen ihren Stachel und sterben.«

»Nicht unbedingt, sie können schon noch ein Stück fliegen, bevor es zu Ende geht. Wenn es überhaupt eine Biene war.«

Unsinn. Sie kann reden, was sie will, es war definitiv eine Biene, die mich gestochen hat.

Die Tür geht auf und meine Eltern kommen herein. Während mein Vater noch kurz mit der Krankenpflegerin redet, läuft Mama sofort zu mir, nimmt mich in die Arme und hält mich fest, als hätten wir uns eine Ewigkeit nicht mehr gesehen. »Merle, meine Merle«, sagt sie und schluchzt ein wenig. »Ich bin so froh.« So halten wir uns fest umschlungen, eine Weile.

Als sie mich loslässt und mein Vater sich zu uns setzt, versuche ich, Antworten zu bekommen.

»Wieso bin ich hier, wenn alles halb so wild ist?«

»Sie haben dir ein Beruhigungsmittel gegeben«, sagt mein Vater. »Und die Ärzte wollten dich noch ein paar Stunden beobachten, um ganz sicherzugehen, dass es dir gut geht.«

Meine Mutter greift meine und die Hand meines Vaters. »Wie wäre es, wenn wir jetzt einfach nach Hause gehen und zusammen frühstücken? Also ich hab einen Bärenhunger.«

Mein Magen knurrt auch.

Die Krankenpflegerin schaut auf die Uhr an ihrem Handgelenk und lacht: »Ein Osterfrühstück um vier Uhr nachmittags?«

Eine fantastische Idee, wie ich finde.

Zu Hause besteht Mama darauf, dass ich zuerst noch meine Ostergeschenke im Wohnzimmer suche. Neben gekochten Eiern und Schokolade hat der Osterhase mir auch ein größeres Geschenk gebracht. Auch ohne dass ich die Verpackung öffne, erkenne ich an der Form bereits, dass es sich um ein neues Computerspiel handelt. Yippie. Damit sind die Ferien gerettet. Denn eines steht fest: Nach draußen werden meine Eltern mich garantiert nicht mehr so schnell lassen. Aber was soll's. Nach dem Schreck hab ich auch erst mal die Schnauze voll von der Natur. Wer braucht schon frische Luft und Sonne und Blumenwiesen. Kein Mensch! Vor allem, wenn man die auch auf einem großen Bildschirm haben kann.

Nach dem Osterspätnachmittagsfrühstück schließe ich die Konsole am großen Fernseher im Wohnzimmer an und teste mein neues Game. Tatsächlich spielt die Story in einer wunderschönen Landschaft mit Wäldern, Bergen, Wiesen und Seen. Und es gibt jede Menge Drachen zu besiegen, böse Magier zu bekämpfen und Schätze zu finden. Einfach cool. Zum Glück hat die Biene meine linke Hand erwischt, mit rechts kann ich den Controller wunderbar bedienen. Dabei behaupten meine Eltern doch immer, dass man beim Gamen nichts lernt. Ich habe riesigen Spaß und beinahe den Schrecken des Tages vergessen.

Doch als ich gerade das Portal zum verwunschenen Wald durchschreite, bereit, mit meinem Schwert windige Waldwichtel in die Flucht zu schlagen, sehe ich im Augenwinkel einen kleinen dunklen Punkt draußen an der Fensterfront zum Garten herumwuseln. Ich weiß sofort, was es ist. Eine Biene. Schon wieder! Das ist ja wie ein böser Fluch.

Als wäre sie betrunken, fliegt sie wilde Kreise und Schleifen.

»Das gibt es doch gar nicht«, ruft meine Mutter, die den Bienentanz ebenfalls bemerkt hat. »Jetzt ist aber Schluss.« Dann höre ich sie in einem Schrank in der Küche kramen.

Bewaffnet mit einem Insektenspray kommt sie zurück ins Wohnzimmer und rast mit einem »Verschwinde, du Biest« auf die Terrassentür zu. Sie ist fest entschlossen, die Biene umzubringen.

»Lass doch, Mama«, versuche ich, sie zu stoppen. »Sie hat sich gerade eben entschuldigt.«

Meine Mutter hält kurz vor der Tür inne. »Sie hat was?«

Es klingt irre, aber ich bin mir sicher, dass die Biene gerade Sorry gesagt hat. Was heißt gesagt. Sie hat natürlich nicht gesprochen. Nicht wie wir Menschen es tun, mit Worten, die man hören kann. Trotzdem konnte ich die Buchstaben lesen, als hätte sie sie mit Blütenstaub in die Luft geschrieben. Nur ganz kurz standen sie da. Erst ein S, dann ein O, dann ein R, noch ein R und ein Y. Immer nur für einen Bruchteil einer Sekunde, aber sie waren da.

Wow. Ich kann es nicht fassen. Das ist total crazy. Ich reibe meine müden Augen.

Meine Mutter schreitet entschlossen zur Tat, mit dem Insektenvernichtungs-Spray im Anschlag.

Schiebetür auf. Schiebetür zu.

Obwohl es mir ja eigentlich egal sein könnte, gebe ich der Biene aufgeregt Handzeichen: »Weg, weg.« Und tatsächlich macht sie gerade noch rechtzeitig die Biege.

Alles kommt mir so unwirklich vor. Eine Biene schreibt mir Nachrichten? Absurd. Lächerlich geradezu. Vielleicht ist es doch schlimmer, als alle denken? Vielleicht muss ich zurück ins Krankenhaus? Computerspielen war möglicherweiser auch nicht die beste Idee. Mein Gehirn ist einfach überfordert. Immerhin schmerzt meine Hand gar nicht mehr. Das ist schon mal gut. Aber ich spüre die Müdigkeit überall in meinem Körper. Mit leichten Kopfschmerzen und Schwindel mache ich mich auf den Weg ins Bad, um mich bettfertig zu machen. Augen zu und ein Hörspiel hören. Darauf habe ich jetzt richtig Lust.

Schon von Weitem sehe ich das Gespenst im Spiegelbild und erschrecke über meinen eigenen Anblick. Ich bin wirklich weiß wie eine Wand. Als ich näher ans Waschbecken rangehe, stockt mir der Atem.

»Mama, Mama?«

Nur einen Moment später steht meine Mutter im Bad.

»Merle, um Gottes willen, warum brüllst du denn so? Was ist denn los?«

»Meine Haare«, sage ich, »alles voller Glitzer. Wo kommt das denn her?«

Meine Mutter sieht mich entsetzt an. »Aber, Küken. Deine Haare sehen ganz normal aus. Alles ist gut.«

»Nein. Gar nichts ist gut«, keife ich, denn ich sehe es überall silbern glitzern. Auch das Gesicht meiner Mutter und ihre Haare, ganz zart, aber es ist da.

»Du auch, du glitzerst auch.«

Meine Mutter nimmt mich in den Arm. »Küken, meine Güte. Alles ist gut. Das ist bestimmt noch von den Beruhigungsmitteln. Möglicherweise siehst du nicht richtig. Wenn es morgen nicht weg ist, gehen wir sofort zu Dr. Lauermann. Jetzt bringe ich dich erst mal ins Bett. Da hilft nur Schlafen.«

Ich fühle mich schon ein bisschen besser, als meine Mama mich zudeckt. Bestimmt hat sie recht und morgen ist alles wieder gut.

»So, und jetzt machst du das blöde Handy aus. Morgen wird ausgeschlafen. Kein Alarm oder sonst irgendein Quatsch.«

»Nur noch ein Hörspiel, dann mach ich aus«, bettle ich, denn ich brauche dringend eine Ablenkung. Meine Mutter nickt, küsst mich auf die Wange und geht. Kurz darauf streckt auch mein Vater noch kurz seinen Kopf zu mir ins Zimmer und wünscht mir eine gute Nacht. Dann bin ich allein.

Als ich das Display entsperre, um mir ein Hörspiel auszusuchen, fällt mein Blick auf die App des Sicherheitssystems. Ich weiß nicht, wieso, aber ich kann nicht anders und schaue mir noch einmal das Video der Überwachungskamera an.

Im Grunde ist alles wie beim ersten Mal, nur mit dem Unterschied, dass die Beruhigungsmittel anscheinend wirklich heftige Nebenwirkungen haben und bei mir Halluzinationen hervorrufen.

Denn die Biene auf dem Video fliegt nicht nur einfach wilde Schleifen, sie zeichnet mit goldgelbem Blütenstaub ein Wort in die Luft. So schnell, wie sie erscheinen, verschwinden sie auch wieder: Drei Buchstaben, eine Nachricht, ein Notruf:

SOS.

Das Geheimfach

Hugo

Wie ein Dieb schleiche ich durch unsere Wohnung. Nicht dass ich irgendwas klauen will, nein. Ich suche. In Mamas Büro, na ja, genauer gesagt, in und um ihren Schreibtisch, der in der Ecke in ihrem Schlafzimmer steht. Das ist normalerweise absolut verbotene Zone. Zum Glück ist sie nicht da. Sie muss arbeiten, obwohl Ostersonntag ist. Seit Opa Jakob tot ist, übernimmt sie im Krankenhaus oft die Feiertagsschichten. Das gibt Extrageld. Da sie heute wieder Spätschicht hat, kann ich noch ganz in Ruhe ihre Ordner durchstöbern, ihre Schubladen durchwühlen und hoffentlich bald finden, was ich suche.

Schuld daran, dass ich das jetzt tue, ist ein Glas Honig. Als ich es eben verkauft habe, ist mir plötzlich ein Licht aufgegangen. Nein, keine Glühbirne, die durch einen genialen Gedanken leuchtet, sondern eher eine rote Alarmleuchte, die Gefahr signalisiert.

Bisher habe ich nur daran gedacht, dass ich Opas Garten verliere und die Bienen ihr Zuhause. Aber eben, in dem Moment, als ich dem Kunden das Glas *Blütenliebe* in die Hand gedrückt habe, ist mir klar geworden, dass noch viel mehr auf dem Spiel steht. Meine Zukunft ist in Gefahr.

Klar, jetzt bin ich nur ein Junge mit einem Fahrradanhänger als Geschäft, aber in Zukunft werde ich ein eigenes Ladenlokal haben. »Hugos Honigladen« wird dann nicht nur auf einem Pappschild, sondern in großen Buchstaben außen an der Fassade stehen. Dort wird es den besten Honig der Stadt, Kerzen aus Bienenwachs und selbst gekochte Marmeladen geben. Aber ohne den Garten wird mein Traum nicht wahr werden.

Die Rechnung ist ganz einfach: kein Garten, keine Bienen, kein Honig, kein Laden, kein Geld, keine Zukunft.

Dasselbe gilt für die Kerzen aus Wachs: kein Garten, keine Bienen, kein Wachs, keine Kerzen, kein Laden, kein Geld, keine Zukunft.

Und nicht zu vergessen, die Marmeladen: kein Garten, keine Bienen, keine bestäubten Obstbäume, kein Obst, keine Marmeladen, kein Laden, kein Geld, keine Zukunft.

Wer auch immer Opa Jakobs Garten gekauft hat, hat mir meine Zukunft gestohlen.

Ich muss wissen, wer dieser Dieb ist. Irgendwo muss es ja Unterlagen dazu geben, einen Vertrag oder so was. Bisher habe ich nur bergeweise Rechnungen gefunden.

Ich rüttele an der untersten Schublade des Schreibtisches. Sie ist verschlossen und kein Schlüssel weit und breit.

Unglaublich. Meine Mama hat doch tatsächlich ein Geheimfach.

Wahrscheinlich ist der Vertrag genau dadrin.

Enttäuscht setze ich mich auf den Schreibtischstuhl und denke nach. Wenn es einen Schlüssel gibt, dann hat sie ihn bestimmt an ihrem Schlüsselbund.

Ich will schon aufgeben, da kommt mir noch eine andere Möglichkeit in den Sinn. Vielleicht liegen die Papiere in Opas Zimmer. Allein der Gedanke schnürt mir den Hals zu. Seit seinem Tod habe ich das Zimmer nicht mehr betreten. Jeden Tag laufe ich daran vorbei, denn es liegt wie die Frikadelle in einem Brötchen zwischen Mamas und meinem Zimmer, aber ich tue seit Monaten so, als gäbe es dort keine Tür.

Doch sie ist da. Die Tür. Was dahinter lauert, macht mir Angst.

Mit schweißnasser Hand drücke ich die Klinke hinunter.

Bereits durch den Türschlitz steigt mir ein sehr vertrauter Geruch in die Nase. Opas Rasierwasser hängt noch in der Luft. Mit dem Duft nach Nelken und Anis kommt mir das Bild seines Zimmers in den Kopf wie ein altes Foto. Das Bett mit der braun-beige karierten Tagesdecke darauf, die Vorhänge bis zum Boden, sein Lieblingssessel am Fenster, daneben der kleine Beistelltisch, auf dem immer ein Buch und seine Lesebrille liegen.

Doch das ist nicht das, was ich vorfinde.

In Opa Jakobs Zimmer herrscht Chaos. Die Türen seines Kleiderschrankes stehen weit offen. Auf dem Bett stapeln sich Hosen, Hemden und Jacken. Überall auf dem Boden stehen große Pappkartons. Die Regale sind leer geräumt. Die Vorhänge liegen quer über dem Sessel.

Was geht denn hier ab?

Ich brauche einen Moment, bis ich es verstehe.

Mama hat nicht nur seinen Garten verkauft, jetzt schmeißt sie auch noch seine Sachen weg, wirft ihn raus aus unserer Wohnung, als wäre er ein lästiger Untermieter.

Und das alles hinter meinem Rücken.

Für einen sehr langen Moment stehe ich nur da und weiß nicht mehr, was ich eigentlich tun wollte. Ich bin so was von sauer, dass ich mit dem Fuß aufstampfe und laut aufschreie: »So eine gemeine Schweinepest.«

Doch dann fällt mir ein, dass ich diesen blöden Vertrag finden muss, bevor sie nach Hause kommt.

Hektisch durchsuche ich alles. Eine Kiste nach der anderen knöpfe ich mir vor. Doch je tiefer ich grabe, desto mehr Dinge kommen zum Vorschein, die ihm viel bedeutet haben. Jede Menge Filme auf DVD fallen mir in die Hände. Viele davon haben wir uns zusammen angesehen. Uralte Western wie »Zwölf Uhr mittags«, aus dem er gerne zitiert hat: »Ein Mann muss tun, was ein Mann tun muss.«

Dann wühle ich mich durch seine Plattensammlung. Minutenlang halte ich seine Lieblingsschallplatte in der Hand und singe den Refrain: »Ein bisschen Spaß muss sein«.

Dabei fühlt es sich gerade gar nicht nach Spaß an. Aber das Lied erinnert mich an die Partys, die wir zusammen gefeiert haben, manchmal nur wir zwei, manchmal auch mit Mama und Gloria. Man musste nur den Sessel und den kleinen Tisch zur Seite räumen und schon war sogar genug Platz zum Tanzen. Er war der lustigste Tänzer auf der ganzen Welt. Gloria nannte ihn immer Mister Gummibeine, weil er so verrückte Tanzmoves draufhatte.

Auf seinem Sessel unter den Vorhängen finde ich seine Strickweste. Ich kann nicht anders und rieche daran. Sie duftet immer noch nach ihm, eine Mischung aus Erde und Honig. Ich ziehe sie mir über. Für einen Moment ist es so, als würde er mich fest im Arm halten.

Ein Geräusch lässt mich zusammenzucken.

Die Haustür.

Verdammt.

Mama ist zurück.

Ich versuche noch schnell, Opas Zimmertür zu schließen, um mich zu verstecken, aber es ist zu spät.

»Hugo?« Sie steht im Türrahmen und sieht mich fragend an: »Was treibst du da?«

»Ich? Was ich hier treibe?«, fauche ich sie an und gehe direkt zum Angriff über: »Du. Du bist hier die Übeltäterin. Du wolltest alles einfach wegwerfen, den Opa hier rauswerfen, ohne mir was davon zu sagen.«

Sie trägt noch ihren Mantel und die Handtasche über der Schulter, die beinahe herunterrutscht, so tief hängen jetzt ihre Schultern. »Nein, Großer. So ist das nicht. Ich hätte es dir schon noch gesagt. Es gab bisher einfach keine gute Gelegenheit.«

Dann betritt sie das Zimmer und blickt über das Chaos, das ich mit meiner Suchaktion vergrößert habe.

»Hugo, der Opa ist jetzt ein halbes Jahr tot. Es ist Zeit für einen Neuanfang. Ich dachte, wir könnten alles neu streichen, ein paar andere Möbel kaufen und ein Wohnzimmer daraus machen. Für uns beide.

Wäre das nicht schön? Außerdem müssten wir dann nicht mehr in der Küche fernsehen.«

Sie versucht, mir nahe zu kommen, um mich anzufassen, mich in die Arme zu nehmen, aber ich weiche zurück. Wie in einem Stierkampf stehen wir uns gegenüber. Sie ist der Torero, ich der Stier.

»Und natürlich kannst du alles behalten, was dir am Herzen liegt«, sagt sie, um mich zu beruhigen, aber ich sehe rot.

»Alles? Gut. Dann behalte ich alles«, rufe ich aus, stürme wutentbrannt an ihr vorbei und besorge rot-weißes Absperrband aus meinem Zimmer. Es ist noch übrig vom letzten Jahr Hexennacht. Da habe ich zusammen mit Ritchie unsere Schule abgesperrt. Weil es Ritchies letztes Schuljahr war, wollten wir was Besonderes machen. Ritchie hat von irgendwoher ein Baustellen-Schild ausgeliehen und dann haben wir die Zufahrt zur Schule mit dem Hinweis »Wegen Bauarbeiten geschlossen« blockiert.

Die Reste des Absperrbandes leisten mir jetzt gute Dienste. Ich schiebe meine Mutter aus Opas Zimmer und spanne das Band von der Stehlampe auf der einen bis zum Regal auf der anderen Seite. »Hier ist ab sofort Sperrzone. Nichts verlässt dieses Zimmer.«

Mein Mutter-Torero versucht es mit netten Worten. »Ich gehe jetzt erst mal duschen, dann koche ich uns was, und wir können in Ruhe über alles reden, ja?«

Aber ein Stier ist nicht einfach zu beruhigen. »Du willst reden? Ja?«, brülle ich. »Aber das, was du kaputt gemacht hast, das kann man nicht mit netten Worten reparieren.«

Dann marschiere ich in mein Zimmer und knalle die Tür zu. Voller Raserei verprügele ich meinen Sitzsack. Ich bin nicht sicher, ob er meine Wut gebrauchen kann, aber er beschwert sich auch nicht.

Nach ein paar festen Schlägen kann ich wieder klar denken und das Geheimfach schießt mir in den Kopf.

Vorsichtig lausche ich in den Flur hinein und höre das Wasser der

Dusche rauschen. Jetzt muss alles ganz ratzfatz gehen, denn sie gehört zur Spezies der Schnellduscher.

Vom Schlüsselbord neben der Wohnungstür schnappe ich mir Mamas Schlüssel und entdecke zwischen vielen großen einen kleinen, der passen könnte.

Im Ninja-Modus schleiche ich an ihren Schreibtisch und stecke den Schlüssel ins Schloss.

Er passt.

Das Wasserrauschen hat aufgehört. Nur wenige Minuten bleiben mir.

Gleich oben in der Geheimschublade liegt ein brauner Umschlag ohne Aufschrift. Mit zittrigen Händen öffne ich ihn und ziehe einen Stapel Papier heraus.

»Kaufvertrag« steht obendrauf – und in der Zeile darunter: »Zwischen Jelena Kalinski und der Winters Bau AG.«

Bingo.

Jetzt kenne ich den Käufer. Und ich werde ihm ein Angebot machen, das er nicht ablehnen kann.

Fibie

Merle

»Wie fühlst du dich, Kleines? Hast du gut geschlafen?«, fragt meine Mutter, als ich noch völlig verpeilt zum Frühstück auftauche.

»Es geht mir gut«, sage ich, um sie zu beruhigen. In Wahrheit war meine Nacht vollgestopft mit Albträumen, von Bienen, die sich zu riesigen Luftballons aufblasen und dann zerplatzen, von Krankenpflegerinnen, die mir mit meterlangen Spritzen hinterherlaufen und »SOS« rufen.

Trotzdem habe ich jetzt immerhin das Gefühl, dass ich heute wieder ganz ich bin. So einen Tag wie gestern will ich nie wieder erleben. Was muss das für ein Beruhigungsmittel gewesen sein, bei dem man plötzlich Bienen sprechen sieht? Völlig gaga. Und so was Starkes geben sie Kindern. Die müsste man glatt verklagen. Aber ich sage nichts, nichts über die Albträume und auch nichts über die Halluzinationen. Meine Mutter würde sich nur noch mehr Sorgen machen.

»Ich habe Croissants aufgebacken. Wie wäre es?«, fragt meine Mutter. Seltsam, dass nur für eine Person gedeckt ist.

»Habt ihr schon gegessen?«

»Wir sind doch zum Osterbrunch eingeladen«, antwortet sie und reicht mir ein duftendes Croissant. Jetzt registriere ich erst, wie hübsch sie angezogen ist. Sie trägt eine weiße Hose und ein rotes Shirt, dazu goldene Ohrringe und die Haare nach oben gesteckt. Ich ahne, dass ich nicht zu diesem Osterbrunch eingeplant bin.

»Und was ist mit mir?«

»Wir dachten, du solltest heute noch langsam machen«, antwortet meine Mutter. »Außerdem ist die Feier draußen. Mit deinem Heuschnupfen ist das doch viel zu anstrengend für dich. Und wir sind ja auch nicht ewig weg.«

Typisch. Meine Ellies gehen feiern und ich gucke in die Röhre. Der Klassiker. Aber wahrscheinlich hat sie sogar recht. Natur ist gerade nicht mein Lieblingsthema. Trotzdem ärgert es mich, dass ich drin versauern soll.

Mein Vater kommt ins Wohnzimmer, barfuß und nur in Jeans und Unterhemd.

Er hat zwei Oberteile in der Hand und demonstriert sie uns mit den Worten: »Was ist besser, das oder das?«

Während er seine Modenschau veranstaltet, mal das Hawaiihemd, mal das blaue T-Shirt vor sich hält, bemerke ich plötzlich ein wild tanzendes Insekt am Wohnzimmerfenster direkt hinter ihm.

HALLO

Mir wird sofort schwindelig. Eine Biene. Goldene Buchstaben. Ich halluziniere immer noch.

Blitzartig greife ich das Wasserglas vor mir und trinke es in einem Rutsch leer.

»Kleider machen Leute«, sagt mein Vater: »Mit dem bunten Hemd sehe ich aus wie ein Tourist auf Inselurlaub, mit dem blauen wie ein seriöser Geschäftsmann, der einen Tag freihat. Was meint ihr, wer soll ich heute sein?«

»Ich bin für Tourist«, sagt meine Mutter: »Du solltest da heute wirklich nur privat hingehen. Es ist Ostern. Sei einfach Karsten im Hawaiihemd. Das wäre toll.«

FOLGE MIR

»Ist alles gut, Merle?«, fragt mein Vater. »Du siehst blass aus.«

»Seht ihr die Biene da? Sie redet mit mir.«

Die Blicke meiner Eltern folgen meinem zitternden Zeigefinger. Doch es ist wie verhext. In dem Moment, in dem sie sich zum Fenster drehen, fliegt das Miststück einfach weg.

Meine Mutter kommt zu mir gelaufen und hält mir eine Hand an die Stirn.

»Kein Fieber«, sagt sie erleichtert.

Dann fängt mein Vater zu lachen an. »Du veräppelst uns doch, oder?« Er lacht schallend.

Ich lache mit, ich kann nicht anders. Wahrscheinlich bin ich verrückt. Ich gucke noch mal zum Fenster. Sie ist weg. Vielleicht war sie nie wirklich da.

Meine Mutter räuspert sich verärgert. »Ernsthaft, Karsten. Richtig fit sieht sie noch nicht aus. Vielleicht sollte doch einer von uns hierbleiben.«

»Nein. Ich komme klar«, betone ich. Schließlich bin ich ja kein Kleinkind mehr.

»Wenn du uns brauchst, kannst du jederzeit anrufen«, sagt meine Mutter. Mein Vater grinst: »Oder einen Papierflieger über die Mauer werfen. Ist ja gleich bei den Wilsons.« Er zeigt zur Gartenmauer, die uns nach hinten vom Grundstück der Nachbarn abschottet.

Bei den Wilsons?

Auch das noch. Ein Grund mehr, nicht mitzugehen. Ich bin raus.

»Wie spät ist es?«, fragt mein Vater.

»Ojemine«, stöhnt meine Mutter beim Blick aufs Handy. »Ich muss mich noch schminken. Und du solltest dich rasieren.«

»Ich mag aber meinen Dreitagebart. Und der passt zum Hawaiihemd«, protestiert mein Vater, doch meine Mutter zieht ihn am Gürtel seiner Jeans mit sich wie einen frisch gefangenen Fisch an der Angel.

»Merlelein«, sagt sie im Vorbeigehen. »Wenn es gleich klingelt, kannst du dann schnell an die Tür gehen? Wir haben als Gastgeschenk für die Wilsons Blumen bestellt. Der Lieferservice müsste eigentlich jeden Moment da sein.«

Kaum sind die beiden oben im Badezimmer verschwunden, eile ich zum Spiegel im Flur.

Das gibt es doch nicht. Meine Haare sind immer noch voller Glitzer.

Ich greife hinein. Danach klebt das zarte Silber auch an meinen Händen. Was auch immer das ist. Eins steht fest: Ich muss dringend duschen.

Es klingelt. Schnell ziehe ich meine Maske über Nase und Mund. Dann drücke ich auf den Schalter für die automatische Toröffnung. Den Blick auf das Display der Überwachungskamera spare ich mir und reiße die Tür auf, bereit, einen Blumenstrauß entgegenzunehmen.

Doch vor der Tür – da steht kein Mensch vom Lieferservice.

Irritiert blicke ich mich um.

Dann höre ich sie, ihr leises Summen.

Vor Schock kann ich mich nicht bewegen.

Sie ist direkt vor meinem Gesicht. Für einen Moment sehen wir uns schweigend an. Ein Mädchen, das in die Klapsmühle gehört, und eine Biene, die sehr echt aussieht, dafür, dass ich sie mir wahrscheinlich nur einbilde.

»Verschwinde«, zische ich ihr entgegen. Aber sie verschwindet nicht. Stattdessen quatscht sie weiter mit mir:

Folge mir

»Ich und dir folgen? Ich bin doch nicht lebensmüde«, sage ich und zeige auf meinen Verband. »Siehst du das hier? Dein Stich hätte mich beinahe umgebracht.«

Die Antwort, die mir die Biene in Goldbuchstaben schreibt, verblüfft mich.

Mich auch

»Ja. Seltsam«, denke ich laut. »Eigentlich hätten wir beide tot sein müssen.«

Plötzlich höre ich die Badezimmertür, dann Schritte auf der Treppe.

»Merle, sind die Blumen hübsch?«, ruft meine Mutter von oben. Ich weiß nicht, was ich antworten soll. Schließlich gibt es keine Blumen, nur eine Stalker-Biene, die es anscheinend sehr ernst meint.

BITTE – fleht sie noch einmal. Obwohl ich keine Stimme hören kann, fühle ich ihre Verzweiflung.

»Na gut. Wir reden später. Verschwinde jetzt«, sage ich und werde mir in diesem Moment darüber bewusst, dass ich mich gerade mit einem Insekt unterhalte. Das ist das Verrückteste, was mir je passiert ist.

Als die Biene nach oben in Richtung Himmel abschwirrt, kommt ein Mädchen auf einem Fahrrad durch das offene Tor in die Einfahrt gebraust.

»Frohe Ostern«, ruft die Blumenlieferantin. Dann steigt sie ab, holt einen Blumenstrauß aus dem Fahrradkorb und kommt mir entgegen. Eine Sekunde später steht meine Mutter hinter mir im Türrahmen und nimmt den Strauß in Empfang. Es ist geradezu filmreifes Timing.

»Bitte schön, wie bestellt. Viel Vergnügen damit«, sagt das Mädchen so selbstbewusst, als wäre es schon erwachsen. Dabei ist sie auf jeden Fall jünger als ich, vielleicht acht Jahre alt. Sie trägt eine Latzhose, zwei blonde Zöpfe wippen über ihren Ohren. Etwas Rotzfreches liegt in ihrem Blick. Irgendwie mag ich sie sofort.

»Die sind aber schön. Flieder. Ich liebe Flieder«, sagt meine Mutter und steckt ihre Nase tief hinein in die üppigen lila Blüten.

Das Mädchen macht nicht sofort kehrt. Interessiert mustert es unseren Vorgarten. »Sie sind wohl gerade erst eingezogen?«, fragt es, greift in die Umhängetasche und drückt mir einen Flyer in die Hand. »Die Gärtnerei Wandelröschen lädt ab Freitag zur Frühlingsmesse ein«, steht in dicken Buchstaben vorne drauf. »Ich denke, Sie könnten noch ein paar Pflanzen brauchen. Auf unserer Frühlingsmesse finden Sie alles für Ihren Vorgarten.«

Das Gesicht meiner Mutter wechselt die Farbe. Zum Glück kann sie mein Grinsen unter der Maske nicht sehen. Den Vorgarten, der eigentlich nur aus einer Ansammlung unterschiedlich großer Steinbrocken, Kiesflächen und einem kleinen Brunnen in der Mitte besteht, hat ein sehr teurer Landschaftsarchitekt entworfen. Bei jeder Gelegenheit gibt sie damit an.

»Wenn Sie es so lassen wollen, hätte ich aber auch noch einen Tipp«, sagt die Blumenfee, bevor sie wieder auf ihr Fahrrad steigt. »In der Zoohandlung am Markt verkaufen sie Geckos und Schlangen. Die würden wunderbar in Ihre Steinwüste passen.«

Dann braust sie winkend davon.

Meine Mutter macht auf dem Absatz kehrt. »So eine Frechheit. Da haben wir das letzte Mal Blumen bestellt«, murmelt sie vor sich hin und verschwindet in ihrer begehbaren Garderobe gleich neben der Eingangstür, um sich die farblich abgestimmte Tasche und die passenden Schuhe zu ihrem Outfit auszuwählen.

Kurze Zeit später sind meine Eltern weg, und ich sitze, inzwischen angezogen, wieder auf der Treppe vor der Haustür. Was ich verspreche, halte ich auch. Trotzdem ist mir nicht wohl bei der Sache. Ich kneife mich immer mal in den Arm, um sicher zu sein, dass ich wach bin, dass alles echt ist und kein Traum.

Es dauert auch nicht lange und meine neue Freundin surrt vor meiner Nase herum. Sie fackelt nicht lange.

An ihrem Los erkenne ich, dass sie denkt, die Sache sei zwischen uns bereits geklärt.

»Moment mal«, stoppe ich sie, »ich hab nicht gesagt, dass ich mitkomme. Ich hab nur gesagt, dass wir reden können. Ich verstehe das alles nämlich überhaupt nicht. Was willst du bloß von mir?«

SOS – lautet ihre Antwort.

»Ja, das hab ich verstanden. Du brauchst Hilfe. Aber ich bin da die Falsche. Ich habe überhaupt keine Ahnung von Bienen. Du solltest dir jemanden suchen, der sich damit auskennt.«

Los – sagt sie noch mal, als hätte sie mir gar nicht zugehört.

»Selbst wenn ich dir helfen könnte, kann ich ja nicht einfach von hier abhauen. Meine Eltern würden mir das nie erlauben. Die sind da nicht so locker. Ich darf nicht einfach alleine in der Stadt rumlaufen. Und meine Mutter sagt immer: ›Merle, auf keinen Fall darfst du mit einem Fremden mitgehen.‹ Und du bist fremd. Ich kenne noch nicht mal deinen Namen.«

Kaum habe ich es ausgesprochen, räumt die Biene mein Argument aus dem Weg. In Blütenstaubisch malt sie ein F, ein I, ein B, ein I und noch ein E in die Luft.

»FIBIE«, lese ich mit. »Schöner Name.«

Dann versuche ich, meine Verwirrung mit einem Lächeln zu überspielen. Erst mal muss ich nachdenken.

Sie ist ganz schön clever. Auch wenn sie nur einige Wörter kann und sich sehr kurzfasst, scheint sie doch alles zu verstehen, was ich sage.

Ich bin hin- und hergerissen. Eigentlich hätte ich ja schon ein bisschen Zeit. Meine Eltern sind mindestens noch zwei Stunden weg. Wenn die sich erst mal festgequatscht haben, dann kleben sie an ihren Stühlen. Noch ein Prosecco, Prösterchen und bla, bla, bla. Wahrscheinlich würde niemand meinen Ausflug bemerken. Ich wäre längst zurück, bevor sie überhaupt auf die Idee kommen, nach Hause zu gehen.

Bei diesem verwegenen Gedanken beginnt mein Herz zu klopfen. Ich ärgere mich so sehr über mich selbst. Ich wünsche mir nichts sehnlicher, als dass die langweiligsten Ferien der Welt ein Ende haben. Und jetzt, wo die Welt verrücktspielt und mir ein Abenteuer vor die Haustür weht, fehlt mir der Mut.

»Ich bin keine Heldin, leider«, sage ich und stehe auf. »Es tut mir leid, Fibie. Du musst dir jemand anderen suchen.«

Schnell wie ein Wiesel schlüpfe ich ins Haus und schließe die Tür, damit sie mir nicht folgen kann.

Im Flur sinke ich zu Boden und vergrabe mein Gesicht in meinen Händen. Ich will so gerne, aber ich kann nicht.

Geschäfte

Hugo

Am nächsten Morgen finde ich eine Art Versöhnungsgruß von meiner Mutter vor meiner Zimmertür. Es ist ein Osternest, mit Schokoeiern und Schokohasen darin, einem Fünfeuroschein und einer Karte, auf der steht: »Frohe Ostern, mein lieber Hugo, kauf dir was Schönes davon. PS: Lass uns bitte in Ruhe reden.«

Kurz horche ich in mich hinein. Für ein Gespräch bin ich immer noch zu sauer. Außerdem steht mein Plan fest, und ich habe keine Lust, ihn mir durch mütterliches Gequatsche ausreden zu lassen. Daher kritzele ich hinter »Frohe Ostern« ein »Danke« und unter ihr Gesprächsangebot ein »Nein, danke«. Anschließend schiebe ich die Karte unter ihrer Schlafzimmertür hindurch.

Heute, am Ostermontag, haben alle Firmen noch geschlossen, aber gleich morgen werde ich diesem Herrn Winters einen Besuch abstatten. Natürlich kann ich nicht mit leeren Hosentaschen bei ihm aufkreuzen. Deshalb checke ich meine Finanzen. In meinem Sparschwein befinden sich etwas über hundert Euro in Münzen, hauptsächlich Fünfzigcentstücke und Eineuromünzen. Das liegt daran, dass ich für jedes verkaufte Glas Honig fünfzig Cent für meine Arbeit als Verkäufer und fünfzig Cent für meine Arbeit als Imker bekomme. Zwei Euro stecke ich in die Haushaltskasse. Die ist als Kaffeedose im Küchenschrank getarnt, damit jeder Dieb denkt, da sei nur Kaffee drin. Von dem Geld gehen wir einkaufen. Die restlichen zwei Euro bleiben in der Firmenkasse. Davon muss alles Geschäftliche erledigt werden. Zum Beispiel brauche ich immer mal wieder neue leere Gläser für die nächste Ladung Honig oder Etiketten zum Beschriften und Aufkleben. Es kann ja auch was an meinem Firmenfahrrad kaputtgehen. Ein neuer Schlauch für einen Reifen kostet auch Geld. Und der Zucker für die Überwinterung muss bezahlt werden. Außerdem spare ich für eine neue Honigschleuder. Die sind richtig teuer.

Ich betrachte den Berg Münzen auf meinem Schreibtisch und frage mich, was das wohl für einen Eindruck bei Herrn Winters hinterlassen wird. Schicker sind auf jeden Fall Scheine. Also tausche ich das Kleingeld gegen Zehner und Zwanziger aus meiner Firmenkasse ein. Doch die Scheine sind total zerknittert, sie sehen echt schäbig aus. Da hilft wohl nur noch eins: bügeln!

Ich gucke auf den Wecker auf meinem Nachttisch. Es ist schon kurz vor zehn Uhr. Gleich wird sie aufstehen. Damit wir uns nicht begegnen, mache ich mich auf den Weg zu einem Kumpel, besser gesagt, zu einer Kumpeline. Ihr Name ist Samira. Sie wohnt nur ein paar Häuser weiter. Auf dem Platz vor ihrer Haustür spielen ein paar Kinder Fußball. Ich erkenne gleich Samiras großen Bruder Yasin. Die anderen kenne ich nur vom Sehen.

»Hey, Hugo, Lust zu kicken?«, fragt Yasin. Er ist schon fünfzehn, ein ganzer Kerl, mit Muskeln und großer Klappe.

»Keine Zeit, will nur auf 'nen Sprung zu Samira.«

»Die is' unten«, ruft er und wirft über Kopf den Ball ein. »Sag ihr, dass wir einen Stürmer brauchen. Sie soll kommen. Wir sind am Verlieren.«

»Geht klar«, antworte ich und schlüpfe ins Haus. Statt in die Wohnung der Familie Demir im sechsten Stock laufe ich die Treppe hinunter. Samira hat vor Kurzem ihren eigenen Laden aufgemacht, genau wie ich ein bisschen illegal. Aber im Gegensatz zu mir arbeitet sie tatsächlich im Untergrund. Ihre Werkstatt und zugleich ihr Ladenlokal befinden sich im Keller.

Als ich die Tür öffne, sehe ich sie direkt an ihrer Werkbank. Sie trägt eine Schutzbrille und sägt gerade an einer alten Holzpalette herum. Seitdem ich das letzte Mal da war, hat sich wieder viel getan. Überall an den Wänden stehen selbst gebaute Regale aus Obstkisten. Darin präsentiert sie ihre Ware. Samira ist Weltmeisterin im *Upcycling*, das heißt, dass sie aus Müll Neues erschafft.

Aus alten Glasflaschen macht sie wunderschön bemalte Vasen, aus Schallplatten werden Schüsseln und aus Werbeprospekten Geschenktüten. Seit Neustem wagt sie sich wohl auch an Möbel. In der Ecke steht ein bunt bemalter Holzstuhl, davor ein Wohnzimmertisch, der als Tischplatte ein Snowboard hat. Abgefahren.

»Hey, Hugo«, ruft sie, als sie mich bemerkt. »Was machst du denn hier?«

Selbst kleine Fragen klingen bei Samira immer sehr groß und laut, als hätte sie doppelt so viele Stimmbänder wie andere Menschen. Aber irgendwie passt es zu ihr. Sie hat wilde schwarze Locken und die Kraft einer Löwin. Man sollte sich nicht mit ihr anlegen. Sie weiß, sich zu wehren. Und auf den Mund ist sie auch nicht gefallen. Genau das mag ich an ihr.

Sie setzt die Brille ab und kommt mir entgegen.

»Alles klar, Digger? Gibt es was Besonderes? Is' doch Ostern. Feierst du da nicht mit deiner Mam?«

»Die muss arbeiten. Und ich auch. Bin geschäftlich hier«, antworte ich.

»Willste was kaufen?«, fragt sie und hält mir einen Beutel aus schwarzem Stoff mit der Aufschrift »New York« entgegen. »Hab gestern tolle Einkaufstaschen aus alten T-Shirts gemacht. Kostet nur einen Euro pro Stück. Total hip und einmalig.«

»Ehrlich gesagt, wollte ich dich mit was beauftragen«, sage ich und hole ein paar leere Gläser und weiße Aufkleber aus meinem Rucksack. Der Ritchie sagt, man muss seine Produkte immer weiter verbessern, wenn man sich gegen die Lümmerleins dieser Welt behaupten will. Der Honig ist schon lecker genug, aber die Menschen achten eben auch auf die Verpackung.

»Ich dachte, du könntest mir ein paar schöne Etiketten malen. Ich kann drei Euro bezahlen.«

»Sechs«, antwortet Samira, als wären wir auf einem Basar.

»Vier«, feilsche ich zurück.

Sie sieht mich kritisch an.

»Fünf. Mein letztes Angebot.«

Damit habe ich gerechnet und lege ihr den Schein vom Osterhasen auf den Tisch. »Die aktuellen Sorten heißen *Frühlingsmagie* und *Blütenliebe*«, schicke ich noch hinterher. »Das müsste auch draufstehen.«

»Deal«, sagt Samira, und wir klatschen ab. Ich freue mich, denn sie ist echt talentiert. Das werden ganz einzigartige Etiketten. Da bin ich mir sicher.

»Die Jungs brauchen einen Stürmer, soll ich dir ausrichten.«

»Gut, ich brauch auch mal 'ne Pause. Ich mach sie alle platt«, sagt sie und steckt sich einen Kaugummi in den Mund.

»Kann ich auch?«, frage ich.

Ich habe so eine Art Kaugummikredit bei ihr laufen. In der Schule leiht mir Samira fast täglich einen. Sie sagt dann immer: »Ich bin kein Geschenkeladen. Ich kann dir einen geben, aber dafür krieg ich dann morgen zwei zurück.« Inzwischen schulde ich ihr schon … keine Ahnung, viele.

Etwas widerwillig hält sie mir einen entgegen.

»Kickst du 'ne Runde mit?«, fragt sie auf dem Weg nach oben.

»Nee, ich muss nach meiner Honigfabrik gucken«, erwidere ich und erzähle ihr, dass die Bienen schon fleißig waren und es bald Zeit für die Ernte des Frühlingshonigs ist.

Mehr erzähle ich nicht. Sie ist so neugierig und würde sofort ihre Nase in meine Angelegenheit stecken. Aber jeder Mitwisser ist eine Gefahr.

Der heimliche Ausflug

Merle

Es klingelt.

Immer und immer wieder.

Wie hartnäckig kann eine Biene sein? Gute Manieren sind das nicht gerade.

Ich halte mir die Ohren zu, doch ein Gedanke dreht sich in meinem Kopf wie eine Spirale, die niemals endet.

Was, wenn es wirklich um Leben und Tod geht? Was, wenn ich die einzige Hoffnung einer kleinen Biene namens Fibie bin?

Ich spüre Tränen aufsteigen. Tränen der Wut. Wut über mich selbst. Jemand bittet mich um Hilfe und was tue ich? Ich laufe davon und verstecke mich im Flur.

Ich muss an die Blumenlieferantin von eben denken. Würde sie zögern? Hätte sie Angst vor einem Abenteuer?

Mit einem Ruck, als wäre ich eine Marionette und der Puppenspieler würde mich einfach an den Fäden aus der Kiste ziehen, stehe ich auf. Was jetzt passiert, passiert einfach. Ich denke nicht, ich tue es.

In Windeseile packe ich einen kleinen Rucksack mit einem Notfall-Asthmaspray und Wasser. Dann schalte ich unser Haus-Überwachungssystem aus, damit es keine Videobeweise gibt, und die Tracking-App auf meinem Smartphone ein. Die habe ich schon lange installiert. So weiß ich immer, wo sich meine Eltern gerade aufhalten. Zwei rote Punkte auf der Karte zeigen mir ihren momentanen Standort an. Schön brav sitzen sie im Garten der Familie Wilson. Endlich ist es für etwas nützlich, dass ich die Einzige im Haus bin, die sich mit Technik auskennt. Mein Vater hat für so was seine Leute in der Firma. Und meine

Mutter interessiert sich nur für die Bedienoberfläche. Wie beim Autofahren kann sie das Ding irgendwie steuern, hat aber keinen blassen Dunst, was ein Smartphone in Wahrheit alles kann.

Die Entscheidung ist gefallen. Mein Herz hüpft, vor Angst und zugleich vor Freude, als ich vor die Haustür trete und sehe, dass Fibie immer noch auf mich wartet.

»Okay. Ich bin bereit«, sage ich entschlossen.

Fibie wirbelt herum und Fontänen aus Blütenstaub steigen wie ein kleines Feuerwerk in die Luft.

Wow. Offensichtlich freut sie sich.

Durch die Einfahrt folge ich ihr auf die Straße. Als sich das Tor zu unserem Grundstück hinter uns schließt, wird mir kurz noch einmal mulmig.

Seitdem wir hergezogen sind, war ich eigentlich immer nur mit meinen Eltern unterwegs. Mein Vater fährt mich zur Schule, meine Mutter holt mich ab. Mal gehen wir zum Arzt, mal einkaufen. Sport mache ich auch nur drinnen: Klettern in der Kletterhalle und Schwimmen im Schwimmbad. Auch dahin werde ich gefahren.

Alleine die Straße entlangzugehen, ist ungewohnt, aber irgendwie auch cool. Ich fühle mich gerade wie vierzehn.

Beschwingt von Glück, das sich gerade von Kopf bis Fuß in meinem Körper ausbreitet wie Himbeersoße über Vanillepudding, hüpfe ich Fibie hinterher.

Durch meine Maske nehme ich immer wieder einen tiefen Atemzug. So riecht also Freiheit.

Dabei fällt mir auf, dass ich immer noch schlecht sehe. Es kommt mir vor, als würde ein silbriger Nebel über der Welt liegen. Das ist wirklich sehr seltsam. Ich reibe meine Augen, aber es geht nicht weg. Immerhin jucken sie jetzt nur ein wenig.

Unser Viertel mit dem Namen »Neugarten« ist heute wie ausgestorben. Keine Motoren brummen, keine Menschen sind zu sehen.

Auch die Häuser hinter den eisernen Toren wirken verschlafen, nur die Augen der Kameras auf den Mauern sind hellwach. Viele sind wohl im Urlaub oder vielleicht beim Osterbrunch der Familie Wilson. Bei diesem Gedanken kann ich nicht anders und checke kurz die Tracking-App. Zwei rote Punkte blinken mir entgegen. Alles im grünen Bereich, denke ich noch, als mein Handy klingelt und der Schriftzug »Mama« auf dem Display erscheint, so als hätte sie gerade meine Gedanken gehört.

»Ja, Mama?«, sage ich und versuche, so natürlich wie möglich zu klingen, was schwierig ist, denn von Weitem sehe ich einen silbern glitzernden Schleier nahen. Er kommt die Straße entlanggeweht wie ein fliegendes Tuch aus tausend Sternen.

Was ist das?

»Ich wollte nur mal hören, ob alles okay ist«, sagt sie, während ich fassungslos auf das Ding starre, das jetzt direkt auf mich zusteuert.

»Merle, alles klar?«, höre ich sie sagen, während ich mich gerade noch ducken kann. Ich drehe mich um, dann sehe ich, wie der Schleier hinter mir lautlos explodiert und der Glitzer sich in alle Himmelsrichtungen verteilt.

»Alles klar, Mama«, sage ich, während mein Herz wie wild rast.

»Geht's dir gut?«, hakt sie noch mal nach.

»Alles gut.«

Für einen Moment sorge ich mich, dass sie vielleicht nach Hause kommen will, aber dann höre ich im Hintergrund eine andere Stimme. »Noch ein Schlückchen Champagner, Darling?«, fragt eine Frau, wahrscheinlich ist es die Gastgeberin, und meine Mutter antwortet »Sehr gerne«.

Und zu mir sagt sie: »Gut, dann sehen wir uns später. Küsse.« Bevor sie auflegt, höre ich noch ein fröhliches »Prost« und das *Ping* ihres Glases beim Anstoßen.

Unter Schock stecke ich mein Handy in die Tasche meiner Jeans.

»Was war das?«, frage ich meine Begleiterin.

POLLEN – antwortet Fibie.

Anschließend malt sie einen goldenen Pfeil in die Luft. Ich folge ihm ein Stück, dann sehe ich es. Um die Ecke lauert ein Birkenbaum. Er ist voller glitzernder Birkenkätzchen. Mit jeder Windböe lösen sich kleine und große Silberschleier daraus, die durch die Luft tanzen.

Jetzt verstehe ich. Ich kann nicht nur den goldenen Blütenstaub aus Blumen sehen, den Fibie für das Malen der Buchstaben benutzt, sondern auch die bösen silbernen Birkenpollen, die mir die Luft zum Atmen nehmen. Wow.

Das ist verrückt, aber auch großartig, denn endlich kann ich die Gefahr sehen. Jetzt muss ich ihr nur noch entkommen. Natürlich sind Pollen zurzeit überall in der Luft, aber ich kann immerhin den dicken Schwaden ausweichen.

Also tänzele ich mich durch das Gefahrengebiet. Mal ducke ich mich, mal hüpfe ich über die Schleier, mal springe ich nach rechts, mal nach links.

Dann endlich haben wir den Birkenschreck hinter uns gelassen. Die Luft wird wieder klarer, als wir kurze Zeit später die große Kreuzung an der Tankstelle erreichen. Es ist ein Verkehrsknotenpunkt, von dem aus es in alle Richtungen der Stadt geht. Hier ist ein bisschen mehr los. Ein paar Autofahrer tanken, Gruppen von Spaziergängern laufen vom Parkplatz aus in Richtung Altstadt.

Fibie lotst mich auf die andere Straßenseite und weiter geradeaus ins Eisenbahnerviertel, wie mir ein Schild an einer ausrangierten Lok am Straßenrand verrät.

Hier war ich wirklich noch nie. Auch nicht mit dem Auto, denn hier gibt es nichts außer vielen Hochhäusern, gesäumt von kleinen Rasenflächen und ein paar Bäumen. Wir biegen in die Straße Am Stellwerk. Ich zähle fasziniert die Stockwerke der Häuser, manche sind sechs, manche sogar zehn Etagen hoch. Zwischen den Häusern liegen eine lange Straßenschlucht, Parkzonen und Plätze mit Müllcontainern. Ansonsten herrscht auch hier Feiertagsstille. Das ist irgendwie unheimlich.

Immerhin spielen ein paar Kinder vor einem der Häuser Fußball. Ich versuche, unsichtbar zu sein, als ich an ihnen vorbeigehe. Ich will keinen Ärger, aber ein Mädchen bemerkt mich trotzdem. Es legt gerade den Ball vor sich, um zu schießen, hält dann aber inne und pöbelt mich an: »Hey, was glotzt du denn so? Verschwinde, wir wollen uns nicht anstecken.«

Alle starren jetzt zu mir auf den Bürgersteig.

Ganz langsam gehe ich weiter. Ich weiß nicht, was ich sagen soll. Mir fällt nie die passende Antwort ein. Immer erst Tage später beim Einschlafen.

»Was hast du? Maul- und Klauenseuche?«, ruft jetzt ein Junge. Die anderen Kinder lachen. Sie sind viele, ich bin allein.

Plötzlich ist Fibie verschwunden. Eine Sekunde später höre ich das Mädchen ängstlich jaulen: »Weg, weg, mach die einer weg.« Wild mit Armen und Händen fuchtelnd versucht sie, den Angriff einer kleinen Biene abzuwehren, aber die geht ihr so richtig auf die Nerven. Ich hoffe natürlich, dass sie nicht zusticht. Ich bin nicht für Gewalt. Trotzdem gefällt mir Fibies Mut. Schließlich begibt sie sich für mich in Gefahr.

»Das ist eine Killerbiene«, ruft das Mädchen und läuft davon. Auch die anderen Kinder weichen zurück.

Mit schnellen Schritten gehe ich weiter und biege in die nächste Straße ein. Dort tauche ich vorsichtshalber hinter einem großen Altpapiercontainer unter. Wenn sie mir folgen, bin ich fällig. Vielleicht war es doch keine so gute Idee mit dem Ausflug. Aber zum Glück kommen sie nicht, um mich zu suchen. Nur Fibie taucht auf.

Kurze Zeit später sind wir am Rande der Siedlung angekommen. Hinter uns liegen die Hochhäuser, vor uns ein langer Grünstreifen aus dichtem Gebüsch und Bäumen. Es ist nicht wie ein Park mit Wegen und Bänken, sondern eher wie ein Urwald, in dem alles wild wuchert.

Ich höre einen Zug ganz nah vorbeirattern. Im nächsten Moment sehe ich Fibie im Dickicht verschwinden. Das geht jetzt aber doch zu weit. Ich bin kilometerweit von zu Hause weg und soll in einen Dschungel? Was denkt sich diese Biene nur?

»Stopp«, rufe ich ihr hinterher. »Ich will nach Hause.« Es reicht! Das hier ist alles eine Nummer zu krass für meinen Geschmack.

Das Versteck

Hugo

Hier im Viertel bleibt nichts geheim. Vor allem, wenn man sagt: »Erzähl es aber bloß keinem weiter«, dann macht die Nachricht sofort die Runde. Deshalb habe ich Samira lieber nichts gesagt. Vor allem, weil sie den Ort kennt, an dem ich meine Bienen versteckt habe. Letzten Sommer haben wir dort ein Geheimversteck mit einem Lagerplatz eingerichtet.

Im Grunde ist es ein kleines Wäldchen, das wie ein Streifen entlang der Bahnstrecke verläuft. Von außen sieht alles so verwildert aus, als gäbe es keinen Eingang. Wenn man aber den schmalen Weg parallel zu den Bahngleisen nimmt, dann gibt es von hinten einen Zugang ins Innere. Den haben Samira und ich in harter Arbeit freigeschlagen. Nur deshalb ist es überhaupt möglich, mit Fahrrad und beladenem Anhänger bis zu der kleinen Lichtung in der Mitte vorzudringen.

Dort habe ich die Beute in der Nacht der Entführung hingebracht. Hinter all den dichten Hecken, Sträuchern und Bäumen wird sie niemand vermuten.

Es ist nicht der beste Platz für ein Bienenvolk, denn es gibt keine Nahrung direkt vor der Haustür, aber immerhin ist das Volk hier sicher, bis mir was Besseres einfällt.

Allerdings habe ich noch keine Ahnung, wo ich ein besseres Zuhause finden und wie ich die Beute noch einmal alleine auf den Anhänger bekommen soll. Sie hier abzuladen, war schon die Hölle. Die Kiste ist unglaublich schwer. Die gute Nachricht daran ist jedoch, dass die Bienen schon sehr fleißig waren. Es läuft in der Honigfabrik. Und das bedeutet, die Geschäfte in Hugos Honigladen sind zumindest fürs

Erste gesichert. Deshalb muss ich heute unbedingt nachsehen, ob der Honig erntereif ist.

Aus dem Anhänger hole ich meine Arbeitsausstattung: eine Gänsefeder und einen Smoker. Dann ziehe ich eine Imkerjacke an und setze mir einen Imkerhut mit Gesichtsnetz auf den Kopf. Die Bienen sind normalerweise sehr friedlich, aber wer weiß, wie sie den Umzug verkraftet haben.

Um sie zu beruhigen, nebele ich den zweistöckigen Holzkasten erst mal mit Rauch ein. Das hat mir mein Opa beigebracht. Im Smoker, das ist eine Metallkanne mit einem kleinen Blasebalg, zünde ich Stücke von getrockneten Tannenzapfen an. Zwei, drei Stöße Rauchnebel genügen schon. Die Bienen denken jetzt, dass in der Nähe Feuer ausgebrochen ist, und schlagen sich den Bauch mit Honig voll, damit sie für die Flucht gewappnet sind. Der Trick: Satte Bienen sind gechillte Bienen!

Als ich den Deckel abhebe, schwirren mir Hunderte von ihnen entgegen. Ich spüre sie überall auf mir. Aber sie lassen mich ganz in Ruhe meine Arbeit tun. Keine schnellen, hektischen Bewegungen zu machen, ist ein weiteres Geheimnis. Das hat mit den Augen zu tun. Sie können langsame Bewegungen nicht so gut wahrnehmen und somit bin ich in ihren Augen einfach nicht gefährlich.

Ganz behutsam greife ich in die oberste Etage der Beute und hebe einen der Holzrahmen heraus. Er ist schwer. Die Wabe darin ist prall mit Honig gefüllt. Und obendrauf sitzen Hunderte Bienen. Mit der Gänsefeder streiche ich sie ganz sachte von den Wabenzellen herunter. Nach und nach purzeln sie zurück in die Beute oder fliegen davon.

Jetzt endlich kann ich den Honig kosten. Ich muss an Opa Jakob denken. Genau vor einem Jahr habe ich mit ihm gemeinsam den letzten Frühlingshonig geerntet. Ihn *Frühlingsmagie* zu nennen, war meine Idee. Die nächste Fuhre *Blütenliebe* ist dann im Sommer dran.

Gerade als ich mit dem Finger ein bisschen von der Wachsschicht abkratze, um an den Honig darunter zu kommen, höre ich ein lautes Knacken im Gehölz.

»Hallo?«

Samira!

Das ist mein erster Gedanke. Hoffentlich ist sie mir nicht gefolgt. Sie hat ein Näschen für so was und ihr ist alles zuzutrauen. Mit den Augen suche ich die Bäume und Sträucher ab.

»Ist da jemand?«

Vielleicht war es nur ein Eichhörnchen, denke ich, als ich etwas Weißes hinter einem der Sträucher wackeln sehe.

»Du kannst rauskommen, Samira. Ich sehe dich. Du leuchtest wie ein Scheinwerfer. Sehr witzig. Wolltest du mich zu Tode erschrecken?«

Es knackt und kracht im Gestrüpp.

»Na, los. Worauf wartest du? Es gibt leckeren Honig. Komm raus. Dann kannste was abhaben.«

Samira liebt Süßigkeiten. In ihrer Familie gibt es die krassesten Nachtische, die so süß schmecken wie ein ganzer Topf Honig. Aber das ist bei den Demirs so Tradition. Manchmal laden sie mich zum Mittagessen ein, danach sind klebrige Kuchen und süße Puddings Pflicht. Die sind so was von lecker.

Obwohl ich es nicht toll finde, dass Samira mir nachgeschlichen ist, bin ich bereit zu teilen. Aber das Mädchen, das jetzt hinter dem Busch hervortritt, ist gar nicht Samira.

Ich erkenne sie sofort. Allerdings sieht sie nicht mehr so schick aus wie in der Krämergasse. Ihre Jeans ist verdreckt, vor allem an den Knien, als wäre sie auf allen vieren durchs Unterholz gekrochen. Einzelne Strähnen hängen aus dem Pferdeschwanz, in einer hat sich ein kleiner Ast verfangen. Schockiert starre ich sie an. Ein paar ängstliche braune Augen über einer weißen Atemschutzmaske starren zurück.

Das kann doch wohl nicht wahr sein? Wie kommt sie hierher? In mein Versteck?

»Was tust du hier, verdammt?«, blaffe ich ihr entgegen. Ich will, dass sie verschwindet. Sofort. Niemand darf diesen Ort kennen, niemand von den Bienen hier wissen.

»Hm, ja also«, sagt sie, aber es kommt kein weiteres Wort aus ihrem Mund. Stattdessen blickt sie verlegen nach unten.

»Ich kenne dich«, sage ich. »Du warst am Samstag in der Krämergasse, als …«

»Du bekommst dein Geld«, unterbricht sie mich. »Wenn ich gewusst hätte, dass wir uns treffen, hätte ich es dir mitgebracht.«

»Das Geld ist mir gerade wirklich scheißegal«, antworte ich barsch. »Viel wichtiger ist eine andere Frage: Wie hast du mein Versteck gefunden?«

Ertappt

Merle

Warum habe ich mich von dieser Biene überreden lassen? Ich hätte umdrehen und nach Hause gehen können, aber ich musste ja nachgeben. Die Bienen sind jetzt überall. Wenn mich mehrere stechen, sterbe ich bestimmt. Mir ist ganz schlecht. Wie eine kleine dunkle Wolke schwirren Hunderte von ihnen um den Jungen herum. Es sieht bedrohlich und zugleich wunderschön aus, denn die Tiere glänzen an ihren Beinen golden. Ich traue mich keinen Schritt näher. Ich verstehe nicht, wie der Junge so ruhig bleiben kann. Er erstarrt nicht, er schreit nicht, er läuft nicht davon, obwohl die Bienen ganz nah um seinen Hut fliegen, sich auf den Schleier, die Ärmel seiner Jacke und sogar seine nackten Hände setzen. Vorsichtig hängt er den seltsamen Holzrahmen zurück in die Kiste und schließt den Deckel. Dann kommt er ein Stück auf mich zu.

Ich kann nicht glauben, dass Fibie ausgerechnet zum Volk des Honigjungen gehört. Was für ein verrückter Zufall.

Allerdings scheint er nicht sehr glücklich über meinen Besuch zu sein. Die Aktion war wohl nicht abgesprochen.

»Wer hat dir das Versteck verraten?«, bohrt er noch mal nach. Wir sehen uns prüfend an. Die Situation ist einfach irre. Dass ich einer Biene hinterhergelaufen bin, ist schon völlig bescheuert. Es jetzt aber laut auszusprechen, kommt mir noch viel bekloppter vor. Trotzdem tue ich es. Was bleibt mir übrig?

»Ich bin einfach nur einer Biene hinterhergelaufen«, sage ich. »Die hat mich hergeführt.«

Mein Gegenüber runzelt die Stirn. Er glaubt mir nicht. Wie auch.

»Ja. Kein Witz. Es war diese hier.« Ich versuche, Fibie unter den umherschwirrenden Bienen ausfindig zu machen. »Oder vielleicht die hier.« Aber sie ist nicht mehr zu erkennen. Sie sieht eben aus wie tausend andere auch.

»Verdammt, ich kann sie nicht unterscheiden.«

Der Junge lacht. Immerhin guckt er nicht mehr so böse, aber er lacht mich aus. Das ist auch nicht viel besser. Zum Glück sehe ich jetzt einen goldenen Schweif hinter einer Biene, der aussieht wie eine Sternschnuppe.

»Die da, die ist es, ganz sicher«, rufe ich, und schwupp, ist sie in einem Loch unten an der Kiste verschwunden.

»Okay«, sagt der Junge. »Ich bin neugierig. Eine Biene hat dich hergebracht. Und jetzt?«

»Ich denke, deine Bienen brauchen Hilfe«, sage ich geradeheraus.

»Aha.« Der Blick des Jungen wird wieder feindseliger. »Also, ich hab eben erst nachgesehen, da war alles in bester Ordnung. Ernsthaft. Der erste Frühlingshonig ist fertig. Sie haben genug zu essen. Die Königin legt fleißig Eier. Es läuft. Ganz normaler Bienenalltag.«

»Wenn das so ist«, sage ich und zucke die Schultern. »Dann gehe ich eben wieder.«

Ich kann nicht glauben, dass ich mir die ganze Mühe umsonst gemacht habe, dass ich mich gerade durch dieses schreckliche Gestrüpp gekämpft habe, um zu hören, dass alles in Ordnung ist. Aber ich habe überhaupt keine Lust, mich aufzudrängen. Wer nicht will, der hat schon.

»Hast du denn irgendeine Ahnung von Bienen?«, fragt der Junge, als ich mich gerade umdrehen und weggehen möchte.

Tatsächlich komme ich mir jetzt richtig dumm vor.

»Also. Bienen sind nicht gerade mein Thema«, gebe ich zu und spüre, dass mein Gesicht rot wird, »um ehrlich zu sein, reagiere ich sogar allergisch auf Bienengift. Zumindest als ich klein war.«

»Das wird ja immer besser!«, ruft der Junge aus. »Und dann kommst du hierher? Bist du lebensmüde?«

Jetzt, wo er das so sagt, wird mir noch mulmiger. Das Summen wird wie auf Knopfdruck lauter in meinem Kopf. Es sind so viele. Sie fliegen in einer Geschwindigkeit in das Loch der Kiste und wieder heraus, dass ich ihnen mit dem Auge kaum folgen kann. Es müssen Hunderte sein, vielleicht Tausende. Und sie sind nur eine Armlänge von mir entfernt.

»Ich fasse mal kurz zusammen: Ein Mädchen, das keine Ahnung von Bienen hat und an einem Stich sterben könnte, will mir helfen. Wie soll das bitte schön aussehen?«

»Keine Ahnung. Das musst du schon Fibie fragen. Wie gesagt. Ich bin ihr nur hinterhergelaufen.«

»Wen?«

»Na, die Biene, die mich gestochen hat.« Ich zeige auf meine eingewickelte Hand. »Zum Glück habe ich es überlebt. Aber seitdem redet sie mit mir.« Während ich es laut ausspreche, wird mir klar, dass ich absolut wahnsinnig klinge. Aber gesagt ist gesagt!

»Sie hat dich gestochen und jetzt redet sie mit dir?«, wiederholt er und zeigt mir einen Vogel. »Weißt du, was passiert, wenn eine Biene sticht?«

Ich will schnell »Jaja« sagen, aber er lässt sich nicht aufhalten: »An ihren Stacheln sind Widerhaken, die in der Haut stecken bleiben. Wenn eine Biene wegfliegt, verliert sie nicht nur ihren Stachel, sondern auch einen Teil ihrer Organe. Das zu überleben, ist nicht möglich, oder es ist Magie.«

In dem Moment, in dem er es sagt, wird mir plötzlich alles klar. Ich müsste tot sein und sie auch. Aber wir leben beide noch. Wenn wir nicht tot sind, dann ist wirklich etwas Magisches im Gange.

»Nimmst du irgendwelche Medikamente?«, fragt der Junge und reißt mich aus meinen Gedanken. Er denkt, dass ich verrückt bin. Vielleicht bin ich es ja auch. Zumindest verrückt genug, einfach von zu Hause abzuhauen, einem Insekt hinterherzulaufen und mich im Dickicht in Lebensgefahr zu bringen. Ich schaue auf mein Smartphone. Die Tracking-App zeigt zum Glück noch keine nennenswerte Bewegung an. Trotzdem steigt mit jeder Minute die Wahrscheinlichkeit, erwischt zu werden.

»Ganz ehrlich, verschwinde von hier. Die Bienen brauchen keine Hilfe und ich auch nicht.« Der Junge wendet sich von mir ab und geht wieder zu der Kiste zurück.

»Aber du erklärst es Fibie. Sie ist in den Kasten reingeklettert. Sie wird sich wundern, wenn ich weg bin«, höre ich mich sagen, als wären Fibie und ich schon seit Jahren die besten Freundinnen. Seltsam. Irgendwie tut es mir jetzt doch leid, dass es so endet.

Dann dreht er sich noch einmal zu mir herum. »Und damit das klar ist. Das hier ist mein Versteck, es ist geheim. Du warst nie hier und wir sind uns nie begegnet.«

Was für ein Depp. Ich hab auch Besseres zu tun, als meine Ferien mit gefährlichen Insekten und einem unfreundlichen Idioten zu verplempern. So eine Zeitverschwendung.

»Soll mir recht sein«, antworte ich. »Ich war nie hier und wir sind uns nie begegnet.«

Der Zukunftsdieb

Hugo

Es ist Dienstag. Die Osterfeiertage sind vorbei. Schlecht daran ist, dass ab heute die blöde Berta wieder im Dienst ist. Das nervt. Gut ist, dass die Erwachsenen wieder zur Arbeit gehen. Hoffentlich auch Herr Winters, der Dieb meiner Zukunft, den ich mir jetzt vorknöpfen werde.

Ich stehe vor dem Bürohaus in der Gutenbergstraße 5 und lese die Übersichtstafel neben dem Eingang. Schnell finde ich die Info, die ich suche. Die Firma Winters Bau befindet sich im siebten Stock.

Im Grunde bin ich immer noch wütend genug, um einfach hineinzumarschieren und den ganzen Laden auseinanderzunehmen, aber dummerweise sitzt direkt hinter der Eingangstür ein Pförtner, mit dem ich nicht gerechnet habe. Durch die gläsernen Eingangstüren sehe ich, wie er mit finsterer Miene jeden überprüft, der rein- und rausgeht. Wenn gerade keiner da ist, beißt er heimlich in ein belegtes Brötchen. Selbst beim Kauen guckt er mürrisch drein. Ich kenne diese Sorte. Sie lassen an nichts ein gutes Haar und sie hassen Kinder.

Während ich ihn beobachte, erschrecke ich immer wieder vor meinem eigenen Spiegelbild. In der Fensterscheibe vor mir steht Hugo, wie ich ihn noch nie gesehen habe. Eigentlich wollte ich so schick aussehen wie Ritchie, wenn er zur Bank geht, aber ich musste improvisieren. Das weiße Hemd von meinem Opa ist natürlich zu groß, weshalb ich es an den Armen umgekrempelt habe. Na ja, und die einzige Krawatte, die bereits gebunden war und die ich mir nur noch über den Kopf ziehen musste, ist braun mit orangen Kreisen darauf. Aber ich habe mich gewaschen, Deo benutzt und mir die Haare nach hinten gegelt. Mehr war beim besten Willen nicht drin.

Zwei junge Frauen kommen aus dem Gebäude. Sie sind so sehr ins Gespräch vertieft, dass sie mir keine Beachtung schenken. Aufgebracht wirken sie, geradezu sauer. »*Tut uns wirklich leid, die Rollen sind schon alle besetzt. Jetzt suchen wir nur noch Statisten*«, sagt die eine, und am Tonfall ist klar, dass sie jemanden nachäfft.

»Ja. So ein Depp«, sagt die andere. »Das hätte man uns doch auch schon am Telefon sagen können. Jetzt brauche ich erst mal einen Kaffee.« Dann verschwinden die beiden in Richtung Altstadt.

Aufgeregt scanne ich noch mal alle Firmen auf der Übersichtstafel. Dritter Stock: Casting-Agentur für Film- und Werbeaufnahmen. Bingo!

Mit erhobenem Kopf und allem Selbstbewusstsein, das ich zusammenkratzen kann, betrete ich das Gebäude.

Der Pförtner kaut noch schnell seinen heimlichen Bissen zu Ende und schluckt ihn hinunter, dann begrüßt er mich mit einem miesepetrigen »Ja?«.

»Ich hab einen Termin zum Casting«, sage ich und spüre, dass ich rot werde.

Der Schnurrbart über seinen herunterhängenden Mundwinkeln fängt an zu vibrieren. Dann erschallt ein hohles Lachen. »Ja. Das sieht man. Spielt wohl in den Siebzigern, der Film, was? So eine Krawatte hatte ich auch mal. Als ganz junger Kerl.«

Dann winkt er mich mit einem »Dritter Stock« durch.

»Danke«, murmele ich und mache mich aus dem Staub.

Mit dem Aufzug fahre ich natürlich nicht in den dritten, sondern in den siebten Stock. Die ganze Fahrt nach oben feiere ich, dass ich den alten Miesepeter ausgetrickst habe. Doch die Freude darüber währt nur kurz.

Kaum öffnen sich die Aufzugtüren, tut sich vor mir gleich das nächste Problem auf. Im Foyer der Firma Winters Bau sitzt eine grauhaarige Dame an einem Empfangstresen. Ein alter Drachen, der die Bürohöhle bewacht.

Ich muss an Ritchie denken, der mal gesagt hat: »Hugo, nichts beeindruckt Erwachsene mehr als Kinder, die höflich sind. Sie erwarten nämlich von uns immer nur das Schlechteste. Wenn du so tust, als wärst du gut erzogen, dann fressen sie dir aus der Hand.«

Mit meinem bezauberndsten Lächeln auf den Lippen trete ich näher.

»Guten Tag«, sage ich so höflich wie man Guten Tag sagen kann. Aber die Lady sieht nicht so aus, als würde sie mir aus der Hand fressen wollen. Im Gegenteil.

»Du hast dich wohl in der Etage geirrt. Die Casting-Agentur ist im dritten Stock«, sagt sie und funkelt mich genervt an.

»Ich möchte zu Herrn Winters«, flöte ich und versuche es mit einem charmanten Augenklimpern.

»Soso«, sagt sie. »Hast du denn einen Termin?«

»Nein, aber es handelt sich um eine dringende Angelegenheit.«

»Soso«, sagt sie noch einmal, und ich komme mir wie ein riesiger Idiot vor. »Ohne einen Termin kann ich leider nichts machen.« Dann wendet sie sich von mir ab und tippt etwas in den Computer.

Okay. Ich habe es versucht. Scheiß auf die Höflichkeit.

»Aber ich muss ihn sprechen, verdammt noch mal«, fauche ich über den Tresen.

»Junger Mann«, faucht der Drachen zurück. »Nicht in diesem Ton.«

»Sie verstehen das nicht. Es ist wichtig.«

Die Augen der Sekretärin blicken an mir vorbei.

»Was ist denn so wichtig?«, höre ich eine Männerstimme hinter mir.

»Herr Winters«, ruft die Dame entschuldigend aus, »der Junge möchte mit Ihnen sprechen. Aber er hat keinen Termin.«

Ich drehe mich um und vor mir steht ein großer Mann mit dichtem schwarzem Haar und grauen Schläfen. Er trägt einen dunkelblauen Anzug und sieht aus wie ein Männermodel für Kaffeepads aus der Werbung.

»Ich, ich«, stammele ich, aber Herr Winters lächelt meine Sorge weg.

»Zufällig habe ich gerade ein paar Minuten Zeit«, sagt er und weist mir mit einem »Hier entlang« den Weg in sein Büro.

Ich bin überrascht, wie nett der böse Baulöwe klingt. Ich hatte einen unfreundlichen, unsympathischen Mann erwartet, einen, den man sofort nicht leiden kann, wenn man ihn sieht.

Als ich den Raum betrete, brauche ich erst mal einen Moment zum Staunen. Das Büro ist riesig. Die Wände sind makellos weiß, ohne ein einziges Bild daran. Vor den bodentiefen Fenstern, durch die man über die ganze Altstadt sehen kann, steht ein Tisch mit Miniaturmodellen verschiedenster Häuser. Es sieht aus wie eine kleine Stadt. Ich habe sofort Lust, damit zu spielen. Eigentlich fehlen nur noch ein paar kleine Autos.

»Dass ich Winters heiße, weißt du ja offensichtlich schon. Verrätst du mir auch deinen Namen?«, sagt Herr Winters und setzt sich auf einen schwarzen Ledersessel hinter seinen Schreibtisch, während ich zaghaft auf einem Besucherstuhl davor Platz nehme.

»Hugo. Hugo Kalinski«, antworte ich.

»Also gut, Hugo Kalinski. Es klang eben sehr dringend. Was kann ich für dich tun?«

Dann nehme ich kein Blatt vor den Mund und sage frei heraus, warum ich da bin. Herr Winters hört mir aufmerksam zu und nickt immer mal wieder.

»Also«, sagt er, nachdem ich fertig bin. »Verstehe ich das richtig? Du willst das Grundstück deines Großvaters zurückkaufen. Du, und nicht deine Mutter?«

»Richtig. Mit meiner Mutter hat das alles nichts zu tun. Sie weiß, ehrlich gesagt, gar nicht, dass ich hier bin«, gestehe ich. Aber was sollte eine Lüge auch bringen. Ich will ja schließlich mit ihm ins Geschäft kommen.

»Soso«, sagt er und reibt sich nachdenklich das Kinn. Langsam bin ich mir nicht mehr sicher, was dieses »Soso« bedeuten soll. Ich fühle mich nicht ernst genommen und will schon laut werden, da sagt Herr Winters doch etwas Ernsthaftes. »Mal angenommen, ich wäre bereit, das Grundstück zu verkaufen. Hast du denn überhaupt Geld, um es zu bezahlen?«

Auf diesen Moment bin ich bestens vorbereitet. Aus meiner Hosentasche ziehe ich hundert Euro in gebügelten Scheinen. Leider sind jetzt schon wieder Knicke und Falten drin. Ich versuche, sie glatt zu streifen. Aber die Ohren biegen sich immer wieder nach oben. Trotzdem schiebe ich ihm das Geld über den Tisch zu. Ich weiß natürlich, dass ein Grundstück viel mehr kostet, deshalb sage ich: »Das ist natürlich nur eine Anzahlung.«

Herr Winters bekommt einen kleinen Hustenanfall, der nur mit einem kräftigen Schluck Wasser zu stoppen ist. Irgendetwas stimmt nicht mit meiner Anzahlung. Aber ich weiß beim besten Willen nicht, was. Immerhin sind es hundert Euro. Davon wollte ich mir eigentlich bald ein gebrauchtes Smartphone kaufen.

»Ich kann Ihnen jeden Monat ein bisschen was bezahlen«, sage ich schnell. »Ich bin auch ein Geschäftsmann. Ich verdiene Geld mit dem Verkauf von Honig. Das ist ja auch genau das Problem: Ohne den Garten haben meine Bienen kein Zuhause. Ich muss sie weggeben und meinen Laden aufgeben. Verstehen Sie?«

»Von Geschäftsmann zu Geschäftsmann«, sagt Herr Winters und gibt mein Geld wieder zurück. »Selbst wenn du mir jeden Monat hundert Euro zahlen könntest, müsstest du das die nächsten siebzig Jahre tun. So lange, bis du achtzig und ich hundertfünfundzwanzig Jahre alt bin. Das dauert mir, ehrlich gesagt, zu lange.«

Was redet er da? Siebzig Jahre lang?

»Wie teuer ist denn das Grundstück?«, frage ich nach und ärgere mich über mich selbst. Schließlich hatte ich doch den Kaufvertrag in der Hand, aber ich habe nur nach dem Namen des Käufers und nicht nach dem Preis gesucht.

»Vierundachtzigtausend Euro«, antwortet Herr Winters.

»Wow«, ist das Einzige, was mir über die Lippen kommt. Vierundachtzigtausend Euro – das ist eine Summe, die ich mir nicht mal in Scheinen vorstellen kann. Ein Vermögen. Wie ein zu hoch geratener Turm aus Bauklötzen gerät meine Hoffnung ins Wanken. Ein Klötzchen mehr, eine Berührung, ein Windhauch, und alles fällt in sich zusammen. Ich kann jetzt nicht einfach aufgeben, aber ich bin wahrlich sprachlos. Was selten vorkommt.

»So, Herr Kalinski«, sagt Herr Winters. »Ich denke, wir haben alles besprochen. Ich werde gleich zum Essen abgeholt.«

Dann steht er auf und begleitet mich zur Tür. In mir wehrt sich alles. Ich kann jetzt unmöglich einfach gehen. Als Herr Winters mir zum Abschied die Hand entgegenstreckt, schießt mir doch noch ein rettender Gedanke ins Gehirn.

»Aber wenn ich das Geld besorge, überlegen Sie es sich dann noch mal?«, will ich wissen.

»Wenn dir das gelingt, denke ich darüber nach.« In seinen Augen lese ich, dass er nicht daran glaubt.

»Abgemacht«, sage ich und schüttele seine große Pranke.

Was Herr Winters nicht ahnt, ist mein Ass im Ärmel: Ritchie. Seine Worte tanzen in meinem Kopf Salsa. »Wenn du irgendwann einmal einen Kredit brauchst, weißt du ja, wo du mich findest.«

Ein seltsamer Kunde

Merle

»Hallo, Merle.«

Frau Grauvogel lächelt mich freundlich mit dem immer gleichen Sekretärinnen-Lächeln an.

»Ich will zu meinem Vater. Ist er frei?«, frage ich im Vorbeigehen und will schon einfach in sein Büro stürmen, als sie mich aufhält.

»Nein, tut mir leid. Er ist gerade im Kundengespräch.«

Ich bremse noch rechtzeitig und rudere zurück zum Empfangstresen.

»Na, dann warte ich«, sage ich und verdrücke mich in die Lounge-Ecke, die mit ein paar Regalen vom Rest des Flurs abgetrennt ist. Es ist der Wartesaal für alle, die mit meinem Vater sprechen möchten. Bis er zur Audienz ruft, kann man hier in langweiligen Zeitschriften blättern oder einen Kaffee trinken.

Als endlich die Tür aufgeht, will ich loslaufen, aber der Anblick des Kunden, der gerade herauskommt, lässt mich erstarren. Obwohl er mit Hemd und Schlips verkleidet aussieht, erkenne ich ihn sofort. Es ist der Honigjunge. Mit Handschlag verabschiedet er sich von meinem Vater und steuert dann in Richtung Fahrstuhl. Das ist zum Glück die entgegengesetzte Richtung. Er darf mich auf keinen Fall sehen. Ein »Hallo, was machst du denn hier?« würde womöglich zu Fragen führen, die ich nicht beantworten möchte. Mit Schrecken denke ich an meinen gestrigen Ausflug zurück. Es waren nur Minuten, die ich vor meinen Eltern zu Hause war. Die dreckigen Klamotten liegen immer noch zusammengeknüllt unter meinem Bett.

Das Letzte, was ich jetzt gebrauchen kann, ist eine Begegnung mit dem unfreundlichsten Idioten der Stadt, der mein Geheimnis auffliegen lässt.

Bing. Das Schicksal ist auf meiner Seite. Während mein Vater mit einem »Wo ist denn Mama?« auf mich zukommt, steigt der Junge in den Fahrstuhl, ohne sich noch einmal umzudrehen.

»Die musste noch was in der Stadt besorgen und wartet gleich im Restaurant auf uns«, antworte ich in ganzen Sätzen, obwohl in meinem Gehirn gerade Hunderte Fragezeichen Trampolin springen.

Den ganzen Weg zum Restaurant denke ich darüber nach. Was wollte der Junge bloß von meinem Vater? Irgendetwas ist seltsam an der Sache. Ich würde ihn so gerne fragen, aber ich habe Angst, mich zu verraten.

Außerdem regen mich diese Pollenschleier auf. In der Fußgängerzone ist es gerade besonders schlimm. Überall tanzen sie durch die Luft, und die Menschen laufen einfach hindurch, ohne sie zu bemerken. Eine Frau, die uns entgegenkommt, läuft geradewegs mitten in ein Tuch hinein, das sich vom Himmel senkt. Am liebsten würde ich sie zur Seite schubsen. Zu spät. Heftig beginnt sie zu niesen. Wahrscheinlich kommen die Pollen von den Birken am Bachufer herübergeweht. Da gibt es viele. Zum Glück kann ich ausweichen. Mal ducke ich mich, mal hüpfe ich zur Seite.

»Kannst du bitte aufhören, so herumzuhampeln«, schimpft mein Vater, als gerade ein Schleier mitten in seinem Gesicht explodiert und ihm ein Silber-Make-up verpasst. Steht ihm.

Vor dem Restaurant am Markt ist viel los. Heute ist es so warm, dass viele Gäste auf der Terrasse sitzen. An einem Kübel mit bunten Frühlingsblumen sehe ich mit Freude ein paar Bienen an Blüten naschen. Es ist seltsam, seit dem Stich empfinde ich keine Panik mehr vor Bienen. Respekt, ja. Aber keine Panik. Selbst als eine der Bienen auf mich zugeflogen kommt, zucke ich nicht mal zusammen. Irgendwie hoffe ich, dass sie es ist.

»Fibie?«

»Was hast du gesagt?« Mein Vater sieht mich irritiert an. Dann entdeckt er die Biene und legt schützend den Arm um meine Schultern.

Ich werfe einen Blick zur Seite und sehe goldene Funken wie bei einer Wunderkerze.

Sie ist es!

»Können wir draußen essen?«, frage ich schnell, denn ich muss unbedingt wissen, was sie will.

»Auf keinen Fall«, antwortet mein Vater und schiebt mich durch die Eingangstür ins Restaurant.

Während meine Eltern sich begrüßen und der Kellner die Speisekarte bringt, versuche ich, mich zu beruhigen. Immer wieder werfe ich einen Blick zum Fenster, aber ich kann sie nicht sehen. Warum ist sie bloß da? Ich habe sie doch gestern wortlos zurückgelassen. Ich an ihrer Stelle wäre megabeleidigt.

Der Kellner nimmt die Bestellung entgegen. Eigentlich müsste er es schon wissen, denn wir bestellen immer dasselbe. Ich eine Pizza Salami, mein Vater einen Salat mit Putenstreifen und meine Mutter ein blutiges Stück Rind.

»Das Büfett bei den Wilsons gestern war wirklich fantastisch«, schwärmt meine Mutter. »Ich soll dich von Frau Wilson grüßen. Sie hat sehr bedauert, dass du nicht da warst. Sie hätte dich gerne kennengelernt. Die Wilsons haben übrigens einen netten Jungen. Er geht auf deine Schule und er nimmt Filme fürs Internet auf. Schräges Hobby. Dass sich die Kinder heutzutage nur noch für Technik interessieren.«

»Er interessiert sich durchaus auch für andere Sachen, zum Beispiel für Architektur«, verteidigt ihn mein Vater. »Wir haben lange darüber gesprochen. Er sucht noch einen Platz für ein Schulpraktikum. Da habe ich ihm ganz spontan einen Ferienjob angeboten. Dann kann er sich alles mal ansehen und rausfinden, ob das wirklich das Richtige für ihn ist. Er fängt heute schon an. Auf der neuen Baustelle. Ich denke, jeder, der Architekt werden will, sollte mal einen Spaten und eine Schubkarre in der Hand gehabt haben.«

»Ist er denn schon alt genug?«, fragt meine Mutter.

»Ja. Gerade so. Er ist fünfzehn, aber groß und hat ausreichend Muskeln für den Job«, antwortet mein Vater. »Ich glaube, er spielt Basketball bei den Lucky Tigers.«

Es ist der letzte Satz der Unterhaltung, den ich wahrnehme. Dann schalte ich ab, wie oft, wenn Erwachsene über langweilige Themen reden.

In Gedanken sehe ich den Honigjungen vor Papas Bürotür stehen, dann Fibie hier vor dem Restaurant. Ich muss wissen, wie das alles zusammenhängt.

»Ich habe nachher noch einen Termin beim Friseur«, sagt meine Mutter. »Ich bringe dich aber vorher noch nach Hause.«

»Das musst du nicht«, sage ich schnell und wittere meine Chance zur Flucht. »Ich kann alleine gehen. Ich kenne den Weg.«

»Das kommt nicht infrage«, mischt sich mein Vater ein.

»Aber warum nicht? Ich bin doch kein Kleinkind mehr«, beschwere ich mich.

»Merle, du hast gehört, was dein Vater gesagt hat«, unterstützt ihn meine Mutter wie immer. Doch bevor ich eine noch unfreundlichere Antwort geben kann, sehe ich plötzlich aus den Augenwinkeln heraus, was sich vor der großen Fensterscheibe der Pizzeria abspielt.

Über einem Mann, der gerade eine Zeitung liest, erscheint ein riesiges goldenes H, vor einer älteren Dame, die an ihrem Glas nippt, ein U. Zwischen einer Mutter und ihrem Kind, die beide Nudeln essen, malt Fibie ein G. Durch ein großes O hindurch, als wäre es ein ovaler Bilderrahmen, sehe ich ihn dann: HUGO.

Er läuft in diesem Moment quer über den Marktplatz.

Der Turm der Hoffnung

Hugo

Obwohl ich in Gedanken das erste Bankgespräch meines Lebens vorbereite, bleiben meine Augen an einem Mädchen mit einem braunen Pferdeschwanz hängen. Es durchwühlt einen Kleiderständer vor einer Boutique. Für eine Sekunde denke ich, es könnte das Mädchen von gestern sein. Aber als sie sich umdreht, sehe ich, dass sie es nicht ist. Keine Maske, keine großen braunen Augen.

Irgendwie geht sie mir nicht mehr aus dem Kopf. Heute ärgere ich mich fast ein bisschen, dass ich sie weggeschickt habe. Aber sie hat mich voll auf dem falschen Fuß erwischt. Kommt einfach in mein Geheimversteck, erschreckt mich zu Tode und redet Unsinn über sprechende Bienen. Mein ganzes Leben habe ich mit Bienen verbracht und mit mir hat noch nie eine geredet. Na ja, außer summ, summ, summ.

Trotzdem frage ich mich, wie sie mich gefunden hat. Kein Mensch läuft doch einfach so in einen Grünstreifen am Stadtrand und dann auch noch mitten durchs Gestrüpp.

Ich sehe noch mehr Mädchen mit Pferdeschwänzen. Überall. An der Eisdiele, vor dem Blumenladen, durch das Ladenfenster in der Bäckerei. Aber sie ist es nicht! Keine von ihnen.

Es ist wie ein Fluch.

»Was kann ich für dich tun?«, fragt der Kundenberater der Bank kurze Zeit später.

»Ich möchte zu Herrn Buschmann«, antworte ich. Der Mann sieht mich irritiert an und antwortet nicht sofort. Möglicherweise habe ich genuschelt, oder er hat etwas gegen meine Krawatte einzuwenden, ich weiß es nicht. Warum müssen Erwachsene immer so schwierig sein?

»Vielleicht kann ich dir helfen. Worum geht es denn?«, fragt er schließlich.

»Mir kann nur Herr Buschmann helfen. Vielleicht könnten Sie ihn rufen. Es ist was Geschäftliches.«

»Herr Buschmann?« Der Kundenberater kratzt sich am Kopf.

»Ja, Ritchie Buschmann. Er arbeitet in der Kreditabteilung.«

»Soso«, antwortet der Mann und stoppt eine Kollegin, die gerade auf dem Weg an den Schalter nebenan ist. Ich spüre Wut aufsteigen. Wenn heute noch mal jemand zu mir »Soso« sagt, flippe ich aus.

Die beiden flüstern miteinander. Das kann ich auch nicht leiden. Sie grinst, er grinst auch. Dann endlich wendet er sich wieder mir zu.

»Du möchtest also zu Herrn Buschmann?«

»Ja, das sage ich doch die ganze Zeit.«

»In Ordnung. Ich werde dich hinbringen.«

Zufrieden folge ich dem Mann durch die Flure der Bank, vorbei an weißen Wänden mit ein paar hässlichen Foto-Kunstwerken und Türen mit Namensschildern. Ich versuche, Ritchies Namen an einem zu entdecken. Aber nichts!

Endlich öffnet der Mann eine Tür mit der Aufschrift »Postabteilung«.

Ich will mich schon beschweren, schließlich wollte ich in die Kreditabteilung, aber da sehe ich tatsächlich Ritchie zwischen vielen, mit Paketen gefüllten Regalen an einem Schreibtisch sitzen. Er faltet gerade einen Brief und steckt ihn in einen Umschlag.

»Hugo, was machst du denn hier?«, ruft er verwundert aus.

Vorsichtig schaut er zu dem Mann, der mich gebracht hat. »Tut mir leid, Herr Sander. Das kommt nicht wieder vor.«

Herr Sander nickt. »Fünf Minuten. Ich warte vor der Tür, dann begleite ich den jungen Mann wieder nach draußen.«

Als er die Tür geschlossen hat, mosert Ritchie mich sofort an: »Mensch, Hugo, du kannst mich hier nicht einfach so besuchen. Ich habe jetzt wirklich keine Zeit für dich. Ich muss arbeiten.«

»Aber deshalb bin ich doch hier«, versuche ich, ihn zu beruhigen. »Ich möchte Geschäfte mit dir machen.«

»Was denn für Geschäfte?«

»Ich brauche einen Kredit«, platze ich heraus.

»Einen Kredit?« Er schaut mich an, als wüsste ich nicht, wovon ich rede, aber das weiß ich sehr wohl. Schließlich hab ich einen Kaugummi-Kredit bei Samira laufen.

Ritchie faltet noch einen Brief und steckt ihn in den nächsten Umschlag. Jetzt erst sehe ich den großen Stapel mit Briefen, die er wohl schon abgearbeitet hat. Und den Stapel Briefbögen, den er noch falten muss.

»Ich weiß nicht, wie du dir das vorstellst. So einfach geht das nämlich nicht.«

Hä? Ich verstehe kein Wort. Langsam werde ich echt sauer.

»Wieso? Du hast doch gesagt, dass ich zu dir kommen soll, wenn ich einen Kredit brauche, und jetzt brauche ich einen.«

»Ja, aber …«, sagt Ritchie, als mir ein Licht aufgeht.

Von wegen Kreditabteilung!

»Du bist ein Lügner. Du kannst gar keine Kredite besorgen. Das hier ist die Postabteilung.«

Ritchies Birne beginnt zu glühen.

»Ja, da hast du recht. Noch bin ich in der Postabteilung, aber so ist das in der Ausbildung. Man wandert von Abteilung zu Abteilung und guckt sich alles mal genauer an. Und irgendwann komme ich auch in die Kreditabteilung. Wahrscheinlich nächstes Jahr. Aber selbst wenn. Du bist ein Kind, Hugo. Kredite bekommt man erst ab achtzehn.«

»Ab achtzehn? Willst du mich verarschen? Ich brauche das Geld jetzt, Ritchie. Ich hab mich doch auf dich verlassen.«

Ich unterdrücke krampfhaft meine Tränen.

»Jetzt bloß nicht heulen, Bro«, sagt Ritchie. »Wie viel is' es denn? Vielleicht kann ich dir aushelfen.«

»Vierundachtzigtausend«, schluchze ich.

»Wat? Vierundachtzigtausend Euro?« Ritchie sieht mich mit geweiteten Augen an. »Vierundachtzig Euro. Die könnt ich dir leihen.«

Mein Besuch bei Ritchie war das letzte Klötzchen auf dem Turm der Hoffnung. Er wackelt, dann bricht er krachend in sich zusammen. Ich werde den Garten niemals zurückbekommen und die Bienen werden sterben.

Parzelle 17

Merle

Während ich auf meine Pizza warte, schiele ich immer wieder nach draußen.

Hugo, der Honigjunge, ist in der Bank gegenüber verschwunden. Irgendwann wird er da ja auch wieder rauskommen.

»Ich hab Hunger, wann kommt denn endlich die blöde Pizza. Die brauchen doch sonst nicht so lange«, motze ich, als Hugo gerade aus dem Bankgebäude tritt. Jetzt erinnere ich mich auch an das Schild an seinem Fahrrad. Da stand sein Name drauf, den ich bis eben vollkommen vergessen hatte.

Ohne zu fragen, ob ich aufstehen darf, laufe ich nach draußen. Aber ich sehe nur noch, wie er um die Ecke in eine Gasse einbiegt und verschwindet.

Fibie entdeckt mich und kommt zu mir geflogen.

Los, sagt sie, doch ich muss sie leider bremsen. »Ich kann jetzt nicht mit. Finde heraus, wo er hingeht. Wir treffen uns später bei mir zu Hause«, raune ich ihr zu. Kaum habe ich zu Ende gesprochen, saust sie schon davon.

»Merle.«

Bereits im Tonfall meines Vaters höre ich seinen Ärger.

»Was tust du hier? Drinnen wartet deine Pizza auf dich. Und wir auch. Du hattest doch eben noch sooo einen Hunger.«

Er ist es nicht gewohnt, dass seine Tochter einfach tut, was sie will. Das sehe ich an seinem genervten Gesichtsausdruck. Die neue Merle gefällt ihm nicht.

Mir dagegen gefällt diese neue Merle erschreckend gut.

Eine Stunde später schleiche ich aus dem Haus. Meine Mutter hat mich nur abgesetzt. Ein paar Minuten habe ich gebraucht, um die Sicherheitstechnik auszuschalten und die Tracking-App zu aktivieren. Ich fühle mich wie eine Meisterdiebin, nur dass ich nicht ein-, sondern ausbreche.

Bester Laune folge ich Fibie durch mein Wohnviertel. Dieses Mal jedoch führt sie mich in die entgegengesetzte Richtung. Sogar jede gemeine Pollenwolke nehme ich mit Spaß. Ich umtanze sie einfach. Pollen-Hip-Hop.

Jedes Haus, an dem ich vorbeitänzle, hat mein Vater entworfen. Am Anfang war es nur eine Zeichnung auf einem Blatt Papier, jetzt wohnen Menschen darin. Die Vorstellung gefällt mir. Manchmal male ich auch Häuser und stelle mir vor, dass die Firma meines Vaters sie eines Tages baut.

Meine Entwürfe sehen allerdings ein bisschen anders aus. Die Häuser sind nicht einfach nur graue Kästen. Sie haben bunte Fensterläden, Zinnen wie Burgen, Dächer mit Gärten darauf, Balkone mit Badewannen und Röhren an den Hauswänden, durch die man von einem Stockwerk ins andere rutschen kann.

Papa findet meine Ideen leider zu verspielt, zu aufwendig und zu teuer. Schade, denn das Viertel wächst immer noch.

»Das wäre der perfekte Ort für mein Traumhaus«, sage ich laut, als wir an einem Grundstück im Lorbeerweg vorbeilaufen, auf dem ein Bagger gerade lautstark eine Baugrube aushebt.

Aber Fibie fliegt weiter, ohne es sich genau anzusehen. Häuser sind wahrscheinlich nicht so ihr Thema.

Plötzlich spüre ich den Blick des Baggerfahrers. Er haftet an mir wie Kleber. Für einen Moment erstarrt die Schaufel genau wie ich. Möglicherweise kennt er mich, schießt es mir durch den Kopf. Ich bin die Tochter seines Auftraggebers, das Mädchen mit der Maske.

»Hey«, ruft er. »Willst du mal von hier oben filmen? Komm rauf.«

Dann sehe ich einen Jungen, der in die Fahrerkabine des Baggers klettert. Das »Hey« galt nicht mir, es galt Jay Wilson. Unglaublich. Er fabriziert schon wieder ein unnötiges Video für seinen Kanal.

Ich drehe schnell mein Gesicht weg und lege einen Zahn zu. Hoffentlich hat er mich nicht gesehen. Hoffentlich bin ich nicht in seinem Video zu sehen.

Endlich höre ich wieder Baggerlärm und das Geräusch von einem Berg Erde, der aus der Schaufel zu Boden rauscht.

Ich muss vorsichtiger werden, viel vorsichtiger. Ich denke über Verkleiden nach, aber was nützt es, seine Haare unter einer Mütze zu verstecken, wenn man eine so auffällige Maske im Gesicht trägt. Sie ist und bleibt ein Verräter. Ich hasse sie, in diesem Moment noch mehr als sonst.

Zum Glück biegt Fibie zwei Straßenecken weiter in einen Schotterweg ein. Hier bin ich erst mal sicher.

Kurz halte ich inne und atme durch. Dann schaue ich mich um. Links vom Weg liegt ein großes Feld, dahinter muss Winkelried sein, unser Nachbarviertel.

Rechts vom Weg verläuft eine Hecke, die so dicht ist, dass man nicht hindurch-, und so hoch, dass man nicht drüberschauen kann. Eigentlich hatte ich erwartet, Hugos Haus zu finden, ihn dort zu treffen, wo er wohnt. Aber danach sieht es im Moment überhaupt nicht aus.

»Wo um Himmels willen schleppst du mich denn jetzt schon wieder hin, Fibie?«

Statt mir in Worten zu antworten, formt Fibie Blütenstaub zu einer wunderschönen Blume. Dann fliegt sie weiter.

»Muss ich wieder durchs Gestrüpp?«, jammere ich, als Fibie plötzlich vor einer Holztür stoppt, die sich unerwartet mitten in der Hecke auftut.

Ein Schild, von Efeu umrankt, hängt daran, auf dem steht: »Kleingartenverein Sommerfeld – Parzelle 17«.

Bevor ich Fibie fragen kann, ob das hier unser Ziel ist, ist sie schon über den Torbogen der Gartentür hinweggeflitzt.

Dann sind wir wohl da, denke ich und öffne vorsichtig die Tür. Das ist jetzt doch wie Einbrechen. Schließlich hat mich niemand hineingebeten. Ich habe ein schlechtes Gewissen. Wenn jetzt jemand kommt und mich erwischt?

Doch meine Bedenken verfliegen schon im nächsten Augenblick, denn das, was ich durch den Spalt der Gartentür sehe, verzaubert mich sofort. Für diesen Anblick lohnt es sich, ins Gefängnis zu gehen.

Auf einer riesigen Wiese stehen unzählige Bäume in voller Blüte. Weiß, zartrosa und pink leuchten ihre Kronen vor dem strahlend blauen Himmel. Sie tragen die Blütenpracht wie kostbaren Schmuck an ihren Ästen. In ihren Kelchen glitzert es golden. Blütenstaub.

So etwas Wunderschönes habe ich noch nie zuvor gesehen. Für einen Moment vergesse ich Raum und Zeit. Meine Augen genießen die Farbenpracht und den Tanz der Blüten im Wind. Immer wieder fliegen ein paar durch die Luft wie Zauberschnee im Frühling. Der Wind trägt sie, bläst sie nach oben und lässt sie dann zu Boden tanzen.

Ich würde am liebsten nur stehen und schauen, noch stundenlang, aber Fibie surrt ungeduldig vor meiner Nase herum.

»Ja, ich komm ja schon«, flüstere ich und wage mich in den fremden Garten. Zwischen den Bäumen auf der anderen Seite des Grundstücks entdecke ich eine Gartenlaube. Sie ist blau angemalt, mit weißen Fensterläden und einer kleinen Veranda davor. Dort sehe ich ihn sitzen, zusammengekauert auf dem Boden und den Kopf auf den Knien.

Hugo.

Der Geist

Hugo

»Sag mal, spinnst du?«

Meine Knie zittern, so sehr habe ich mich erschreckt. Das ist ja wie in einem schlechten Horrorfilm. Aus dem Nichts ist sie erschienen. Steht einfach vor mir und sagt »Hallo«.

»Bist du ein Geist oder so was?«

Das Mädchen schüttelt den Kopf.

»Nein, ich bin Merle.«

»Was tust du hier?«

Ich will, dass sie verschwindet. Niemand soll mich so sehen. Mit verheulten Augen.

»Ich würde dir gerne helfen, wenn ich kann.«

Ich bin kurz davor, »Soso« zu sagen, kann mir aber gerade noch auf die Zunge beißen. Ein wildfremdes Mädchen will mir helfen. Aber das ist unmöglich. Traurig blicke ich auf die Fotos in meiner Hand. Ich habe sie gerade aus der Gartenlaube gerettet, damit mir wenigstens diese Erinnerungen bleiben. »Mir kann keiner helfen, es ist alles vorbei.«

Ihre braunen Augen fixieren mich.

»Fibie denkt, ich kann. Sonst hätte sie mich wohl nicht zu dir gebracht.«

»Bist du schon wieder einer Biene nachgelaufen?«, frage ich.

Merle nickt.

Für einen Moment, im Licht der Sonne, kommt sie mir wie ein Engel vor. Nix Geisterfilm, sondern wie eine himmlische Botschafterin. Oder sie ist doch aus einer Irrenanstalt ausgebrochen. Alles ist möglich.

»Du redest also immer noch mit meinen Bienen?«, hake ich daher vorsichtig nach.

Das Mädchen schaut zu der Biene, die um seinen Kopf schwirrt.

»Du glaubst mir nicht. Das verstehe ich. Stell mir eine Frage. Irgendetwas, das nur eine Biene aus deinem Volk wissen kann, ich aber nicht.«

Es ist ein Gefühl in meinem Bauch, so klein wie eine Johannisbeere, das mir sagt, dass ich es versuchen sollte. »Wie heißt mein Opa?«, frage ich daher. Es ist das Erste, was mir einfällt.

»Okay.« Sogleich folgen ihre Augen der Biene, die wild kreuz und quer fliegt, als hätte sie ein Schnäpschen zu viel getrunken. Ich bin kurz davor zu lachen, als sie das Unglaubliche antwortet.

»Jakob.«

Für einen kurzen Moment wächst mein Bauchgefühl zu einer großen roten Himbeere an. Ich bin fasziniert, so als wäre sie eine Zauberin und ich hätte gerade den besten Trick der Show gesehen. Ein Trick, der so gut ist, dass ich ihn für echte Magie gehalten habe. Aber dann schaltet sich doch mein Gehirn wieder ein. Sie kann den Namen ja auch sonst irgendwie erfahren haben. Vielleicht warten hinter der Hecke Ritchie und seine Kumpels und lachen sich gerade schlapp über mich. Ich hab ein Talent, auf so was reinzufallen.

Was bleibt mir also übrig, als zurückzutricksen?

»Wo ist mein Opa jetzt?«, frage ich daher hinterlistig.

Wieder dieselbe Zaubershow vor meinen Augen. Irgendwie ist es aber auch urkomisch. Eine Biene als Assistentin einer Zauberkünstlerin.

Sie sollten Geld dafür verlangen.

Im nächsten Moment meldet mein Gehirn wieder »Vorsicht«. Das ist wirklich ganz großer Humbug, denke ich. Die verarscht mich.

Doch dann sehe ich einen wässrigen Schimmer in ihren Augen. Es sind Tränen. Sie kennt die Wahrheit.

»Das tut mir echt leid«, sagt sie leise. »Du bist bestimmt immer noch sehr traurig.«

Die Fotos fallen mir aus der Hand. Kann das wahr sein?

Das Mädchen bückt sich und hebt die Fotos auf. Dann hält sie mir eines unter die Nase.

»Ist er das?«

Auf dem Bild sitze ich in Opas Schubkarre, ich bin vielleicht drei oder vier Jahre alt. Mein Opa steht dahinter und hat schon die Griffe in der Hand. Gleich rast er mit mir über die Wiese und ich fühle mich wie ein Formel-1-Pilot.

»Ja«, hauche ich und muss mich zusammenreißen. Ich werde auf gar keinen Fall weinen.

»Du hast ihn wohl sehr lieb gehabt«, sagt sie.

Ich nicke. Dann schweigen wir gemeinsam für einen Moment.

Apfelgroß ist das Gefühl jetzt, und es sitzt genau da, wo mein Herz wohnt.

»Wie geht das? Unglaublich.« Ich bin baff. »Bienen hören nicht wie wir. Sie spüren Nachrichten von anderen Bienen vor allem über Vibrationen. Es kann also gar nicht sein, dass sie hört und versteht, was du sagst.«

»Ich weiß es doch auch nicht. Sie hat mich gestochen.« Merle friemelt an ihrem Verband herum, dann wickelt sie ihn ab. Ein kleiner roter Punkt ist noch auf der Handinnenfläche zu sehen, sonst nichts.

»Und seitdem ist das so. Sie labert mich voll und bringt mich zu Sachen, die ich sonst nie machen würde. Wie einem Jungen hinterherlaufen.«

Ich muss grinsen. Das ist irgendwie süß. »Aber warum hat sie dich hergebracht?«

»Keine Ahnung«, sagt Merle. »Vielleicht erzählst du mir, was los ist, und wir finden es heraus.«

Zuerst zeige ich ihr die Fotos und erzähle ihr von meinem Opa, dann von den Bienen, Herrn Lümmerlein und dem Baulöwen. Sie hört mir zu, ab und zu sagt sie: »Oh Manno.« Dann will sie, dass ich ihr den Garten zeige.

Zuerst führe ich sie zu den leeren Bienenbeuten ganz am Ende des Gartens. Ihre Biene folgt uns neugierig. Sie ist immer an ihrer Seite. Jetzt sitzt sie sogar auf ihrer Schulter, und es kommt mir so vor, als würde sie mir ebenfalls zuhören, als ich von der Zeit erzähle, als mein Opa zehn Bienenvölker hatte.

»Im Laufe der Zeit sind immer mal wieder Völker gestorben, im Herbst dann noch mal drei. Kurz danach mein Opa. Ich glaube ja auch aus Kummer. Jetzt ist nur ein einziges übrig, mein letztes Bienenvolk mit meiner letzten Bienenkönigin.«

»Ist Fibie die Königin?«, will Merle wissen. Sie hat wirklich keine Ahnung von Bienen.

»Nein, die Königin muss doch Eier legen. Über zweitausend am Tag. Sie hat keine Zeit für was anderes. Fibie gehört wahrscheinlich zu den Arbeiterinnen.«

»Es gibt Arbeiterinnen?«

»Ja, sie erledigen Aufgaben für das Volk. Die einen ziehen die Larven groß, die anderen besorgen Nahrung, das sind die Sammlerinnen, noch andere bewachen den Stock am Flugloch, damit keine Feinde eindringen. Es gibt sogar Bestatterinnen. Nur von einem sprechenden Sondereinsatzkommando hab ich noch nie was gehört.«

Wir müssen beide lachen.

»Vielleicht bist du ein Junge«, mutmaßt Merle und blickt zu der Biene auf ihrer Schulter.

Fibie fliegt auf und vollführt einen wilden Tanz in der Luft. Merle kichert.

»Was sagt sie?«, dränge ich.

»Na ja, sie redet nicht in ganzen Sätzen, aber übersetzt heißt es wohl, dass sie auf keinen Fall ein Junge ist. Die denken nämlich immer nur an Essen und an …« Jetzt kichert sie verlegen. Oho, ich weiß, was sie sagen wollte.

Das Thema ist irgendwie peinlich, auch wenn es um Bienen geht. Nachdem wir uns beruhigt haben, erkläre ich Merle, dass Drohnen, also männliche Bienen, tatsächlich keine andere Funktion haben, als auszuschwärmen und andere Bienenköniginnen zu suchen, die sie dann im besten Fall in der Luft begatten. Es ist schwer, das zu erklären, ohne das S-Wort zu sagen.

»Nach dem … na ja, danach eben, da sterben sie«, eröffne ich ihr die ganze Wahrheit. »Und wer kein Glück in der Liebe hat, wird am Ende des Sommers aus dem Stock geworfen. Die Bienen brauchen die Vorräte für den Winter und müssen die nutzlosen Mitesser loswerden.«

»So oder so kein schönes Ende«, findet Merle.

Ich beuge mich zu Fibie, die jetzt auf dem Holzdeckel der Beute sitzt. »Also, du bist keine Königin, keine gewöhnliche Arbeiterin und auch keine Drohne. Was bist du denn dann?«, frage ich sie direkt. Es kommt mir albern vor, sie anzusprechen, aber wer, wenn nicht sie selbst, weiß, wer sie ist. Wieder fliegt Fibie große Schleifen. Und Merle liest mir dieses Mal jeden Buchstaben einzeln vor.

»SPURBIENE.«

»Spurbiene«, wiederhole ich und überlege. Tatsächlich habe ich davon schon gehört. Dann fällt es mir ein. »Klar. Mein Opa nannte sie immer Scouts. Sie sind wirklich eine Art Spezialeinheit. Sie verlassen morgens als Erste den Stock und fliegen los, um nach allen möglichen Dingen zu suchen, die das Volk gerade dringend braucht. Wasser, neue Nahrungsquellen oder ein neues Zuhause. Sie fliegen bis zu fünf Kilometer weit und sind echte Einzelgängerinnen.«

»Und Fibie ist dieses Mal wohl losgeflogen, weil das Leben ihrer Familie auf dem Spiel steht«, sagt Merle. Das Leuchten in ihren Augen ist erloschen. »Sie hat Angst, dass ihr Volk auch sterben wird, so wie die anderen, von denen du erzählt hast, nicht wahr? Waren sie krank?«

»Genau wissen wir es nicht«, antworte ich, »es gibt viele Gründe, warum Bienen sterben. Manchmal sind es Viren oder Milben, die das ganze Volk töten. Aber das größte Problem ist, dass es rundherum immer weniger Nahrung für sie gibt.«

»Aber hier ist doch alles voll mit Blüten!«

»Ja, dieses Jahr. Aber letztes Jahr gab es doch diesen krassen Frost im Frühling. Erinnerst du dich? Da sind alle Blüten einfach erfroren. Danach hat es viel geregnet. Bei Regen fliegen sie nicht und sammeln dann natürlich auch keine Nahrung.«

»Und im Sommer? Gab es dann nicht genug?«

Ich muss an meinen Opa denken. Er war mächtig sauer auf alle anderen, die nach und nach ihre Gärten verkauft haben.

»Früher gab es hier ganz viele Gärten wie diesen, eine komplette Kleingartenanlage«, erkläre ich. »Das war, bevor das neue Wohnviertel gebaut wurde. Aber jetzt stehen da nur noch Betonklötze. Es ist unvorstellbar. Die haben keine einzige Blume im Vorgarten.«

Merle sieht blass aus. Manchmal bin ich echt egoistisch. Ich quatsche und quatsche und bemerke nicht, dass es meinem Gast schlecht geht. Schließlich trägt sie diese Maske. Sie ist auch krank, aber ich traue mich nicht, danach zu fragen.

»Ist alles klar? Brauchst du was zu trinken oder so?«

Sie schüttelt den Kopf. »Geht schon.«

Dann führe ich sie weiter, zeige ihr jede Frühlingsblume. Sie will alles wissen. Ich kann kaum glauben, dass sie keine Hyazinthen kennt oder Narzissen. Noch ist die ganze Pracht des Gartens ja gar nicht zu sehen, deshalb erkläre ich ihr, wo im Sommer das Gemüse wächst und wo die Wiese voller Wildblumen steht, als buntes Blütenmeer für die Bienen.

Zum Schluss der Führung bringe ich Merle zu meinen Lieblingsbäumen.

»Der Apfelbaum ist so alt wie ich. Mein Opa hat ihn am Tag meiner

Geburt gepflanzt. Er ist mit mir gewachsen, jedes Jahr ein Stück«, sage ich. »Und dieser Kirschbaum. Er ist das Herz des Gartens und der Geburtstagsbaum meiner Mama. Der ist über dreißig Jahre alt.«

Ich streichle über seinen starken Stamm. Ein Windstoß lässt die Äste rascheln. Weiße Blüten schneien auf uns herab.

»Sie werden mit Baggern kommen und die Bäume töten. Sie werden hier alles niederreißen, plattmachen, um dämliche Betonklötze zu bauen.«

Merle, das fremde Mädchen, lacht mich nicht aus. Stattdessen streckt sie ihre Hand aus, berührt ebenfalls den Baum und sagt mit entschlossener Stimme: »Das werden sie nicht. Nicht wenn wir es verhindern können.«

Die rettende Idee

Merle

Seine Kraft, seine raue Rinde – all das spüre ich unter meinen Händen. Der Kirschbaum ist tief verwurzelt in der Erde. Ich dagegen fühle mich ganz wackelig auf meinen Beinen. Es ist kein Zufall. Fibie wusste von Anfang an, wer ich bin. Sie hat mich gerufen. Mich, Merle Winters, weil Karsten Winters mein Vater ist. Das kapiere ich jetzt. Er hat diesen Garten gekauft, er wird seine Arbeiter schicken und mit jedem Baum auch ein Stück von Hugos Herz aus der Erde reißen.

»Wie kann ich dich finden?«, frage ich Hugo. »Gib mir deine Handynummer.«

»Ich hab kein Handy«, antwortet er. Ich muss sofort an meine fünfzehn Euro Schulden denken und daran, dass meine Mutter fand, dass er arm aussieht. Wahrscheinlich ist er es auch. Trotzdem entweicht mir ein »Oh«.

»Kein Problem«, sage ich schnell. »Ich denke, Fibie findet dich für mich. Also nicht wundern, wenn ich plötzlich wieder irgendwo auftauche.«

Dabei mache ich alberne Geistergeräusche. Voll peinlich. Aber Hugo grinst. Dann fixieren mich seine blauen Augen eindringlich.

»Ich verstehe das alles nicht. Wieso bist du hier?«

Die Wahrheit kann ich ihm unmöglich sagen. Zuerst muss ich mit meinem Vater reden. Fibie hat mich ausgewählt.

Das kann nur eines bedeuten: Sie denkt, dass ich das Unglück noch aufhalten kann.

Zu Hause muss ich zum Glück keine Klamotten verschwinden lassen, alles ist noch sauber und ordentlich. Doch ich stelle mich direkt unter die Dusche und wasche meine Haare, um mögliche Pollen loszuwerden. Tatsächlich bin ich danach völlig glitzerfrei.

Meine Mutter wundert sich, als sie vom Friseur zurückkommt, denn ich dusche ansonsten immer erst abends vorm Zubettgehen. Aber sie sagt nichts. Wahrscheinlich denkt sie, dass mir aus lauter Langeweile nichts Besseres eingefallen ist.

Dann verbringe ich meine Zeit mit Warten. Tausend Mal checke ich die Tracking-App, aber der rote Punkt blinkt hartnäckig im Büro meines Vaters. Wie lange kann ein Mensch arbeiten?

Irgendwann gebe ich auf und spiele mein neues Game. Es fehlen mir noch Erfahrungspunkte bis zum nächsten Level. Also lasse ich mich als Alchimistin ausbilden und vergesse beim Brauen von Zaubertränken irgendwann die Zeit.

Plötzlich höre ich die Haustür, dann Schritte im Flur. Aufgeregt laufe ich meinem Vater entgegen. Ich habe keinen Plan, keine Strategie, aber ich muss wissen, ob es doch noch eine Chance gibt, den Garten zurückzukaufen. Ich habe auch ein Sparbuch, ich könnte Hugo Geld leihen. Vierundachtzigtausend sind es natürlich nicht. Aber ein bisschen was könnte ich beisteuern.

Dummerweise kann ich nicht mit offenen Karten spielen. Wenn mein Vater erfährt, dass ich mich heimlich draußen herumgetrieben habe, sagt er sowieso Nein, und alles ist aus und vorbei.

Bis er seinen Mantel aufgehängt und seine Hausschuhe angezogen hat, reiße ich mich zusammen, dann kann ich meine Fragen nicht mehr zurückhalten.

»Wer war eigentlich der Junge in deinem Büro heute Mittag?«

Mein Vater schmunzelt: »Ein Kunde.«

»Ein Kunde, na klar. Will er etwa ein Haus kaufen?«, frage ich scheinheilig.

»Nicht ganz. Er will ein Grundstück kaufen«, antwortet mein Vater und legt einen Arm um meine Schulter.

»Und?«, bohre ich weiter, während er mich langsam in Richtung Wohnzimmer schiebt. Er will abends immer nur schnell seine Ruhe. Auf die Couch, Fernseher an und fertig.

»Was, und?« Ich frage mich, ob er sich absichtlich blöd anstellt.

»Verkaufst du es ihm?«

Ich spüre, wie sich sein Brustkorb bewegt, so schwer atmet er ein und wieder aus. Das Thema gefällt ihm nicht.

»Selbst wenn ich wollte«, sagt er dann endlich, »er ist ein Kind. Er hat kein Geld und ist gar nicht geschäftstüchtig. Er darf sich Schokolade kaufen, aber doch kein Grundstück.«

Das ist nicht die ganze Wahrheit. Ich spüre es.

»Und wenn er erwachsen wäre und Geld hätte, würdest du es dann tun?«

Mein Vater streicht mir über den Kopf wie einem Pferd, das man beruhigen möchte.

»Nein. Ich bin Bauunternehmer. Ich verkaufe Grundstücke immer erst wieder, wenn ich ein Haus darauf gebaut habe. So verdiene ich das Geld für unsere Familie.«

»Aber«, setze ich an. Doch mein Vater unterbricht mich harsch. »Jetzt genug von der Arbeit. Ich habe Feierabend und meine Ruhe verdient.«

»Und was ist mit den Bäumen? Hast du gesehen, wie wundervoll sie blühen? Es werden niemals Äpfel daran wachsen, wenn du sie zerstörst.

Und was ist mit den Bienen? Willst du wirklich, dass meine Freundin Fibie ihr Zuhause verliert?

Und was ist mit Hugo?

Und wie kannst du nur so herzlos sein?«

Das alles würde ich gerne schreien, als er mich stehen lässt und ins Wohnzimmer geht, um die Beine langzumachen.

Aber ich stehe nur da und bin sprachlos.

Trotzdem kann ich nicht einfach aufgeben, ins Bett gehen und so tun, als ginge mich das alles nichts an. Deshalb folge ich ihm und setze mich auf den Hocker, der direkt vor seinem Sessel steht, und versperre ihm den Blick auf den Fernseher.

»Hey. Du sitzt mir im Bild«, beschwert er sich natürlich sofort, denn im Hintergrund höre ich, dass die Nachrichten gerade anfangen, aber ich starte trotzig Stufe zwei meiner Mission: »Aber was, wenn dem Jungen der G…, äh, das Grundstück eben viel bedeutet.«

Beinahe hätte ich »Garten« gesagt.

»Ich bin mir sicher, dass es ihm viel bedeutet, Merle. Sonst wäre er heute nicht zu mir ins Büro gekommen«, antwortet mein Vater und schwankt wie eine Boje bei Sturm nach links und rechts, um an mir vorbeisehen zu können.

»Na, siehst du? Warum gibst du ihm es denn dann nicht zurück?«

»Warum beschäftigt dich das so? Kennst du den Jungen etwa?«

Uiuiui. Verdammte Falle.

»Nur vom Sehen«, sage ich schnell. »Wir haben auf der Straße mal Honig bei ihm gekauft. Ich denke, er macht ihn selbst. Und vielleicht braucht er das Grundstück ja für seine Bienen«, merke ich an.

Im Gesicht meines Vaters sehe ich, dass ihm gleich der Kragen platzt. Er greift nach der Fernbedienung. Und nicht nur der Fernseher ist jetzt lauter.

»Merle, das verstehst du noch nicht. Ich habe einen Vertrag mit seiner Mutter gemacht. Sie hat mir das Grundstück verkauft. Fertig. Ich tue jetzt nur, was Baufirmen so tun. Ich baue.«

»Aber«, setze ich an, doch mein Vater räuspert sich.

»Schluss«, sagt er und schiebt mich vom Hocker.

»Wenn ich dir eines Tages einen Teil meiner Firma überschreiben sollte, kannst du dich einmischen. Bis dahin mache ich die Geschäfte so, wie ich es für richtig halte. Und jetzt will ich die Nachrichten sehen.«

»Ich will deine Scheißfirma gar nicht«, rutscht es mir raus.

»In dein Zimmer«, brüllt mein Vater sofort zurück.

Wütend laufe ich weg.

In meinem Zimmer drehe ich laute Musik auf und tue, was ich immer tue, um mich abzuregen. Ich zeichne. Dieses Mal aber keine Häuser, sondern Gärten. Dass ich Architektin werde wie er, das kann er ab sofort vergessen. Ich werde allerhöchstens Landschaftsarchitektin! Das hat er nun davon. Nach zwölf Bildern steht meine Entscheidung fest. Ein Mitglied der Familie Winters hat es versaut, ein anderes Mitglied wird das Ganze jetzt wieder geradebiegen.

Am nächsten Morgen warte ich ungeduldig auf Fibie. Wir sind verabredet. Sie hat versprochen, mich abzuholen, sobald sich Hugo auf den Weg ins Geheimversteck macht. Ich hoffe, dass wir uns richtig verstanden haben.

Unruhig schleiche ich die Fensterscheibe im Wohnzimmer entlang, immer hin und her wie ein eingesperrter Tiger. Dabei spüre ich die Sehnsucht nach Freiheit in mir so stark wie noch nie zuvor. Ich liebe meine heimlichen Ausflüge. Ich bin geradezu süchtig danach.

Jahrelang hab ich mich davor gefürchtet, von einem Bienenstich getötet, an einem allergischen Asthmaanfall zu ersticken, von einem Auto überfahren oder einem Fremden entführt zu werden. Aber, hey, es ist nichts davon passiert. Ich war alleine unterwegs und ich lebe noch.

Die einzige Sorge, die mich gerade umtreibt, ist die Frage, wann ich das Haus noch mal unauffällig verlassen kann, denn meine Mutter hat bisher kein Wort über irgendeinen Termin fallen lassen. Sonst trifft sie sich in ihrer Freizeit ständig mit Freundinnen zum Frühstück, geht Tennis spielen oder zur Kosmetikerin.

»Mama? Was ist so dein Plan heute?«, frage ich deshalb, als meine Mutter zu mir kommt.

»Ich dachte, wir könnten heute etwas zusammen unternehmen. Wie wäre es mit Schwimmbad?«

Was? Oh nein.

»Äh, Schwimmbad?«, sage ich zögernd.

»Ja, du wolltest doch unbedingt ins Schwimmbad.«

JUHU

Fibie ist da.

Verdammt.

Ich muss Hugo treffen, koste es, was es wolle. Plötzlich habe ich einen Einfall. Ich gehe näher an meine Mutter heran und betrachte skeptisch ihre Haare.

»Was hast du, Schätzchen?«, fragt sie.

»Ich weiß nicht, aber …«

»Was ist denn?«

»Ich finde ja, dass deine Haare irgendwie zu dunkel geworden sind. Du siehst viel älter aus als sonst.«

Mit meiner Bemerkung löse ich einen kleinen Entsetzensaufschrei aus. Dann läuft meine Mutter los in den Flur, um sich im Spiegel zu betrachten.

Eine Minute später höre ich sie telefonieren. Als sie wieder ins Wohnzimmer kommt, trägt sie bereits Mantel und Handtasche: »Schätzchen, ist es okay, wenn wir das Schwimmbad auf morgen verschieben? Ich würde gerne noch mal beim Friseur vorbeigehen.«

»Kein Problem, Mama. Lass dir Zeit.«

Wieder sehe ich aus wie ein gerupftes Huhn mit Blättern und kleinen Ästen im Haar, als ich Hugos Geheimversteck erreiche.

»Kriechst du gerne durchs Gestrüpp?«, fragt er und zeigt in die entgegengesetzte Richtung. »Dahinten gibt es einen Weg nach draußen.«

»Fibie?«

Aber mein surrender Wegweiser ist schon im Flugloch verschwunden, wahrscheinlich zum Mittagessen.

Hugo kommt näher und zupft mir Gestrüppreste aus den Haaren, dann breitet er unter einem Baum eine Decke aus und wir setzen uns zum Kriegsrat zusammen.

»Ich hab die ganze Nacht nachgedacht«, sage ich. »Vierundachtzigtausend Euro werden wir nicht beschaffen können. Und selbst wenn. Inzwischen glaube ich, dieser Herr Winters hätte dir das Grundstück sowieso nicht zurückverkauft. Die Erwachsenen sehen immer nur die Kohle. Er wird erst richtig viel Geld verdienen, wenn er das Haus gebaut und dann alles zusammen verkauft hat.«

Hugo seufzt. »Wahrscheinlich hast du recht.«

»Aber. Ich habe gestern viele Stunden gezeichnet.« Ich packe meine Entwürfe aus, breite meinen Block und mehrere einzelne Bilder vor ihm aus. »Ich finde, wir sollten deinen Bienen und dir einfach einen neuen Garten besorgen.«

Hugo sieht mich mit großen Augen an. Zweifel, aber auch Neugierde liegen in seinem Blick. Ich stehe auf und sehe mich um. »Warum nicht gleich hier. Vielleicht sitzen wir schon auf der Lösung, ohne es zu merken. Wir müssten nur ein paar Bäume fällen.«

Jetzt sind seine Augen vor Überraschung geweitet, die Augenbrauen hochgezogen.

»Vom Gärtnern hast du wirklich keine Ahnung«, sagt er. »Nicht sauer sein. Die Idee gefällt mir. Aber hier ist es viel zu dunkel, selbst wenn es ein paar Bäume weniger wären. Wir könnten keine Blumen anpflanzen, die brauchen nämlich viel Licht.«

»Vielleicht reicht es ja schon, wenn wir es einfach nur ein bisschen gemütlicher machen, mit einer Hängematte und einem Baumhaus oder so. Und die Bienen fliegen wie jetzt von hier aus los, um sich Nahrung zu besorgen.«

Meine Fantasie geht mit mir durch, aber Hugo bremst mich.

»Auf Dauer wird das aber nicht reichen für die Bienen. Hier in der Gegend blüht einfach übers Jahr nicht genug. Hast du dir das Eisenbahnerviertel mal angesehen? Es gibt kaum Blumen.«

Ich denke nach. Dann fallen mir die Felder hinterm Bahnhof ein. Die kenne ich, weil wir öfter mit dem Zug zu meinen Großeltern fahren.

»Wie wäre es dann irgendwo in der Nähe von Feldern?«, schlage ich vor. »Wir könnten losfahren und einen schönen Platz suchen.«

»Felder? Auf keinen Fall«, jault Hugo auf. »Dann können wir die Bienen auch gleich aufgeben.«

»Und warum?«, will ich wissen. »Felder sind doch Natur pur.«

Hugo schüttelt den Kopf. »Von wegen. Viele Bauern benutzen Giftstoffe, um Schädlinge zu bekämpfen. Das machen sie, damit die Ernte nicht zerstört wird. Leider vergiften sie aber dabei auch die Bienen. Ihr Gehirn wird krank von dem Zeug. Sie verlieren zum Beispiel die Orientierung, sammeln viel weniger Nektar und können nicht mehr so gut mit den anderen Bienen Infos austauschen. Manche finden nicht mal mehr nach Hause zurück.«

»Das wusste ich nicht. Ist ja schrecklich«, sage ich. »Das muss man doch verbieten.«

»Du hast es eben selbst gesagt. Die Erwachsenen sehen nur die Kohle. Na ja, vielleicht nicht alle, aber viele.«

Jetzt bin ich noch wütender. Nicht auf meinen Vater, sondern auf die Bauern, die Giftstoffe benutzen, und alle anderen Bienenmörder. Innerlich knöpfe ich sie mir vor und halte eine Rede, während Hugo sich meine Gartenentwürfe ansieht.

»Wir brauchen einen Garten mit Blüten für das ganze Jahr«, erklärt er, »also von Frühling bis Herbst. Dann haben sie im besten Fall genug Honig in der Vorratskammer, um die kalten Monate zu überleben.«

»Okay, dann müssen wir eben einen anderen Ort finden«, sage ich entschlossen.

Mein Handy klingelt. Verdammt. Es ist meine Mutter.

Mit dem Zeigefinger auf den Lippen deute ich Hugo an, jetzt bitte nichts zu sagen.

»Hallo, Mama.«

»Merle. Heute geht auch alles schief«, schnauft sie ins Handy. »Dein Vater hat mich gerade angerufen. Frau Grauvogel ist krank. Er musste sie mit Fieber heimschicken. Es tut mir so leid, aber ich muss jetzt direkt ins Büro und aushelfen. Er hat einen wichtigen Kundentermin.«

»Okay, kein Problem. Ich komme klar. Ich sitze in meinem Zimmer und zeichne gerade. Alles ist tutti«, sage ich und freue mich innerlich wie ein Honigkuchenpferd darüber, dass sie mir gerade mehr Zeit geschenkt hat.

»Bist du heimlich abgehauen oder so was?«, fragt Hugo, als ich aufgelegt habe.

»Wenn meine Eltern wüssten, dass ich gerade einen fremden Jungen und Tausende Bienen besuche, würden sie völlig ausflippen. Sie sorgen sich ständig. Am liebsten würden sie mich den ganzen Tag einsperren, damit mir ja nix passiert.«

»Ist das wegen deiner Krankheit?«, fragt Hugo.

An den roten Flecken auf seinen Wangen sehe ich, dass es ihm irgendwie peinlich ist, mich danach zu fragen.

Dann erkläre ich ihm, warum ich diese Maske tragen muss, und erzähle ausführlich von meinen Allergien.

»Also, nicht nur die Bienen sind gefährlich für dich, sondern auch die Pollen?«, hakt er noch mal nach.

Ich nicke. »Tja, es sind gleich mehrere Probleme auf einmal.«

»Und ist es dann nicht viel zu gefährlich hier bei mir und den Bienen?«, fragt er besorgt.

»Fibie passt auf mich auf«, antworte ich, und da kommt sie auch schon wie auf Kommando angesurrt, kreist erst über meinen Entwürfen und setzt sich schließlich auf eine große rote Blüte aus Wachsmalkreide.

»Was hältst du von meinen Ideen?«, frage ich sie, und Fibie schenkt mir ein kleines Feuerwerk.

»Fibie findet meine Entwürfe gut«, übersetze ich, denn Hugo kann die goldenen Fontänen ja leider nicht sehen.

Konzentriert blättert Hugo durch meinen Zeichenblock. Interessiert betrachtet er auch meine verrückten Häuser aus der Zeit, als ich noch Architektin werden wollte.

»Das ist interessant«, sagt Hugo nach einer Weile. Dann springt er plötzlich auf. »Fibie hat recht, deine Ideen sind super. Ich weiß jetzt, wo wir einen neuen Garten bauen können.«

Der Schlüssel

Hugo

»Sag schon. Na los. Ich platze vor Neugier. Was für eine Idee hast du für den Garten?«, bohrt Merle. Es fällt mir schwer, die Klappe zu halten. Trotzdem antworte ich: »Lass dich überraschen.« Immer wieder, bis sie aufgibt.

Wir verlassen das Geheimversteck, dieses Mal über den befestigten Weg an der Bahntrasse.

»Und ich Hirni bin immer durchs Gestrüpp gekrabbelt.« Merle schüttelt den Kopf. »Das passiert wohl, wenn man, ohne zu denken, einer Biene hinterherläuft.« Kaum hat sie es ausgesprochen, ist Fibie auch schon wieder an ihrer Seite.

»Ist sie jetzt so was wie deine Leibwächterin?«

»Sieht ganz so aus«, sagt Merle, während sich die Biene auf ihre Schulter setzt wie ein Papagei bei einem Piratenkapitän.

Als wir die Straße erreichen, zeige ich auf meinen Fahrradanhänger. »Dann bitte einsteigen.«

»Da soll ich rein?« Merle verzieht ängstlich das Gesicht.

»Oder du musst zu Fuß laufen.«

»Wo fahren wir denn hin? Ist es weit?«, will sie wissen, als sie dann doch einsteigt. Es ist ein Versuch, mich auszuhorchen, aber ich durchschaue das und verrate nichts.

Wie ein Rikscha-Fahrer kutschiere ich meinen Fahrgast durch die Stadt. Erst düsen wir quer durch mein Viertel, dann geht es über die große Kreuzung an der Tankstelle vorbei, hinunter bis in die Altstadt. Einmal blicke ich kurz hinter mich. Merle hat die Arme ausgebreitet, den Kopf in den Nacken gelegt und die Augen geschlossen. Sonne und Fahrtwind im Gesicht scheinen ihr zu gefallen. In der Krämergasse stoppe ich die kleine Stadtrundfahrt.

»Du wartest hier«, bitte ich sie. »Bin gleich wieder da.«

»Hugo, Alter, Manno. Du sollst doch nicht mehr herkommen«, jammert Ritchie, als ich ihn mit meinem Besuch in der Bank überrasche. Dass ich störe, ist offensichtlich. Gerade zeigt er einem sehr hübschen blonden Mädchen, wie man Briefbögen faltet und sie in Umschläge steckt. Dass Ritchie ihr etwas erklären darf, kann nur eines bedeuten: Sie liegt in der Rangordnung noch unter Azubi, also ist sie vermutlich eine Praktikantin. Sie grinst mich an, ich grinse kurz verlegen zurück, dann komme ich zum Punkt:

»Aber du schuldest mir noch was. Nach deinem Kreditbetrug hab ich schließlich noch was gut bei dir.«

»Spinnst du? Kreditbetrug? Wie hört sich das denn an? Ich hab vielleicht ein bisschen angegeben, aber ich habe niemals irgendjemanden betrogen«, sagt er, mehr zu dem Mädchen als zu mir. Ritchies linkes Auge zuckt. Er ist meganervös.

»Was muss ich tun, damit du verschwindest?«

Super, ich hab ihn so weit.

»Ich brauche den Schlüssel.«

Ritchie seufzt, dann kramt er in seiner Hosentasche und zieht den Schlüssel hervor.

»Zwei Tage«, lautet sein Angebot.

»Eine Woche.«

Ritchie zögert kurz, dann nickt er. »Okay, aber jetzt hau ab.«

Kurze Zeit später stehe ich mit Merle oben im verbotenen Turm und stecke den Schlüssel ins Schloss. Feierlich sperre ich die dicke Metalltür auf. Mit einem »Tada« präsentiere ich ihr, was sich dahinter verbirgt.

Als wir das Dach betreten, bleibt sie wie angewurzelt stehen. »Wow«, ist das Einzige, was sie sagt. Der Ausblick ist aber auch wirklich beeindruckend. Man kann sogar die Turmspitze der St.-Maria-Kirche in der Altstadt sehen.

»Genau wie auf deinen Entwürfen«, bemerke ich freudestrahlend.

Merle packt mich aufgeregt am Arm. »Das heißt, wir bauen hier einen Dachgarten?«

Als ich nicke, hüpft sie vor Freude auf und ab wie ein Känguru. Dann kichert sie: »Hast du auch die Rutschbahnen von Stockwerk zu Stockwerk eingeplant?«

»Mal sehen, was wir alles hinkriegen. Wir haben Zeit bis nächsten Dienstag, also bis Hexennacht. Solange gehört der Schlüssel uns.«

»Hexennacht?« Merle sieht mich fragend an.

»Sag bloß, du weißt nicht, was Hexennacht ist?«

»Ich kenne nur Halloween«, antwortet Merle.

»Nee, das ist ja Ende Oktober. Hexennacht ist immer am 30. April, in der Nacht zum 1. Mai.«

»Und was passiert da? Gibt es auch Süßigkeiten?«, will sie wissen.

»Wo kommst du her? Aus einer anderen Galaxie?«

»Nein, ehrlich, bei uns im Norden gibt es das nicht. Oder es gibt es, aber niemand macht mit. Keine Ahnung.«

»Na, dann musst du nächsten Dienstag unbedingt dabei sein. Ich ziehe jedes Jahr mit Freunden los und wir hecken Streiche aus. Das machen alle Kinder der Stadt. Sie verstecken Mülltonnen oder Fußmatten, sie wickeln Autos mit Klopapier ein. So was eben. Ist lustig.«

Merle grinst: »Klingt gut.«

Während Fibie ein bisschen umherfliegt und die Gegend erkundet, setzen wir uns auf den warmen Boden in die Sonne. Jetzt heißt es erst mal planen.

»Lass uns eine Liste machen, mit allem, was du als Gärtner so brauchst«, schlägt Merle vor. Dann notiert sie auf ihrem Block alles, was uns einfällt: von den Pflanzgefäßen über Erde und Blumen bis hin zu Gartenmöbeln, damit es auch ein bisschen gemütlich wird. Doch gleich Punkt eins auf unserer Liste stellt uns vor eine Herausforderung.

»Ein paar Töpfe kann ich aus Opas Garten besorgen«, sage ich. »Aber das reicht nicht. Wir brauchen Pflanzen fürs ganze Jahr. Es muss immer was blühen, von März bis Oktober.«

Schweigend betrachten wir den Himmel, Schäfchenwolken und Vögel ziehen vorbei wie die Gedanken in unseren Köpfen.

»Vielleicht müssen wir ein bisschen Geld zusammenlegen und welche kaufen, im Baumarkt oder so?«, sagt Merle. »Ich kann was beisteuern. Und das Geld für den Honig kriegst du ja auch noch.«

Gerade überlege ich, wie viel Geld ich aus meiner Betriebskasse in den Garten investieren kann, da kommt mir eine gute Idee: »Wennschon einkaufen, dann probieren wir unser Glück erst mal in einem Laden hier um die Ecke.«

Als wir kurz darauf Samiras Kellergeschäft betreten, macht Merle große Augen. Zu spät bemerke ich, dass auch Samira überrascht und beängstigend feindselig guckt.

»Was macht die hier?«, faucht sie uns entgegen, bevor wir überhaupt »Hallo« sagen können.

»Lass uns gehen«, flüstert mir Merle zu und zieht mich am Arm. Irgendwas hab ich verpasst. Ich verstehe nicht, was gerade abgeht.

»Und sie hat auch noch die Killerbiene dabei! Sag mal, geht's noch?«

Fibie, die die ganze Zeit ruhig auf Merles Schulter gesessen hat, erhebt sich surrend und positioniert sich vor ihr wie ein Wachhund.

»Ihr kennt euch?«, frage ich vorsichtig, obwohl das ja offensichtlich ist.

»Wir sind uns gestern begegnet«, erklärt Merle mit fadendünner Stimme.

»Ja, und dieses Killerinsekt hätte mich beinahe umgebracht«, faucht Samira wie eine Raubkatze.

»Sie wollte mich nur verteidigen, nachdem du mich beleidigt hast«, erhebt Merle die Stimme und stemmt die Fäuste in die Hüften, um auch ein bisschen gefährlich auszusehen.

»Das ist gruselig. Ein krankes Zombie-Mädchen und eine Horrorbiene. Ich will, dass ihr verschwindet. Hab kein' Bock, mich anzustecken.«

Das geht zu weit, denke ich und will mich einmischen, als Merle aufgebracht »Ich bin nicht ansteckend« ruft und sich die Maske vom Gesicht reißt.

Geschockt halte ich die Luft an. Hoffentlich wird sie jetzt nicht an einem Erstickungsanfall sterben. Ich erwarte Husten, Keuchen und Schnappatmung, aber sie steht da und atmet ganz ruhig.

Dann fällt mir ein, dass wir ja drinnen sind. Keine Pollen weit und breit.

Nach dem ersten Schreck bemerke ich, dass ich sie so noch nie gesehen habe. Ohne Maske kann ich endlich ihr ganzes Gesicht sehen, nicht nur ihre warmen braunen Augen, sondern auch die schmale Nase und ihren vollen Mund. Sie ist hübscher, als ich es erwartet hatte. Na ja, eigentlich hatte ich mir den Rest ihres Gesichtes nie so richtig vorstellen können.

Merles überraschender Gegenangriff verfehlt seine Wirkung auch bei Samira nicht.

»Und was ist das für ein Teil?«, fragt sie beinahe kleinlaut und zeigt auf die Maske in Merles Hand.

»Es schützt mich vor den Pollen in der Luft. Ich bin Allergikerin. Auf jeden Fall kann man sich nicht bei mir anstecken.«

Für einen Moment ist es still, unangenehm still.

»Gestern, da hab ich dich von der anderen Straßenseite zu uns rüberglotzen sehen und dachte, was guckt die blöde Tussi in ihren feinen Klamotten denn so? Das hat voll genervt. Aber du bist ein Kumpel von Hugo. Dann kannst du so verkehrt nicht sein.«

»Und ich dachte, cool, das Mädchen spielt super Fußball«, antwortet Merle.

Schachmatt in drei Zügen!

Samira errötet. So verlegen habe ich sie nicht oft gesehen.

»Ey, Mann, sorry«, sagt sie und bildet mit Zeigefinger und Mittelfinger ein V als Friedenszeichen.

»Von mir aus!«, antwortet Merle, und im gleichen Moment setzt sich auch Fibie wieder auf ihre Schulter.

So als wäre nichts geschehen, mimt Samira jetzt die Geschäftsfrau: »Was kann ich für euch tun? Ihr seid ja bestimmt nicht ohne Grund hier.«

Ich erzähle, dass wir Pflanztöpfe suchen, in jeder Größe und so viele, wie es geht. Vorrätig hat Samira leider nichts, aber sie behauptet, dass sie uns trotzdem helfen kann. Also machen wir uns auf den Weg zum »Großmarkt für Arme«, wie sie es nennt.

Donnergrollen

Merle

Großmarkt für Arme?

Was Hugos Freundin damit meint, kapiere ich erst, als wir kurze Zeit später vor dem Schild »Gebrüder Knorr – Schrott & Altwaren« stehen. Zielstrebig marschiert Hugo auf das Eingangstor zu, als Samira ihn zur Seite zieht. »Bist du verrückt? Wir gehen doch nicht vorne rein.«

Ich weiß nicht, was ich von diesem Mädchen halten soll. Ja, sie hat sich entschuldigt, aber sie ist ganz schön krass drauf. Man will sie auf keinen Fall als Feindin haben. Ob sie als Freundin taugt? Da bin ich mir auch nicht sicher. Jetzt ist sie wohl erst mal nur so was wie eine Händlerin für Blumentöpfe.

Statt den Haupteingang zu nehmen, führt uns Samira ein gutes Stück weiter links außen am Gelände des privaten Wertstoffhofes vorbei. Geduckt schleichen wir an einem langen Zaun entlang. Dann präsentiert sie uns ihren persönlichen Kundeneingang. Es ist eine kleine, klaffende Lücke im Maschendraht.

»Bitte sehr, immer hereinspaziert«, sagt sie, und wir quetschen uns nacheinander hindurch.

Erlaubt ist das ja wohl kaum. Ich habe kein gutes Gefühl bei der Sache, aber ich sage lieber nichts. Sie wird schon wissen, was sie tut.

»Mal sehen, was es heute Neues gibt«, trällert Samira fröhlich. Ich sehe nur Berge aus Schrott, eine hügelige Landschaft aus aufgeschütteten Altwaren. Fahrräder, Rohre, Kühlschränke, Kabel, sogar mehrere Autos sind darunter. Dazwischen führen kreuz und quer Wege wie durch ein Labyrinth.

»Das ist der beste Platz«, erklärt Samira. »Hier wird immer alles, was sie gerade erst gesammelt haben, abgeladen. Deshalb findet man die tollsten Sachen.«

»Und wenn man uns erwischt?«, rutscht es mir jetzt doch heraus. Ich habe noch nie etwas Verbotenes gemacht.

»Ach was, ich bin noch nie erwischt worden«, erwidert Samira.

»Ihr solltet nur nicht zu laut sein. Einer der Brüder Knorr, der mit dem Bart, ist immer hinten in der Werkstatt.« Sie zeigt auf eine große Scheune neben einem alten grauen Haus. Daneben stehen ein Traktor und ein Anhänger, auf dem das Firmenlogo der Gebrüder Knorr zu sehen ist. Früher war das Gelände wohl mal ein Bauernhof.

»Aber keine Sorge. Der gibt sich immer die volle Dröhnung Hardrock bei der Arbeit. Der hört uns nicht und stört uns auch nicht. Der alte Knorr und sein Wachhund sind meistens mit dem Schrottauto unterwegs. Also, Panik ist nur angebracht, wenn das Tor dahinten aufgeht. Dann sollten wir uns verstecken.«

Triumphierend hält sie uns einen Blecheimer entgegen, den sie gerade im Dickicht aus Metallen gefunden hat. Motiviert stürzen wir uns in die Arbeit. Wie kleine Trüffelschweine machen wir uns auf die Suche nach Pflanzgefäßen. Auf einem Haufen tragen wir alles zusammen, was infrage kommen könnte: Schüsseln, Eimer, Schubkarren.

Hinter einem Autowrack mache ich eine sensationelle Entdeckung: eine uralte Badewanne aus Zink.

»Guckt mal, Leute«, rufe ich aus und hüpfe spontan hinein. Samira lugt hinter der Motorhaube hervor. Ich kann es nicht glauben, aber sie steigt tatsächlich zu mir in die Wanne, als wären wir beste Freundinnen.

»Cooles Teil«, sagt sie.

Während uns gerade auffällt, dass wir dieses Fundstück schlecht einfach unter den Arm klemmen und damit vom Gelände spazieren können, ertönt eine raue Männerstimme wie ein Donnergrollen über den Schrottplatz: »Hab ich dich.«

Samira presst ihren Zeigefinger auf ihre Lippen. Sie gibt mir zu verstehen, dass wir besser abtauchen sollten. Also lassen wir uns ganz langsam in die Wanne sinken.

»Was soll das? Lass mich los«, hören wir Hugo rufen. Er ist ein, zwei Schrotthügel von uns entfernt, aber seine flehende Stimme geht durch Mark und Bein.

»Du kommst jetzt mit, du Dieb«, knurrt der Donnermann.

»Shit«, flucht Samira leise. »Das ist der Bärtige.«

Heute muss ihm wohl die laute Musik ausgegangen sein, denke ich. Wenn er so gefährlich ist, wie seine Stimme klingt, dann gute Nacht.

»Sobald mein Bruder zurück ist«, höre ich ihn im Weggehen noch donnern, »entscheiden wir, was wir mit dir anstellen. Ob wir die Polizei rufen oder ob uns was Besseres einfällt. Früher hat man Dieben ja die Hand abgehackt.«

Ich kann nicht glauben, dass das gerade passiert. Ich bin auf einen Schrottplatz eingebrochen und verstecke mich in einer Badewanne. Gleich kommt die Polizei. Mit ihren Hunden werden sie das ganze Gelände absuchen und uns wegen versuchten Diebstahls verhaften. Meine Eltern werden ausflippen und mir für den Rest der Ferien eine Fußfessel anlegen.

»Lass uns abhauen«, hauche ich Samira entgegen. Aber sie schüttelt entschieden den Kopf: »Wir können Hugo doch nicht im Stich lassen.«

»Wie stellst du dir das vor?«, will ich wissen. »Wenn der Typ uns erwischt, sind wir auch fällig. Er packt uns im Genick und liefert uns der Polizei aus. Oder er hackt uns die Hände ab.«

Bei dem Gedanken überkommt mich ein eiskalter Schauder. Trotzdem erhebe ich mich todesmutig und linse über den Rand der Badewanne. Von Hugo und seinem Entführer ist nichts mehr zu sehen. Samira taucht neben mir auf. »Er hat ihn bestimmt mit in die Werkstatt genommen«, sagt sie und zeigt auf die Scheune.

»Und wenn nicht? Wenn er ihn in den Keller gesperrt hat?«

»Dann müssen wir ihn eben suchen«, sagt sie entschlossen, steigt aus der Wanne und will schon loslaufen, als Fibie sich einmischt.

SOS? fragt die Biene.

Ich nicke.

»Warte«, zische ich Samira hinterher. »Fibie wird alles erst mal auskundschaften, dann entscheiden wir, was wir machen.«

»Fi… – wer?« Samira grummelt.

»Na, Fibie – die Horrorbiene«, sage ich und zeige auf meine surrende Freundin.

»Redest du von deiner Biene?« Samira zeigt mir einen Vogel.

»Fibie ist eine Spurbiene, die weiß, wie man die Lage checkt! Das ist ihr Job«, versuche ich es mit einer Erklärung.

»Und dabei halten mich immer alle für durchgeknallt«, sagt Samira kopfschüttelnd, stimmt dann aber achselzuckend mit einem »Na gut« zu.

Nachdem Fibie sich auf den Weg gemacht hat, nehmen wir Stellung hinter dem nächsten Autowrack und warten. Währenddessen erkläre ich in einer Kurzfassung, warum ich mit Fibie reden kann. Samira findet das alles »epic«.

Als Fibie zurückkommt, sind die Fakten klar. Für Samira, die der Biene mit offenem Mund zusieht, übersetze ich das wilde Getanze laut und Wort für Wort.

MANN – SCHEUNE – AXT

»Axt? Shit. Wir müssen ihm helfen.« Das sehe ich jetzt ein.

Samira nickt: »Sag ich doch! Lass uns Hugos Hände retten.«

Vorsichtig schleichen wir uns näher heran. Immer wieder ducken wir uns, erst hinter einen Öltank, dann laufen wir wieder ein Stück und verstecken uns hinter einer verrosteten Heizungsanlage. Jetzt sind es nur noch vier oder fünf Meter bis zum offenen Scheunentor. Allerdings gibt es auf dieser Strecke nichts mehr zum Verstecken. Nur direkt neben dem Eingang türmen sich Reifen zu einem Berg. Bis dahin müssen wir es aber über den nackten Hof schaffen, wenn wir nicht gesehen werden wollen.

»Ich werde mich reinschleichen und Hugo befreien«, sagt Samira. »Und du hältst Wache. Falls der andere Knorr auftaucht, rufst du laut ›Alarm‹ oder so was.«

Gebannt verfolge ich, wie Samira schnurstracks in die Scheune hineingeht. Das sieht nicht gerade nach einem ausgeklügelten Plan aus. Was hat sie nur vor?

Kaum ist sie verschwunden, schickt mir der Wind ein lautes Männerlachen und Stimmengewirr, aber leider kann ich kein Wort verstehen. Mein Herz klopft. Ich hoffe, dass gleich zwei Kinder aus der Scheune hinauslaufen, dem Bärtigen eine lange Nase machen und wir alle lachend abhauen. Aber nichts passiert. Rein gar nichts. Verzweifelt schicke ich Fibie hinterher.

Zwei Minuten später erstattet sie Bericht.

Samira – Gefangen

Da werde ich doch bekloppt im Kopf. Was soll ich jetzt bloß tun?

Los – sagt Fibie, und ich bin erleichtert, dass sie auch für Abhauen ist.

Doch die Biene fliegt nicht zurück in Richtung des versteckten Kundeneingangs.

Nein, sie steuert die Scheune an.

Wo bin ich da nur reingeraten? Ich könnte jetzt auch auf der Couch liegen und chillen, aber nein, es musste ja unbedingt ein echtes Abenteuer sein.

Die Tante aus Buxtehude

Hugo

»Noch ein Kind. Das ist ja schon eine ganze Diebesbande«, sagt der Bärtige und dreht Samira den Arm auf den Rücken.

»Lass los, du Idiot«, ruft sie und versucht, ihm ans Bein zu treten, aber vergebens.

Was hat sie sich nur dabei gedacht? Wollte sie hier reinmarschieren, mich an der Hand nehmen und gemütlich rausspazieren? Der Typ ist zwei Meter groß und sieht aus wie ein gefährlicher Wikinger.

Mit der freien Hand greift er jetzt einen weiteren alten Holzstuhl und stellt ihn neben meinen. Dann schubst er Samira ein Stück rückwärts, sodass sie unsanft darauf Platz nimmt. Wie auf einer Strafbank sitzen wir nun nebeneinander zwischen Arbeitsplatten mit Schrottteilen und Kisten mit Aufschriften wie »Zink«, »Bronze«, »Messing« oder »Blei«.

»Na dann, erzählt mal, wer schickt euch?«

Als wir nicht antworten, greift er einen Basketball, dribbelt ihn ein paarmal und wirft ihn dann über unsere Köpfe in einen Korb an der Scheunenwand. Donnernd schlägt er hinter uns auf dem Boden auf. Ich zucke zusammen, Samira neben mir ist ganz ruhig. Sie zuckt erst, als er sich die Axt von der Werkbank schnappt und damit vor unseren Nasen herumwedelt.

»Ich kann mich einfach nicht entscheiden. Hände ab oder Polizei?«

Er kommt näher. Reflexartig greift Samira meine Hand.

Im nächsten Moment spaltet der Wikinger direkt vor unseren Augen einen Holzklotz und lacht dabei wie ein Irrer.

»Ihr geht mir auf die Nerven. Ich alarmiere jetzt die Polizei, basta«, sagt er und zieht mit seinen dreckigen Händen, so groß wie Bratpfannen, ein kleines Smartphone aus einer Tasche seines blauen Overalls.

»Polizei?«, ruft Samira aus. »Aber das ist doch nicht nötig. Wir wollten ja gar nichts mitnehmen. Wir wollten uns nur mal umsehen.«

»Das könnt ihr gleich den Beamten erzählen«, sagt der Bärtige und entsperrt sein Display. Doch bevor er wählen kann, klingelt sein Handy.

»Knorr«, knurrt er jetzt genervt ins Telefon. »Nicht Knorps. Ihre Tante aus Buxtehude heißt Knorps? Sie hat was? Den größten Topflappen der Welt gehäkelt? Was reden Sie denn da? Sagen Sie endlich, was Sie wollen?«

»Da ist wohl eine verwirrte Oma am Apparat«, flüstere ich Samira zu. Wir kichern, ganz leise.

»Ja, wir handeln mit Schrott. Das haben Sie richtig verstanden.« Seine Laune sinkt weiter. Zornig schaut er uns an.

»Wir können das Zeug auch abholen. Wo wohnen Sie denn? In der Kartoffelstraße 4? Nie gehört.«

Kartoffelstraße? Ist das ein Scherz?

Draußen ertönt ein lautes Ächzen und Knarren.

»Das Tor. Der alte Knorr kommt«, murmelt Samira.

Verdammte Schweinepest. Jetzt haben wir endgültig keine Chance mehr. Noch so ein Riese und ein Wachhund sind im Anmarsch.

Im nächsten Moment beginnt der Reifenberg neben dem offenen Scheunentor zu wackeln. Ein paar Reifen rollen in die Werkstatt, gefolgt von Merle, die die schwarze Gummi-Buckelpiste auf ihrem Hintern herunterrutscht.

»Alarm«, schreit sie und stolpert uns entgegen.

Der Wikinger hält immer noch fassungslos das Handy in seiner Pranke. Mit einem dritten Kind hat er wohl nicht gerechnet. Als er kapiert, was hier abgeht, will er Samira und mich am Schlafittchen packen, aber Fibie ist bereits da und greift ihn an. Sie fliegt ganz nah an sein dreckverschmiertes Gesicht, surrt um seine kleinen Augen und die Knubbelnase. Vor Angst, gestochen zu werden, hält er inne und versucht, mit fuchtelnden Armen und Händen, die Biene zu verscheuchen.

Währenddessen rennen wir einfach an ihm vorbei, quer durch die Scheune bis zu Merle. Gemeinsam sprinten wir in Richtung Eingangstor und begegnen auf der Flucht dem alten Knorr, der gerade seinen Schrottwagen parkt und uns freundlich zunickt. Neben ihm sitzt ein Schäferhund auf dem Beifahrersitz und hechelt uns entgegen.

»Nichts wie weg«, schreie ich, und wir laufen und laufen und laufen.

Erst als wir die alte Lok am Eisenbahnerviertel erreichen, halten wir keuchend an.

»Oh Mann, danke, das war echt krass«, japst Samira und klopft Merle anerkennend auf die Schulter.

»Ja, Merle. Unglaublich cool.«

»Eigentlich war es Fibies Idee«, sagt Merle und zeigt auf ihre Biene, die uns inzwischen eingeholt hat.

»Hat echt was drauf, die kleine Horrorbiene.« Samira gibt ihr ein Daumen-hoch, dann lacht sie. »Du hast 'ne Tante in Buxtehude?«

Ich brauche einen Moment, dann schnalle ich es auch endlich.

»Warst du das am Telefon?«

Merle kichert: »Ich war die ganze Zeit oben auf dem Reifenberg und hab auf einen guten Moment zum Angriff gewartet. Als ich gehört hab, dass er die Polizei rufen will, da musste ich ihn ja irgendwie aufhalten. Zum Glück stand die Nummer ganz groß auf dem Anhänger neben der Scheune. Und als ich dann gesehen hab, wie das Tor aufgeht, hab ich nicht mehr nachgedacht und bin einfach los.«

»Ja, das ist gerade noch mal gut gegangen. Nur echt schade um die ganzen schönen Sachen«, sage ich.

»Und das Beste hast du gar nicht gesehen. Es gab eine so coole Badewanne«, erzählt Merle.

»Echt, ’ne Badewanne? Die wäre ja eine perfekte Regentonne«, jammere ich. »Vielleicht können wir die doch noch irgendwie besorgen.«

Ich zwinkere Samira zu, doch die schüttelt den Kopf: »Da können wir so schnell nicht wieder hin. Jetzt lassen sie bestimmt den Wachhund da. Aber wir finden irgendwo anders eure Pflanzgefäße. Wofür braucht ihr die denn überhaupt?«

»Also, wir wollen einen …«, sagt Merle. Schnell unterbreche ich sie: »Es ist nur so ein Öko-Projekt, nichts Besonderes.«

Noch eine Mitwisserin können wir nicht gebrauchen.

»Das hier alles ist eine ganz schräge Sache, das spür ich«, sagt Samira. »Ich helfe euch nur, wenn ihr mir endlich sagt, um was es geht.«

»Wirklich«, versuche ich es noch einmal. »Es ist ganz langweilig. Ein Pflanzenprojekt mit Pflanzen eben.«

Samira glaubt mir kein Wort. Das sehe ich ihr an. Statt sich zufriedenzugeben, sagt sie: »Ich will mitmachen. Oder ich bin raus.«

Was soll ich jetzt bloß sagen?

Das gibt es doch nicht.

Diese Mädels!

Flehend sehe ich zu Merle rüber, aber sie nickt nur.

»Okay, du bist dabei. Wir treffen uns morgen um elf bei mir.«

Lügen haben kurze Beine

Merle

»Ich muss los«, sage ich, denn es ist schon spät. Bestimmt dauert es nicht mehr lange, bis meine Mutter sich auf den Nachhauseweg macht.

»Wo musst du lang?«, fragt Samira.

Die Alarmglocken schrillen in meinem Kopf. Bisher wollte noch niemand wissen, wo ich wohne. Und eins ist klar: Hugo darf auf keinen Fall die Wahrheit erfahren. Ich bin ein Feind, in doppelter Hinsicht: Mein Vater ist der Übeltäter und ich bewohne eins der bösen Betonhäuser mit Steingarten. »Winkelried«, sage ich daher schnell und zeige die Hauptstraße hinauf. Dort wohnt Emilia.

»Na, da hast du aber noch ein Stück zu laufen«, findet Hugo. »Soll ich dich begleiten?«

Auf keinen Fall, denke ich, sonst fliegt der ganze Schwindel ja auf. Also sage ich: »Das ist nett, aber Fibie macht das schon, keine Sorge.« Lügen haben kurze Beine. Jetzt verstehe ich erst wirklich dieses Sprichwort. Man muss gut aufpassen, was man so redet.

»Dann bis morgen«, verabschiedet sich Hugo.

Samira schenkt mir zum ersten Mal ein Lächeln: »Bye, bye, Bienenflüsterin.«

Obwohl das eben ganz schön knapp war, bin ich bester Laune. Den ganzen Nachhauseweg über tanze und hüpfe ich, und das nicht nur, weil ich wieder mitten durch den silbernen Birkenschreck hindurchmuss.

Zum ersten Mal, seitdem wir hierhergezogen sind, habe ich das Gefühl, weitere Freunde gefunden zu haben und zu etwas dazuzugehören, zu einem Klub oder einer Bande. Und wir haben Großes vor.

Auch Fibie ist gut gelaunt. Den ganzen Weg über lässt sie Goldsterne in die Luft fliegen. Jetzt, wo sie so vor meiner Nase herumpupst, kommt mir der Gedanke, dass ich sie mir zu gerne mal genauer ansehen würde.

Als wir an unserem Haus ankommen und uns noch einen Moment auf die Treppenstufen vor der Haustür setzen, frage ich sie einfach. Sie ist einverstanden und landet auf meiner Handinnenfläche. Aufgeregt flattert sie immer mal mit den Flügeln.

»Schon gut, ich bin vorsichtig«, sage ich und hebe sie ganz nah vor meine Augen.

Das Erste, was mir auffällt, ist ihre Färbung. Ihr Unterleib ist nämlich gar nicht schwarz-gelb gestreift, sondern braun-schwarz. Aber so würde ja niemand eine Biene malen. Ihr Brustkorb ist mit leichtem Fell bedeckt. Ich kann die vielen Härchen genau sehen. Schade, dass sie so klein ist. Ich hätte große Lust, sie zu streicheln.

Auch das Muster auf den Flügeln ist außergewöhnlich, es sieht aus wie ein Mosaik aus Glas. Jetzt erst sehe ich, dass es Flügelpaare sind. Auf jeder Seite gibt es einen Vorder- und einen Hinterflügel, die aber miteinander verbunden sind und deshalb wohl beim Fliegen aussehen wie einer.

Dann zähle ich Fibies Beine. Es sind insgesamt sechs, zwei vorne, zwei in der Mitte und zwei hinten. Ich frage mich, ob es eher Füße oder Hände sind, aber wahrscheinlich beides, je nachdem, was man gerade braucht. Praktisch!

Über ihren großen schwarzen Augen entdecke ich noch ihre Fühler auf dem Kopf wie Antennen.

»Wozu sind die Fühler gut?«, frage ich.

Sofort schießt Fibie in den Himmel und antwortet mir.

Riechen – Schmecken – Fühlen – Reden – Mama

»Was? Mama? Ich bin nicht deine Mama«, sage ich noch, dann sehe ich schon das Auto. Das Tor zu unserer Einfahrt öffnet sich, bevor ich ins Haus fliehen kann. Zu spät. Sie hat mich gesehen. Mit einer Handbewegung bedeute ich Fibie zu verschwinden. Da muss ich jetzt alleine durch.

»Merle, meine Güte, was tust du hier?«, fragt sie mit stressgeflecktem Gesicht, als sie aus der Garage kommt.

»Nur mal ein bisschen frische Luft schnappen«, antworte ich. Sie betrachtet mich skeptisch. »Mit deinem Rucksack? Es sieht so aus, als wolltest du wandern gehen.«

Ja. Verdammt. Wie erkläre ich den Rucksack? Dann aber sage ich: »Da ist mein Notfallset drin. Ich dachte, es wäre sicherer, auch hier vor der Haustür. Man weiß ja nie.«

Automatisch muss ich husten. Sie nickt verständnisvoll. Sicherheit ist meiner Mutter wichtig.

»Aber wozu haben wir denn einen Garten?«, fragt sie und sperrt die Haustür auf. »Da ist es doch viel schöner.«

Ich folge ihr in den Flur. Das Ganze ist noch nicht ausgestanden. Irgendwie traut sie der Sache nicht, das spüre ich. Prüfend betrachtet sie mich noch mal. Hoffentlich bemerkt sie nicht meine sandigen Schuhe, denke ich gestresst, und verstecke meine dreckigen Finger schnell in meinen Hosentaschen.

»Deine Augen sind gar nicht rot. Jucken sie?«, fragt sie. Ich schüttele den Kopf.

»Das ist gut. Vielleicht wirkt der Honig schon.«

Plötzlich drückt sie mit dem Zeigefinger auf meiner Stirn herum. Ob sie den Glitzer sehen kann? Aber nein, das ist unmöglich.

»Ist ja alles ganz rot«, sagt sie dann. »Ein Sonnenbrand. Da musst du aber lange draußen gewesen sein.«

Ups. Dass ich mir die Birne verbrutzeln könnte, wenn ich den ganzen Tag in der Sonne unterwegs bin, daran hätte ich wirklich auch selbst denken können. Ab morgen brauche ich eine Kappe.

Jetzt muss ich improvisieren. Ich ziehe meine Maske aus und versuche, meine Mutter mit ihren eigenen Waffen zu schlagen: »Du sagst doch immer, mir fehlt Vitamin D und dass es deshalb wichtig ist, zwischendurch mein Gesicht in die Sonne zu halten, oder nicht?«

»Da hast du natürlich recht, aber verbrannte Haut ist auch keine Lösung. Also beim nächsten Sonnenbad einfach Sonnencreme benutzen, klar?«, weist sie mich zurecht und verschwindet dann kurz im Garderobenzimmer. Währenddessen ziehe ich schnell meine Schuhe aus und verstecke sie im Schuhschrank im Flur.

»Frau Grauvogel wird wohl noch länger ausfallen. Das heißt, dass ich noch ein paar Tage in der Firma aushelfen muss«, erzählt meine Mutter, als wir zusammen ins Wohnzimmer gehen. »Was bedeutet, dass ich keine Zeit für dich haben werde. Dein Vater und ich finden daher, du wärst bei Oma und Opa viel besser aufgehoben. Ich rufe sie gleich an und bringe dich dann morgen früh mit dem Zug hin.«

Ihre Nachricht ist kaum in meinem Gehirn angekommen, da schießen die Worte aus dem Mund. »Auf keinen Fall, Mama.«

Das sonst so jugendliche Gesicht meiner Mutter legt sich in besorgte Falten. Auf der Stirn direkt über der Nasenwurzel ist es besonders kritisch. »Na, so schrecklich ist es nun auch wieder nicht bei Oma und Opa. Früher warst du so gerne da.«

Jetzt muss mir schnell etwas Glaubwürdiges einfallen.

»Da sind noch mehr Pollen als hier in der Stadt«, sage ich. »Und ich müsste auch die ganze Zeit drinnenbleiben. Dann ist es ja genauso langweilig wie hier.«

»Aber du wärst nicht so alleine«, verteidigt meine Mutter ihren Plan.

»Ich finde das gar nicht schlimm«, kämpfe ich weiter um meine Freiheit. »Im Gegenteil. Ich lese viel und zeichne, dann hör ich Musik und chille. Und das Spiel, das der Osterhase gebracht hat, ist so toll. Könnte ich stundenlang spielen.«

Meine Mutter schüttelt den Kopf. »Ich weiß nicht. Das wird deinem Vater nicht gefallen.«

Jetzt hilft nur noch eins. Ich schmiege mich an sie und streichle ihren Arm.

»Ich komme klar. Du musst dir keine Sorgen machen.«

Sie gibt mir einen Kuss aufs Haar. Der Widerstand bröckelt. »Außerdem ist morgen schon Donnerstag. Es geht um zwei Tage, dann ist Wochenende.«

Ich denke, dass ich sie überzeugen konnte, doch dann sagt sie: »Tut mir leid, Kleines, mir ist es wirklich lieber, wenn du fährst.«

Samiras Vision

Hugo

»Ein Zimmer voll mit coolem Scheiß«, jubelt Samira, als wir über mein Absperrband mitten hinein in Opas Chaos-Zimmer steigen. Über Nacht hatte ich viel Zeit zum Nachdenken und immerhin ist mir eine Idee für ein Pflanzgefäß gekommen.

»Wie findest du die alte Holztruhe hier?«, frage ich. »Noch sind Schallplatten drin, aber die wäre doch vielleicht gut als großer Blumentopf, oder? Da passt auf jeden Fall viel Erde rein. Meinst du, dass du daraus was machen kannst?«

Samira betrachtet die Truhe von allen Seiten. Mit den Fingerspitzen fährt sie über die Eisenbeschläge, die das Möbelstück wie eine große Schatzkiste aussehen lassen. »Wir müssten unten ein paar Löcher reinbohren, damit das Wasser ablaufen kann. Und sie muss komplett neu mit Holzfarbe gestrichen werden, als Schutz gegen Regen und Nässe. Aber dann könnte es gehen.«

Dann klopft sie von innen an die Holzwand. »Und von innen müssten wir das Holz auch irgendwie schützen.«

»Es gibt Folie, die man reintackern kann«, sage ich. Das weiß ich, weil ich mit meinem Opa erst letztes Jahr ein Hochbeet gebaut habe. »Davon haben wir vielleicht noch was im Keller.«

Samira nickt zufrieden, geht zu den Vorhängen, die über Opas Sessel liegen, und betrachtet den Stoff. Das beige-braune Schneckenröllchen-Muster scheint ihr zu gefallen.

»Was passiert mit all den Sachen?«, fragt sie.

»Meine Mutter will alles wegwerfen und neue Möbel kaufen«, sage ich und greife nach seiner Lesebrille, die immer noch auf dem kleinen

Tisch neben dem Sessel liegt, als wäre er nur kurz in die Küche gegangen, um sich einen Kaffee zu kochen.

»Aber das wäre doch so, als würden wir ihn einfach aus unserem Leben rauswerfen. Ich will, dass alles so bleibt, wie es ist. Außer die Truhe, die brauchen wir ja jetzt für den Dachgarten.«

»Schade«, seufzt Samira und lässt ihren Blick über alle Möbel und Kisten im Raum schweifen. »Ich hatte nämlich gerade eine Vision.«

Wer Visionen hat, sollte zum Arzt gehen, das sagt der Ritchie immer. Aber ich reiße mich zusammen, schlucke den Spruch herunter und frage stattdessen ernsthaft nach: »Was denn für eine Vision?«

»Willst du es wirklich wissen?«

Ich nicke. Neugierig bin ich schon.

»Erst mal zum Geschäftlichen«, sagt Samira. »Ich bekomme ein paar Schallplatten, einen Teil der Bücher und diese Gardinen. Daraus lässt sich was machen. Das ist die Bezahlung für meine Arbeit. Dafür bekommst du die coolsten Beete aller Zeiten.«

Alles in mir protestiert, aber ich reiße mich zusammen.

Samira schlendert zum Bett und zeigt darauf. »Manchmal hat man die Lösung vor Augen und sieht sie nicht.« Freudestrahlend schaut sie mich an, als müsse ich kapieren, was sie meint. Doch ich kapiere gar nichts. Wieder zeigt sie auf das Bett und sagt: »Wir bauen einfach alle Möbel um.«

»Das ist ein Bett«, bemerke ich.

»Ja, und bald ist es eine Blumenwiese in einem Bett«, antwortet Samira und grinst über beide Ohren.

Verdattert starre ich auf Opas altes Bett und versuche, mir vorzustellen, wie das aussehen könnte.

Vor meinem inneren Auge verschwindet erst der Klamottenberg darauf, Kissen und Decken verwandeln sich in duftende feuchte Erde. Ich verteile Saatgut darauf und gieße es kräftig. Es keimt, erste Triebe sprießen hervor. Dann wachsen sie und das Bett trägt plötzlich Decken und Kissen aus wunderschönen bunten Wildblumen. Alles ist voller weißer Margeriten, blauer Kornblumen und rotem Klatschmohn. Was für eine tolle Vorstellung.

Aufgeregt läuft Samira zu Opas Schrank. »Und den hier müssen wir nur auf den Rücken legen und die Türen ausbauen.«

»Das wird das Gemüsebeet«, rufe ich aus und stelle mir vor, was alles darin wachsen kann. »Wir pflanzen Erbsen und Bohnen, Tomaten, Zucchini und Zwiebeln. Das sind alles Gemüsesorten, die auch Blüten mit leckerem Nektar zu bieten haben. Dann haben alle was davon. Die Bienen und wir.«

»Wie du meinst. Du bist der Gärtner«, antwortet Samira und steuert auf das Bücherregal zu. »In das Regal stellen wir viele kleinere Töpfe.«

»Kräuter«, jubele ich. »Das wird ein mega Kräuterregal mit Thymian, Rosmarin, Pfefferminze.«

Voller Übermut lässt sich Samira auf Opas Sessel plumpsen.

»Natürlich brauchen wir noch Gartenmöbel zum Chillen. Die baue ich aus alten Holzpaletten. Da hab ich noch welche. Das wird krass.«

Ich hüpfe vor Freude auf und ab. »Samira. Du bist genial.«

»Dann müssten wir schon ein paar Sachen aus dem Zimmer deines Opas rausräumen«, bremst mich Samira. »Das ist dir schon klar, oder?«

Sie hat recht. Das wollte ich schließlich bis eben mit aller Macht verhindern. Aber ein denkender Mensch ändert seine Meinung, sagt der Ritchie. Also reiße ich das Absperrband ab und rufe: »Wenn mein Opa wüsste, dass seine Möbel jetzt Gartenbeete werden – er würde ausflippen vor Glück.«

Ich rufe sofort meine Mutter auf der Arbeit an. Meine Stimme überschlägt sich vor Begeisterung. Natürlich kann ich ihr nicht die Wahrheit sagen, aber die Nachricht, dass Samira die Möbel umsonst abholen würde, um daraus etwas zu basteln, reicht meiner Mutter vollkommen aus.

»Ich bin so froh, dass du nun doch mit meinen Plänen einverstanden bist, Hugo. Das wird ein tolles Wohnzimmer für uns zwei. Versprochen«, sagt sie, und ich höre die Erleichterung in ihrer Stimme.

»Was ist mit den anderen Sachen?«, frage ich schnell, denn ich muss Samira ja auch noch bezahlen.

»Ich habe mir schon ein paar Erinnerungen gesichert, die Fotos und so. Alles, was übrig ist, kannst du weggeben oder behalten. Das überlasse ich dir.«

Das klingt gut. Ich habe freie Bahn. Trotzdem bin ich nicht ganz glücklich, denn Merle ist nicht aufgetaucht. Irgendwie mache ich mir Sorgen. Sie wollte doch auch um elf Uhr hier sein.

Als ich zurück ins Zimmer komme, hat Samira schon das Bett leer geräumt. »Die meisten Möbel können wir mit dem Aufzug transportieren, das dürfte kein Problem sein«, sagt sie.

Dann blickt sie skeptisch auf den Schrank. »Außer der da. Dafür brauchen wir Manpower.«

Es klingelt.

Merle, denke ich und laufe los.

Endlich!

Voller Vorfreude reiße ich die Tür auf und erschrecke, weil sich zwei große Kerle vor mir aufrichten. Sofort schlage ich die Tür wieder zu, aber ein Turnschuh schiebt sich blitzschnell zwischen Tür und Rahmen. Er gehört Yasin, Samiras großem Bruder.

»Immer schön cremig bleiben. Wir sind es doch nur«, sagt er und drängelt sich an mir vorbei in die Wohnung. Ein blasser blonder Junge mit Basecap folgt ihm.

»Und wer ist das?«, frage ich.

»Das ist Ben, ein Basketball-Kumpel«, antwortet Yasin. »Er ist ein Larry, wenig Hirn, dafür aber jede Menge Muskeln.«

»Hey, du Arsch, hör auf, mich zu dissen.« Ben boxt Yasin volle Kanne auf den Oberarm.

»Ich dachte, wir könnten ein paar Packesel gebrauchen«, meint Samira hinter mir kichernd. »Da hab ich gleich mal 'ne Nachricht abgesetzt.«

Mir ist nicht zum Lachen. Im Gegenteil. Ich bin fassungslos. Noch zwei Mitwisser mehr. Manno. Wie soll denn ein Dachgarten geheim bleiben, wenn die halbe Stadt informiert ist?

Aber was soll ich motzen? Samira denkt eben praktisch. Wir beide können unmöglich den Schrank zwei Stockwerke durchs Treppenhaus tragen. Die beiden Umzugshelfer dagegen haben kräftige Oberarme. Yasin trainiert viel, Fitnessstudio, Fußball und seit Neuestem auch Basketball. Er spielt bei den Dark Warriors. Das ist unsere Schulmannschaft. Vor Kurzem haben sie sogar mal gegen die Lucky Tigers vom Gymnasium gewonnen. Voll die Heldentat.

»Was ist das alles? Krass«, sagt Yasin und wühlt in Opas Plattensammlung.

»Die gehört schon mir«, stoppt ihn Samira und nimmt ihm eine Schallplatte aus der Hand. »Da mache ich eine Obstschüssel draus.«

»Das ist die ›Abbey Road‹ – eine legendäre Platte der Beatles. Daraus willst du was machen? Obstschüsseln? Bist du völlig gaga?«

Dann setzt er sich hin und fängt an zu sortieren, als wäre er eine Taube bei Aschenputtel. Die Guten ins Töpfchen, die Schlechten ins Kröpfchen. Sein Kumpel Ben macht begeistert mit.

Ich kämpfe mit zwei streitenden Herzen in meiner Brust. Eines findet es schrecklich, dass jemand mit den Sachen meines Opas umgeht, als wären wir auf einem Flohmarkt, das andere findet es ganz gut, wenn die Dinge zu jemandem kommen, der sich darüber freut. Außerdem habe ich dann etwas, womit ich die Jungs für ihre Dienste bezahlen kann.

Schnell sortiere ich noch Opas Lieblingsplatten aus. Die behalte ich natürlich selbst.

Es klingelt.

»Du hast doch hoffentlich nicht noch jemandem Bescheid gesagt«, zische ich Samira entgegen und sause in die Diele.

Voller Angriffslust öffne ich die Tür. Der Besuch trägt zwar auch eine Basecap, aber es ist kein weiterer Larry.

»Merle. Na endlich.«

Die Geheimaktion

Merle

»Tut mir leid, dass ich so spät dran bin«, entschuldige ich mich, setze meine Kappe ab und ziehe die Maske vom Gesicht. »Aber ich musste bis eben mit meinen Eltern ins Büro. Sie denken, dass ich nicht den ganzen Tag alleine zu Hause sein kann. Sie wollten mich sogar zu meinen Großeltern verfrachten. Zum Glück konnte ich ihnen das ausreden. Dass Erwachsene so kompliziert sein müssen.«

»Komm erst mal rein«, bittet mich Hugo und schließt hinter mir die Tür.

»Wo ist Fibie?«

Tatsächlich bin ich ohne meine Leibwächterin da.

»Unten vor der Tür. Sie will nicht mit rein. Sie hasst Wohnungen. Da kriegt sie Panikattacken«, erkläre ich und sehe mich schon mal neugierig in Hugos Wohnung um.

Sie ist noch kleiner, als ich es erwartet hatte. Von einem schmalen Flur aus gehen links und rechts je drei Türen ab. Das war's.

»Hier ist das Schlafzimmer meiner Mutter. Das ist Privatzone«, sagt Hugo und zeigt auf die geschlossene Tür gleich links neben einer überladenen Garderobe mit einem vollgestellten Schuhregal darunter. Gegenüber geht es ins Bad. Das sehe ich, als Hugo die Tür ein Stück aufschubst.

»Falls du mal musst, hier ist das Klo«, sagt er. Ich werfe einen Blick hinein. Ungelogen, das begehbare Garderobenzimmer meiner Mutter ist größer. Und da sind nur Schuhe, Mäntel und Taschen drin. Hugos Familie hat noch nicht mal eine richtige Dusche. Nur eine Badewanne mit einem Delfin-Duschvorhang.

»Wenn du willst, zeig ich dir alles kurz«, sagt Hugo.

Ich will. Ich bin total neugierig.

Ein Zimmer weiter ist die Küche. Na ja, eine reine Küche ist es nicht. Es ist so was wie eine Wohn-Ess-Küche, denn es gibt nicht nur eine Eckbank mit einem Tisch und zwei Stühlen und eine Küchenzeile, sondern auch noch einen Sessel und einen Fernseher. Ich muss an mein Zuhause denken. Wir haben eine ganze Etage für das, was hier in ein Zimmer passt.

Aus dem Raum gegenüber ruft mir Samira ein fröhliches »Hi« entgegen. Neben ihr versuchen zwei Jungs, einen Schrank anzuheben.

»Das sind Yasin und Ben«, erklärt Hugo. »Die sind hier, um mit anzupacken. Samira hatte eine Hammer-Idee.«

Einen der beiden kenne ich. Der war auch bei Fibies Auftritt als Horrorbiene dabei. Ein ungutes Gefühl beschleicht mich.

Während wir uns noch einen Abstellraum mit Waschküche und Vorratskeller auf zehn Quadratmetern angucken, berichtet er mir begeistert von den geplanten Möbelbeeten.

Zum Schluss der Führung zeigt er mir noch sein Zimmer.

Es ist auch klein, aber gemütlich. Unter einem Hochbett steht ein Schreibtisch. Daneben gibt es einen Sitzsack zum Chillen. An den Wänden hängen Poster von deutschen Popstars.

»Welche Musik magst du so?«, fragt mich Hugo, als er bemerkt, dass ich mir die Poster ansehe.

»Pop mag ich auch, aber heimlich höre ich auch Gangsterrap. Meine Eltern würden mich umbringen. Zu viele verbotene F-Wörter.«

»Du machst gerne verbotene Sachen, was?«

»In letzter Zeit schon.«

In der Ecke neben dem Schrank entdecke ich ein Skateboard. »Wow, kannst du damit fahren?«

»Klar. Wenn du willst, nehm ich dich mal mit. Im Stadtpark gibt es eine Halfpipe. Da häng ich manchmal ab.«

»Fänd ich gut«, sage ich noch, dann gehen wir gemeinsam zum Rest der Truppe.

An der Einrichtung und den Sachen, die herumliegen, ist mir sofort klar, dass hier Hugos Opa gewohnt haben muss. Yasin und Ben haben den Schrank inzwischen gepackt und tragen ihn, einer vorne, einer hinten, in Richtung Zimmertür.

»Kann losgehen«, sagt Samira und reibt sich die Hände.

Aber Hugo winkt ab. »Nein. So einfach geht das nicht. Wir brauchen erst einen guten Plan. Niemand darf uns im Treppenhaus sehen.«

Stöhnend stellen die Jungs das schwere Möbelstück wieder ab. Dann setzen wir uns alle auf den Boden zu einer Besprechung.

»Bevor wir einen Plan machen können, muss ich euch die Lage im Haus erklären, damit wir alle Gefahren ausschalten können«, erklärt Hugo.

»Was denn für Gefahren?«, fragt Ben. Er hat anscheinend noch nicht geschnallt, dass er Teil einer Geheimaktion ist.

»Na, die Nachbarn natürlich. Wenn uns jemand sieht, dann ist der ganze Plan im Eimer«, sagt Hugo. »Die unter uns sind kein Problem. Die kommen nie nach oben. Aber hier direkt gegenüber wohnen zum Beispiel die Buschmanns. Der Sohn ist okay, aber die Mutter nicht. Sie arbeitet beim Ordnungsamt. Wenn die uns erwischt, ist der Ofen sofort aus.«

Er zeigt auf die Uhr über der Tür. Es ist jetzt kurz nach zwölf. »Sie verbringt ihre Mittagspause oft zu Hause. Aber man kann nie sagen, wann genau sie kommt. Wir brauchen also einen, der Schmiere steht und uns warnt, wenn sie auftaucht.«

Dann erzählt Hugo von Herrn Bierbaum eine Etage höher im fünften Stockwerk, der auch von vielen Herr Bierbauch genannt wird, weil er oft nur ein Unterhemd trägt, unter dem sich sein Bauch vom vielen Bier wie eine Kugel wölbt.

»Herr Bierbauch wohnt direkt über uns und hasst Lärm«, ergänzt er. »Jedes Mal, wenn wir in Opas Zimmer eine Party gefeiert haben, hat es nicht lange gedauert, bis er uns von oben auf den Kopf geklopft hat. Wahrscheinlich mit einem Stock oder so. Das hat er so lange gemacht, bis mein Opa die Schnauze voll hatte.«

Ich stelle mir zwei Großväter vor, die sich im Hausgang an die Gurgel gehen, und will es genauer wissen.

»Und was hat dein Opa gemacht?«

Hugo grinst und zeigt auf die alte Stereoanlage.

»Die Musik noch lauter gedreht.«

Alle kichern.

»Muss ein cooler Opa gewesen sein«, bemerkt Yasin.

Dann berichtet Hugo von Familie Fuchs, die gegenüber von Herrn Bierbaum wohnt. Vater, Mutter und zwei Kinder.

»Die Füchse sind kein Problem«, erklärt er, »die Mama ist um die Uhrzeit arbeiten, und der Papa ist so müde und gestresst von den Zwillingen, dass er meistens gar nicht wahrnimmt, was um ihn herum passiert. Als wäre er hypnotisiert.«

Dann besprechen wir die Gefahren im sechsten Stock.

»Glücklicherweise steht eine Wohnung auf der Etage leer. Nur in der anderen wohnt Gloria. An sich ist sie cool«, sagt Hugo, »aber sie ist die beste Freundin meiner Mutter, also auch gefährlich. Und sie ist furchtbar neugierig. Beim kleinsten Geräusch hängt sie mit einem Auge am Türspion.«

Ich sehe viele Fragezeichen in den Augen der Jungs. Also fasse ich alles noch mal zusammen: »Verstehe ich das richtig? Wir haben drei Gefahren, eine auf jeder Etage: Frau Buschmann hier im vierten, Herr Bierbauch im fünften und Gloria im sechsten Stock.«

Hugo nickt. »Du hast es erfasst.«

Jetzt, wo die Sachlage klar ist, bringt jeder seine Ideen ein. Wir plappern erst munter durcheinander, dann sortieren sich unsere Vorschläge nach und nach zu einem Plan, in dem jeder eine Aufgabe bekommt. Wenn es klappen soll, müssen alle zusammenarbeiten.

Ich laufe nach unten und bespreche mich heimlich mit Fibie, die natürlich auch mithelfen muss, aber ohne, dass es die Neuen mitkriegen. Dann geht es endlich los.

Vorsichtig tragen Yasin und Ben den Schrank aus der Wohnung. Yasin ist vorne, Ben hinten.

Gerade haben sie ihn durch den Türrahmen hindurch ins Treppenhaus geschafft, da schrillt schon die Klingel.

»Verdammt. Das ist Fibie«, raune ich Hugo zu. Es ist ausgemacht, dass sie klingelt, wenn sich jemand dem Haus nähert.

Ring, ring, ring.

Ich gebe Samira ein Zeichen, die jetzt den Fahrstuhl blockiert. »Bist du dir sicher, dass sie den Aufzug nimmt?«, fragt Samira.

»Frau Buschmann nimmt immer den Aufzug. Wahrscheinlich weil sie schon den ganzen Tag auf Knöllchenjagd so viel zu Fuß erledigt«, antwortet Hugo.

Damit die Kabine gar nicht erst zu ihr ins Erdgeschoss fahren kann, drückt Samira immer wieder auf »Tür öffnen«, als würden zehn Leute jedes Mal kurz vor Türschluss noch schnell hineinspringen wollen.

»Was machen wir denn jetzt? Sollen wir wieder zurück?«, wollen die Jungs wissen. Sie schwitzen schon, die Anstrengung steht ihnen ins Gesicht geschrieben.

»Nein. Weiter, immer weiter«, treibt Hugo sie an.

Zum Glück ist das Treppenhaus breit genug, sodass sie mit dem Schrank problemlos die Stufen hinaufkommen.

Dann höre ich das *Klack*, *Klack* von Schuhen von unten durch das Treppenhaus hallen.

»Hugo. Sie nimmt die Treppe«, warne ich. Hugo gibt mir ein Zeichen. Schnell verschwinde ich in der Wohnung und schließe die Tür.

Etagenwettlauf

Hugo

»Was ist hier los?«, brüllt die blöde Berta mir bereits auf halber Treppe entgegen, während Yasin und Ben es gerade so mit dem Ungetüm aus Holz um die Ecke schaffen.

»Gar nichts, was soll denn los sein?«, sage ich und sehe, wie die Aufzugtür zuschnappt und Samira nach oben fährt, um ihren nächsten Posten einzunehmen.

»Hugo Kalinski«, fährt mich Frau Buschmann an, dabei funkeln ihre kleinen Augen böse. »Du hältst dich für schlau, aber eines Tages, wenn du nicht damit rechnest, dann kriege ich dich. Verlass dich drauf.« Wutschnaubend schiebt sie mich zur Seite und verschwindet in ihrer Wohnung.

Mit einem Pfeifen signalisiere ich den Jungs, dass sie die nächste Etage entern können. Ich klopfe dreimal an meine eigene Haustür, um Merle das Zeichen zum Start zu geben, dann laufe ich Yasin und Ben hinterher und packe hinten bei Ben mit an.

Als wir Etage fünf erreichen, ist es ganz still. Deshalb höre ich jedes Knacken, jeden Atemzug und auch das donnernde Geräusch, als plötzlich die doofe Schranktür aufklappt und krachend gegen den Steinboden klatscht. Und zwar direkt vor Herrn Bierbauchs Tür.

Das muss er gehört haben!

Verzweifelt warte ich auf Merles Einsatz, aber es bleibt still. Unerträglich still. Das war nicht der Plan.

Jetzt geht auch noch die Wohnungstür auf und Herr Bierbaum steht mit zornigem Blick vor uns.

»Was ist das hier für ein Lärm?«

Ich ducke mich schnell hinter den Schrank. Wenn er mich sieht, wird er auf jeden Fall misstrauisch.

»Wir bringen nur ein paar Möbel für die Wohnung oben. Ist neu vermietet«, sagt Yasin schlagfertig. Das haben wir nicht geprobt. Ich bin überrascht, wie cool er bleibt. Aber er sieht auch aus wie ein Möbelpacker.

Dann endlich höre ich den Bass wummern. Merle hat es geschafft. Aus Opas Zimmer pulsiert die Musik durch die Wände und Decken nach oben. »Ein bisschen Spaß muss sein.«

Der Song wird Herrn Bierbauch um den Verstand bringen.

»Was ist denn hier los heute?«, schnattert der alte Miesepeter, greift einen Gehstock aus dem Schirmständer und schlägt uns die Tür vor der Nase zu.

Dann hören wir ihn klopfen.

Der wäre erst mal beschäftigt.

Yasin und Ben sind schon völlig außer Atem. Trotzdem feuern sie sich mit »Dark Warriors geben niemals auf, Dark Warriors haben's wirklich drauf« an. Bevor sie den Schrank anheben, schließe ich die Schranktür noch mal richtig zu. Jetzt hält sie hoffentlich.

Gerade biegen sie in den Treppenaufgang zum sechsten Stock, da öffnet sich die Tür der Familie Fuchs. Yasin und Ben erstarren kurz, aber ich winke ihnen zu, dass sie weitergehen sollen.

Es ist nur Herr Fuchs. Wie ein Schatten schiebt er den Kinderwagen mit den Zwillingen in den Flur.

»Hallo«, begrüße ich ihn und drücke schon mal den Fahrstuhlknopf. Wie ein Gespenst aus einem Halloweenfilm schlurft er an mir vorbei.

»Sie sehen müde aus«, sage ich, aber es ist, als wäre ich gar nicht da. Die Mädels im Wagen plappern und juchzen. Im Gegensatz zu ihrem Papa haben sie noch keine Augenringe und sehen echt fit aus.

Ich erschrecke fast, als er dann doch etwas sagt, mich aber gar nicht anguckt. »Wir waren alle die halbe Nacht wach. Sie zahnen.« Dann schiebt er die Kids in den Aufzug. Den Schrank würdigt er keines Blickes. Auch die laute Musik und das Hämmern aus der Nachbarwohnung scheint er nicht wahrzunehmen. Wahrscheinlich wird er bereits unten vergessen haben, dass wir uns überhaupt begegnet sind.

Kaum schließen sich die Fahrstuhltüren, fällt mir siedend heiß Gloria ein. Ich überhole die Jungs, die schon fast im nächsten Stock angekommen sind.

»Ihr müsst jetzt warten, bis ich drin bin«, sage ich, laufe weiter und gebe Samira noch ein Daumen-hoch. Sie steht mit dem Schlüssel am kleinen Aufstieg zum verbotenen Turm und wartet auf die Möbelpacker.

Dann klingele ich bei Gloria. Es dauert einen Moment, bis sich die Tür öffnet.

»Hey, Sonnyboy, alles bunt?«

Gloria trägt einen Morgenmantel aus pinker Seide mit Trompetenärmeln und Federn. Sie sieht aus wie ein Kakadu.

An einem Augenlid kleben noch unechte Wimpern. Das andere ist rundherum mit schwarzer Tusche verschmiert. Offensichtlich habe ich sie aus dem Bett geholt. War wohl ’ne lange Nacht.

»Nee. Alles grau wie Schimmelpilze«, sage ich.

Das braucht keine weiteren Erklärungen. Gloria erkennt Elend, wenn es vor ihr steht. Sofort bietet sie mir Tee und ein Ohr zum Zuhören an.

Als wir in der Küche Platz nehmen, höre ich draußen lautes Gerumpel. Die verdammte Schranktür!

»Kleinen Moment, Hugo. Ich seh nur mal schnell nach, was da los ist. Vielleicht zieht ein heißer Nachbar ein«, sagt sie und will schon zum Türspion eilen, als ich sehr spontan zu weinen beginne. Na ja, so richtige Tränen wollen nicht kommen, aber ich schluchze und halte mir den rechten Ärmel vor die Augen.

»Aber Hugo, nein. Nicht doch.«

Tröstend tätschelt sie mir den Rücken. Damit sie nicht merkt, dass ich gar nicht richtig weine, lasse ich meinen Kopf auf den Küchentisch sinken und vergrabe das Gesicht in meinen verschränkten Armen.

»Ja. Die Mama hat es mir schon erzählt«, sagt sie und zündet sich eine Zigarette an. »Du bist immer noch so traurig wegen dem Opa. Das verstehe ich gut.«

Behutsam streichelt sie mir übers Haar. »Die Erinnerung an ihn kann dir niemand nehmen, sie wohnt nicht in einem Zimmer oder einem Garten, sie ist für immer in deinem Herzen.«

Beim Gedanken an meinen Opa kullern jetzt tatsächlich ein paar Tränen. »Und denk ja nicht, dass deine Mama ihn nicht vermisst. Aber sie dachte eben, dass es jetzt Zeit ist, loszulassen und neu anzufangen.«

Ich höre, wie Gloria Wasser in eine Tasse gießt. Als ich mich aufsetze und mir die Tränen mit dem Handrücken wegwische, stellt sie mir einen dampfenden Pott mit Minztee vor die Nase und reicht mir ein Taschentuch. Kräftig schnäuze ich hinein.

»Aber sie hat vergessen zu fragen, ob es für mich Zeit ist«, bemerke ich und nehme die riesige Teetasse mit einem Flamingo darauf in beide Hände. Das warme Porzellan an meinen Fingern und der Minzduft beruhigen mich.

»Ja, so trauert eben jeder Mensch in seinem eigenen Tempo. Aber eins weiß ich: Irgendwann wachst du auf und es tut nicht mehr so weh.« Mit einem großen Schluck Tee versuche ich, den Kloß in meinem Hals hinunterzuspülen.

»Ich werde jeden Tag darüber traurig sein, dass er nicht mehr da ist. Für immer.«

Dann stehe ich auf und drücke sie ganz fest. Sie meint es gut, das weiß ich. Sie liebt mich wie eine Tante.

»Danke«, sage ich und zupfe ihr die Wimpern vom Auge.

»Ups. Das kleine Scheißerchen hängt wohl an mir«, meint sie lachend. »Gestern war Oldie-Nacht im Melody. Da geht es immer lang.«

»Ich vermisse unsere Partys in Opas Zimmer«, sage ich.

»Dann sollten wir uns unbedingt zu einer verabreden. Frag die Mama und sag Bescheid. Gloria ist dabei.«

Wie auf der großen Showbühne in ihrem Karaoke-Klub breitet sie die Arme aus und verbeugt sich tief, dann greift sie sich einen Rührlöffel und beginnt zu singen. Es ist höchste Zeit, dass ich verschwinde, sonst lädt sie mich noch zu einem Duett ein. Dafür habe ich jetzt wirklich keine Zeit.

Als ich aufs Dach komme, herrscht dicke Luft. Der Schrank ist sicher angekommen, alle sind da, aber es stimmt irgendetwas nicht.

»Samira, du hättest mir das sagen müssen. Das ist doch das Miststück, das die Biene auf uns gehetzt hat«, sagt Yasin und zeigt auf Merle. Anscheinend haben die beiden auch schon mal Bekanntschaft miteinander gemacht. Ohne Maske hat er sie wohl eben in der Wohnung nicht erkannt.

Merle sieht ängstlich zu mir rüber.

Bevor ich eingreifen kann, stellt sich schon Samira vor sie und fährt die Krallen aus. »Lass sie in Ruhe. Die ist in Ordnung. Und bevor du jetzt was Dummes sagst, die Maske, die braucht sie zum Überleben, sonst erstickt sie. Klar?«

Yasin verschränkt verärgert die Arme und schmollt einen Moment. Als er mich bemerkt, reißt er sich zusammen und fragt, wie es jetzt weitergeht.

»Es wäre super, wenn ihr uns noch bei den anderen Möbelstücken helfen könntet. Aber die können wir mit dem Aufzug raufholen. Dann bezahle ich euch und ihr seid raus.«

Ich bin froh, wenn sie weg sind. Es sind bestimmt nette Jungs, aber wir kommen bestens alleine klar.

»Was soll das hier eigentlich werden?«, fragt Ben. »Ist das so was wie eine Guerilla-Aktion? Arbeitet ihr im Untergrund? Ein Geheim-Klub oder so was?«

»Wenn ihr alles vergessen könntet, was ihr heute gesehen habt, wäre es super«, sage ich nur knapp.

»Es wird immer interessanter«, findet auch Yasin. »Ich hätte Lust, mitzumachen in eurem Klub.« Er wechselt Blicke mit Ben.

»Ich wäre auch dabei. Es sieht spannend aus. Vielleicht wird das so was wie 'ne Dachbar für Partys.«

Yasin schüttelt den Kopf. »Nee, die sind erst zwölf oder dreizehn. Es muss was anderes dahinterstecken.«

»Danke, aber wir brauchen keine Hilfe mehr. Wir schaffen das alleine«, sage ich schnell.

»Kann ich dich mal kurz unter vier Augen sprechen?«, flüstert mir Merle zu und zieht mich ein Stück zur Seite.

»Warum können sie nicht mitmachen?«, will sie wissen.

Was für eine blöde Frage.

»Was, wenn sie quatschen und der Dachgarten auffliegt? Dann kommt der Lümmerlein, um die Bienen abzuholen. Und alles war umsonst.«

»Klar, es ist ein Risiko«, sagt Merle, »aber wir könnten schon noch starke Arme gebrauchen – bei allem, was wir so vorhaben.«

Wie kann sie wollen, dass Yasin dabei ist? Versteh einer die Frauen. »Du willst wirklich, dass einer mitmacht, der dich eben so dumm angemacht hat?«

»Aber es geht doch um mehr als um mich, Hugo. Außerdem wird er schon netter werden. Er ist Samiras Bruder. Harte Schale, weicher Kern.«

Ich weiß nicht, was ich sagen soll. Ich will keine neuen Mitwisser, aber im Grunde könnten sie uns auch jetzt schon verraten.

Merle sieht mir tief in die Augen.

»Und wenn wir sie schwören lassen?«

Die Bande der Bienenretter

Merle

Kurze Zeit später stehen wir im Kreis, Arm in Arm, wie Sportler vor einem wichtigen Spiel. Hugo sagt den Text, den er sich ausgedacht hat, Zeile für Zeile. Wir anderen wiederholen die Worte im Chor.

»Ich schwöre feierlich,
beim Leben der letzten Königin,
dass ich das Geheimnis wahre,
weil ich ein Bienenretter bin.«

Jetzt sind wir zu fünft. Fünf Bienenretter auf einer Mission. Und die neuen haben sich schon echt ins Zeug gelegt, die Möbel getragen und aus Samiras Werkstatt jede Menge Arbeitsmaterial besorgt. Yasin hat sich sogar bei mir entschuldigt. Ich sehe Hugo an, dass er nicht megaglücklich mit seiner Entscheidung ist, aber ich bin mir sicher, dass er es nicht bereuen wird.

Voller Begeisterung machen sich alle an die Arbeit. Samira bohrt die Löcher, während Yasin und Ben das Holz mit Lasur streichen. Hugo und ich tackern die Folie von innen fest. Dabei quatschen wir über unsere Mission. Yasin und Ben wollen alles genau wissen. Hugo erzählt vom Garten seines Opas und wie er die Bienen entführt hat, und ich traue mich sogar, von meinen Krankheiten und von Fibie zu erzählen, was sie mir natürlich zuerst nicht glauben. Bis Fibie auftaucht und wir ein bisschen zaubern.

Yasin zeigt hinter seinem Rücken mit seinen Fingern eine Zahl, und Fibie verrät mir, welche es ist. Wir ernten Applaus und viele Lacher.

Stolz betrachten wir am Ende unser Werk.

Ein Bett, ein Schrank, der auf dem Rücken liegt wie ein Maikäfer, ein Regal und eine Truhe haben sich tatsächlich in Pflanzgefäße verwandelt.

»Ich bin happy, und mein Großvater wäre es auch«, sagt Hugo, »aber jetzt stehen wir schon vor der nächsten Herausforderung.«

»Was denn?«, will Ben wissen und ruft: »Dark Warriors geben niemals auf, Dark Warriors haben's wirklich drauf.«

Hugo grinst. Langsam scheint er sich mit den Chaoten im Team anzufreunden.

»Wir brauchen jede Menge Erde. In die Beete passt viel mehr rein, als es auf den ersten Blick aussieht. Die kann man nicht mal eben in Nachbars Garten mitgehen lassen.«

Beim Stichwort Nachbars Garten fällt mir sofort ein Ort ein, an dem es genug Erde gibt.

»Ich hätte da schon eine Idee«, sage ich cool. »Allerdings müssten wir es heute Nacht tun.«

Manchmal nehme ich den Mund doch etwas zu voll. Wie konnte ich nur so einen Vorschlag machen? Treffpunkt um Mitternacht? Tagsüber abzuhauen ist eine Sache, aber nachts?

Ich liege im Bett und blicke alle paar Minuten auf die Uhr. Dann schleiche ich immer wieder zu meiner Zimmertür, öffne sie ein Stück und lausche ins Haus hinein. Sonst geht meine Mutter um zehn ins Bett, mein Vater auch meistens um elf. Doch immer noch höre ich den Fernseher im Wohnzimmer und es ist schon gleich Viertel nach elf.

Endlich: Stimmen. Sie reden miteinander, die Tür zum Flur geht auf. Schnell schließe ich meine Tür und verstecke mich unter der Decke. Ich habe schon meine Klamotten an, das dürfen sie auf keinen Fall sehen.

Es dauert eine Weile, dann geht meine Tür auf. Licht fällt in mein Zimmer. Das ist meine Mutter. Sie guckt immer noch mal kurz nach mir. Zum Glück nur ein kurzer Check. Sie kommt nie nah heran. Es reicht ihr, mich einmal kurz zu sehen.

Halb zwölf.

Jetzt muss ich warten, bis meine Eltern eingeschlafen sind. Wenn sie erst mal schlafen, schlafen sie.

Zehn vor zwölf. Ich schalte die Alarmanlage aus und schleiche mich wie auf Katzenpfoten nach unten. Jetzt ist die Freiheit nur eine Haustürklinke entfernt.

Mitternacht!

Ich hatte es mir irgendwie gruseliger vorgestellt. Vergebens warte ich auf dramatische Glockenschläge und ein Käuzchen, das in die Nacht ruft.

Es ist alles ganz still in meinem Viertel. Die Straßen liegen verlassen da, die meisten Menschen schlafen wohl schon. Nur hinter ein paar Fenstern sehe ich blaues Fernsehlicht flackern.

Vollkommen vermummt, mit Mütze und einem Schal um Hals und Mund, husche ich von Laterne zu Laterne bis zum vereinbarten Treffpunkt.

Schon von Weitem sehe ich Hugo und Yasin. Sie stehen mit ihren Fahrrädern vor der Baustelle im Lorbeerweg.

Hier werden wir heute Nacht die Erde für den Dachgarten besorgen. Schließlich haben die Bauarbeiter im Auftrag meines Vaters dort eine fette Baugrube für einen weiteren Betonklotz ausgegraben. Die Erde gehört also auch irgendwie mir. Damit ist es noch nicht mal ein Diebstahl.

»Da bist du ja endlich«, begrüßt mich Hugo. »Ich hatte schon Sorge, dass du nicht kommst.«

»Habt ihr alles dabei?«, frage ich. Hugo zeigt mir eine Schaufel und gestreifte Bettbezüge. Er hebt einen hoch und erklärt: »Da schaufeln wir die Erde rein.«

»Ja, die sind wie ein großer Sack. Cool, oder?«, sagt Yasin.

»Was ist mit Fibie?« Er hat sie doch nicht etwa ins Herz geschlossen?

»Nachts fliegen Bienen nicht, genau wie bei Regen und wenn es kälter als fünfzehn Grad ist«, erkläre ich, als wäre ich die größte Bienenexpertin der Welt. Hugo grinst. Ja, er ist ein guter Lehrer.

Gemeinsam schieben wir die Bauzäune ein Stück auseinander und wagen uns hinein, obwohl das Betreten der Baustelle natürlich total verboten ist. Und das nicht ohne Grund.

»Es ist gefährlich. Ihr müsst aufpassen, dass ihr nicht in die Baugrube fallt«, warne ich. Erfreulicherweise scheint der Mond, sodass wir auch ohne Taschenlampe unsere eigenen Füße gut sehen können. Eine helle Nacht ist aber nicht nur ein Vorteil. So kann man uns von der Straße aus auch leichter sehen. Zum Glück steht der Bagger genau vor dem Berg aus Erde, sodass Hugo und Yasin dahinter geschützt vor neugierigen Augen arbeiten können.

»Mit Samira und Ben alles klar?«

»Ja. Sie stehen schon bereit. Wir müssen die Säcke nur bis vors Haus bringen, die beiden schaffen dann alles per Aufzug nach oben aufs Dach.«

Während Yasin und Hugo zu schaufeln beginnen, stehe ich erst mal Schmiere wie sonst Fibie immer, vorsichtshalber.

Aber es ist tote Hose. Alle schlafen. Nicht mal ein Auto fährt vorbei, keiner, der von der Spätschicht oder einer Party nach Hause kommt. Nichts.

Dann endlich düsen Yasin und Hugo mit der ersten Fuhre in den Anhängern los. Yasin hat sich extra einen bei einem Kumpel geliehen, damit es schneller geht.

Bis sie zurück sind, mache ich es mir hinter dem Bagger gemütlich. Ich setze mich auf den Boden, lehne mich an ein Baggerrad und betrachte den Sternenhimmel. Noch nie habe ich die Sterne nachts so deutlich gesehen. Natürlich durfte ich schon mal vor dem Schlafen draußen den nächtlichen Himmel beobachten, aber das ist anders als mitten in der Nacht, wenn es richtig dunkel ist. Ich erkenne sogar den Großen Wagen. Toll.

Plötzlich höre ich Schritte. Jemand schleicht über die Baustelle. Yasin und Hugo sind es nicht. Ich hätte das Rauschen der Reifen auf Asphalt und das Klackern der Pedale gehört. Das habe ich aber nicht.

Dann sehe ich einen gewaltigen Schatten neben dem Bagger aufsteigen wie einen Riesen mit einem überdimensional langen Arm.

»Hi, Kids, ihr fragt euch bestimmt, warum ich flüstere, aber ich bin einer echt kriminellen Sache auf der Spur«, höre ich eine Stimme. »Crazy shit. Gerade eben sind die Diebe mit zwei Fahrrädern und Anhängern voller was auch immer davongefahren. Hier ist wieder ›Krasser Scheiß TV‹ mit Jay.«

Den letzten Satz hätte ich nicht gebraucht, bereits an seiner Stimme habe ich ihn sofort erkannt.

So ein Mist. Was macht der Idiot nur hier mitten in der Nacht? Leider bewegt er sich nicht von mir weg. Im Gegenteil, er kommt direkt auf mich zu. Jetzt sehe ich auch, was sein langer Arm in Wahrheit ist: ein Selfiestick, den er sich vor die Nase hält.

»Hoffentlich haben sie meinen Pulli nicht mitgehen lassen. Das ist mein Lieblingsteil«, labert er in die Kamera. Das erklärt wenigstens, was er hier sucht. Aber der wahre Grund ist wahrscheinlich, dass er ein sinnloses Video für seinen dämlichen Kanal drehen will.

»Mach das Scheißding aus. Das ist doch hoffentlich nicht gerade live, oder?«, zische ich ihm aus meinem Versteck entgegen. Vor Schreck stolpert er beinahe über seine eigenen Füße. Mit einem Klick stoppt er die Aufnahme und lässt den Stick sinken.

»Hast du mich erschreckt, my goodness.«

»Und du mich erst«, antworte ich und stehe auf.

Langsam kommt er näher, um mich genauer anzusehen.

»Ich kenne dich«, sagt er. »Du bist doch meine Nachbarin.« Es rattert in seinem Hirn. »Die Tochter von meinem neuen Chef.«

»Pssst«, stoppe ich ihn. »Nicht so laut. Oder willst du, dass jemand die Polizei ruft?«

»Ja klar, das willst du nicht. Dann erfährt ja Daddy, was die liebe Tochter nachts so treibt.«

»Genau. Und du kannst deinen Ferienjob vergessen. Und das Schulpraktikum. Alles futsch.«

»Ich bin nur hier, um meinen Hoodie zu holen«, sagt er und greift neben mich. Tatsächlich hängt ein Kapuzenpulli über einem der riesigen Baggerreifen. »Hab ich vergessen.«

»Klar. Und da musst du mitten in der Nacht hierher, wo du doch morgen eh wieder hier arbeitest.«

»Oh, Frau Schlauberger weiß alles. Aber nein, morgen geht es erst mal auf eine andere Baustelle.«

»Es hätte aber auch morgen früh gereicht oder etwa nicht?«

»Natürlich, du bist genervt, dass ich hier aufgetaucht bin. Verstehe. Was zur Hölle treibt ihr hier, you and your friends?«

»Das ist privat«, antworte ich.

»Privat also.«

Tanzende Scheinwerfer von der Straße kündigen meine Rettung an.

Nein, meinen Untergang.

Jay wird mich verraten, ihnen sagen, wer ich in Wahrheit bin. Alles wird auffliegen.

Hugo wird mich hassen, aus der Bande der Bienenretter werfen und alles ist vorbei.

Obwohl Jay viel größer ist als ich, greife ich seinen Arm.

»Okay, egal, was gleich passiert, überlass mir das Reden. Zwei Dinge: Du wirst nicht verraten, wer mein Vater ist. Ich habe mit dieser Baustelle nichts zu tun. Und zweitens: Alles, was du hier heute Nacht gesehen hast, wird gelöscht, auf deinem Handy und in deinem Hirn.«

»Merle«, höre ich Hugo. »Wir sind es nur.«

»Das wird ja immer interessanter«, sagt Jay und grinst. »Und was kriege ich für mein Schweigen?«

»Du behältst deinen Ferienjob.«

»Das reicht mir nicht«, flüstert er. »Du hast mir gerade ein cooles Video versaut. Ich will Ersatz. Irgendeine richtig gute Story. Die lieferst du mir. Wenn nicht diese, dann eine andere.«

»Abgemacht«, sage ich, obwohl ich keine Ahnung habe, was das für eine Story sein soll. Wir geben uns die Hand drauf, als Hugo hinter mir auftaucht.

»Wer ist das denn?«, jault er wie ein Hund, dem jemand auf die Pfote getreten ist.

»Das ist Jay von ›Krasser Scheiß TV‹«, sagt Yasin. »Ich kenne den. Der spielt bei den Lucky Tigers.«

»Oh fuck. Doch bitte nicht der Jay!«

»Doch, der bin ich. Korrekt!«

Ich sehe Hugo auch im Halbschatten an, dass er weinen oder schreien möchte, deshalb sage ich schnell: »Ja, was für ein witziger Zufall. Jay hat hier einen Ferienjob auf der Baustelle und da hat er doch tatsächlich seinen Pulli vergessen.«

Jay winkt mit seinem Pulli, während Hugo ihn fassungslos ansieht.

»Und zufällig kennen wir uns, denn wir gehen auf dieselbe Schule. Er will nichts weiter über unser Projekt wissen. Er wird schweigen und jetzt nach Hause gehen.«

Unsanft versuche ich, ihn wegzuschieben.

»Und das glaubst du ihm?«, schreit Hugo so laut, dass wir alle gleichzeitig »Pssst« zischen.

»Der hat mehr Reichweite als jede Nachrichtensendung. Wir sind erledigt. Ich bin erledigt.«

»Kumpel«, sagt Jay. »Ganz locker, Mann. Ich bin doch kein Arschloch. Ich hab meiner lieben Freundin hier eben hoch und heilig geschworen, dass ich die Klappe halte. Dann tue ich das auch. Ehrensache.« Er schenkt mir eine Gangsterfaust, als wären wir die dicksten Kumpels, und blickt mir dann noch einmal tief in die Augen.

»Wir sehen uns.«

Dann verschwindet er in die Nacht.

Alles seltsam

Hugo

Es ist aus. Alles aus und vorbei. Dieser Jay hält niemals die Klappe. Das ist alles, was ich denken kann, bei jeder weiteren Schaufel Erde, die wir in der Bettwäsche versenken, bei jedem Tritt in die Pedale auf dem Weg nach Hause, bei jedem Stockwerk, das der Aufzug auf dem Weg zum Dach anzeigt. Selbst als wir stolz acht gefüllte Säcke aufs Dach geschleppt haben und uns niemand erwischt hat, nagt die Sorge an mir wie ein Bieber an einem Baumstamm.

Es ist fast drei Uhr nachts, als sich Samira, Yasin und Ben verabschieden und ich völlig erschöpft in mein Bett falle. Aber schlafen kann ich nicht. Ich stibitze Mamas Tablet. Sie hat es zum Glück auf dem Küchentisch liegen lassen. Und dann schaue ich auf Jays Kanal »Krasser Scheiß TV« vorbei, weil ich mir sicher bin, dass er jeden Moment über seltsame nächtliche Vorgänge auf einer Baustelle in Neugarten berichten wird. Doch ich finde nur ältere Posts über sein Hobby Basketball, Fitnesstipps und Let's plays. Ab und zu spielt er auch mal den Reporter und interviewt Leute. Sogar ein Baggerfahrer ist darunter. Zumindest ist das mit dem Ferienjob schon mal nicht gelogen.

Manche Videos sind gar nicht so uncool, er hat schon was drauf. Ab und zu ist er sogar witzig. Das muss ich zugeben. Irgendwas muss ja an ihm dran sein, sonst hätte er nicht so viele Follower. Das sind bestimmt alles Mädchen, weil er so gut aussieht. Seine Haut hat die Farbe von Milchkaffee. Dazu noch sein langer Pony, der ihm immer cool in Strähnen vor die Augen fällt, sein New-York-Slang und nicht zu vergessen: sein charmantes Lächeln. Ich frage mich, ob Merle ihn auch gut findet. Ich frage mich sowieso, was Merle gut findet. Eigentlich weiß ich fast nichts über sie. Obwohl wir so viel Zeit miteinander verbringen, bleibt sie irgendwie geisterhaft. So wie sie auftaucht, verschwindet sie auch immer. Wie heute Nacht. Kaum haben wir uns an der Baustelle verabschiedet, blicke ich noch mal über die Schulter zurück, und schon ist sie verschwunden, einfach verschluckt von der Dunkelheit. Sie ist ein seltsames Mädchen. Voller Geheimnisse.

Als wir uns am nächsten Mittag im Geheimversteck treffen, sehen wir beide aus wie Gespenster. Nur Fibie ist fit. Sie surrt um uns herum und fliegt wieder wilde Schleifen. Merle übersetzt mir die Bienensprache.

»Fibie fragt, was mit den anderen ist.«

»Die Jungs haben heute noch ein wichtiges Spiel. Die müssen mal einen Tag aussetzen. Und Samira bemalt meine Gläser.«

Ich zeige auf die Beute. Am Flugloch geht es zu wie an einem Flughafen auf der Start- und Landebahn. »Das Wetter war perfekt in den letzten Tagen. Alles blüht. Die Bienen sammeln wie verrückt. Ich muss dringend Honig schleudern. Das wird eine großartige Ladung *Frühlingsmagie*.«

»Darf ich dabei sein?«, fragt Merle.

»Na klar. Wie wäre es morgen?«

Merles Augen geben mir bereits eine Antwort, bevor sie es sagt. »Am Wochenende kann ich leider nicht kommen. Meine Eltern sind zu Hause. Sie wollen mit mir irgendwelche Dinge unternehmen. Familienzeit! Und eine Überraschung ist geplant. Ich kann erst Montag wieder. Und selbst da weiß ich nicht genau, wann.«

»Kein Problem: Ich warte, bis du dabei sein kannst«, sage ich und meine es auch so. Ich freue mich darauf, ihr alles genau zeigen zu können.

»Oh, warte«, sagt sie und kramt in ihrer Hosentasche, dann drückt sie mir fünfzehn Euro in Scheinen in die Hand. »Jetzt kann ich den Honig endlich ohne schlechtes Gewissen essen.«

»Danke«, sage ich und stecke das Geld ein. Für einen Moment denken wir wohl beide an den Tag, als wir uns das erste Mal in der Krämergasse begegnet sind, an die blöde Berta und meine Flucht auf dem Fahrrad, denn Merle sagt: »Ich frage mich schon die ganze Zeit, warum du den Honig heimlich verkaufst? Ist das verboten?«

»Normalerweise nicht«, erkläre ich. »Wenn man sich an ein paar Vorschriften hält. Und wenn man sich nicht genau daran hält, dann darf man sich eben nicht erwischen lassen.«

»Aber du wurdest erwischt?«

»Genau an dem Tag, als mein Opa in unserer Küche Honig geschleudert hat, standen doch tatsächlich drei Mann vom Gesundheitsamt vor unserer Tür. Ich kann es nicht beweisen, aber ich wette, dass die blöde Berta ihn angezeigt hat. Die beiden konnten sich noch nie leiden. Ich glaube, die hat nur auf eine gute Gelegenheit gewartet, meinem Opa eins reinzuwürgen.«

»Und was war das Problem?«

»Es ist eben eine ganz normale Küche und kein extra Schleuderraum. Da muss man ein paar Dinge beachten.«

»Was denn zum Beispiel?«

»Es waren lauter Kleinigkeiten, die wohl nicht okay sind. Opa Jakob hatte zum Beispiel keine frische helle Kleidung an und keine Kopfbedeckung. Außerdem hat meine Mutter gerade Kaffee getrunken und ich habe direkt daneben ein Wurstbrot gegessen. Und zu allem Übel roch es noch nach Rauch, weil Gloria vorher zu Besuch gewesen war.« Ich versuche, mich genau an den Tag zu erinnern. »Ach ja, und wir hatten den Mülleimer nicht rausgestellt. Das ist auch so ein No-Go.«

»Und dann? Was ist passiert?«

»Sie haben den Verkauf verboten. Erst wenn wir nachweisen können, dass der Honig ordnungsgemäß geschleudert wurde, kann er auch offiziell verkauft werden, haben sie gesagt. Aber vorher ist mein Opa gestorben und jetzt bin ja nur noch ich da. Ein Kind. Was kann ich schon tun?«

Merle schüttelt den Kopf. »Na und? Was soll das denn heißen? Nur ein Kind. Pah. Du musst einfach beweisen, dass du das richtig machst mit dem Schleudern. Und dann verkaufst du *Frühlingsmagie* auf dem Markt an einem eigenen Stand. Und drüber hängt ein Schild, auf dem ›Hugos Honigladen‹ steht.«

In meiner Fantasie sehe ich alles vor mir. »Vielleicht hast du recht«, sage ich. »Aber vorher müssen wir uns erst mal um den Dachgarten kümmern.«

Ich ziehe unsere zerknitterte To-do-Liste aus meiner Hosentasche und streiche sie glatt, damit wir sehen können, was wir schon erledigt haben.

Möbel-Beete bauen. Check.

Erde besorgen. Check.

Doch es gibt immer noch viel zu tun.

»Wir könnten die ersten Pflanzen kaufen«, schlage ich vor.

»Ich weiß auch schon, wo«, ruft Merle aus, greift in ihre Hosentasche und zieht einen Flyer hervor. »Ab heute ist Frühlingsmesse in der Gärtnerei Wandelröschen.«

Kurze Zeit später chauffiere ich Merle und Fibie wieder durch die Stadt. Heute zeige ich ihnen auch ein paar sehenswerte Orte. Wir fahren einen kleinen Umweg an meiner Schule entlang, durch den Stadtpark, vorbei an der Skateranlage, wo ich ihr bald mal das Skateboarden beibringen will. Dann geht es über den Parkplatz meines Lieblingssupermarktes und zur Gärtnerei gleich daneben.

Wir sind alle drei voller Vorfreude, als wir das Geschäft mit den riesigen Gewächshäusern dahinter betreten. Fibie flippt schier aus vor Glück, als sie die vielen Blumen sieht. Neue Nahrungsquellen zu finden, ist als Spurbiene ja ihre Aufgabe im Volk. Und das, was sich von unseren Augen auftut, ist ein Paradies für Bienen. Auch Merle nimmt der Anblick der Blütenpracht im ersten Gewächshaus völlig gefangen. Begeistert läuft sie los, um sich alles genau anzusehen. Ich folge ihr durch die schmalen Gänge zwischen den langen Tischreihen hindurch.

»Was brauchen wir denn?«, fragt sie, und ich habe den Eindruck, sie würde am liebsten den ganzen Laden leer kaufen.

»Am wichtigsten sind Wildblumensamen fürs Bett-Beet, ein paar Blumen für den Schrank und Kräuter fürs Regal. Fürs Gemüse ist es eh noch zu früh, da müssen wir warten, bis die Eisheiligen vorbei sind.«

»Bis wer vorbei ist?«

»Die Eisheiligen. So nennt man es, wenn Mitte Mai noch mal Frost kommt. Da kann es passieren, dass empfindliche Pflanzen über Nacht einfach erfrieren. Und die ganze Arbeit war umsonst.«

»Dann kein Gemüse. Aber Kräuter gehen? So was hier?«

Sie hält mir einen nadeligen Rosmarinstrauch entgegen.

»Genau. Davon nehmen wir auf jeden Fall einen mit«, sage ich. »Riech mal daran. Großartig.«

Im selben Moment fällt mir auf, wie doof meine Ansage war, aber Merle zieht doch tatsächlich ihre Maske ein Stück herunter und streckt die Nase mitten hinein.

»Ja, großartig«, antwortet sie, holt noch ein paarmal tief Luft und rückt dann die Maske wieder zurecht. Ich starre sie an und warte ab, ob sie einen Hustenanfall bekommt, aber nichts passiert. Zum Glück. Was ihre Krankheit angeht, ist sie cooler als ich.

Als Merle mir den Kräutertopf in die Hand drückt, entdecke ich das Preisschild. »Wow. Fünf Euro. Das ist teuer. Ich habe nur die fünfzehn Euro von dir dabei.«

»Oh«, sagt Merle, nimmt mir den Topf wieder weg und stellt ihn zurück zu seinen Artgenossen. »Dann sind wir schnell fertig mit Einkaufen.«

Sie hat recht. Drei Kräutertöpfe und schon sind wir pleite. So wird das nie was.

»Vielleicht gucken wir doch erst mal nach Samen und ziehen unsere

Pflanzen selbst groß. Das ist auf jeden Fall billiger«, schlage ich vor, aber ich sehe schon ein bisschen Enttäuschung in Merles Augen.

Gerade versuche ich auszurechnen, was ich zu Hause noch aus der Kasse von Hugos Honigladen für das Gartenprojekt lockermachen kann oder ob ich mein Gespartes für das Smartphone investieren soll, da höre ich plötzlich eine leise Mädchenstimme: »Ich kann euch helfen.«

Verblüfft schaue ich mich um. Hinter uns, ein paar Meter entfernt, steht ein älteres Ehepaar vor einer Lavendelwiese, zwei Tischreihen weiter vorne betrachtet eine junge Frau mit einem Baby im Tragetuch gerade eine weiße Rose. Aber von einem Mädchen ist weit und breit nichts zu sehen.

»Was hast du gesagt?«, frage ich Merle, weil ich gerade nicht sicher bin, ob sie es vielleicht war.

»Ich? Nichts!«, antwortet sie. »Aber ich hab auch was gehört.«

Es ist ein Kichern.

»Der Rosmarin lacht uns aus.« Merle hebt den Topf hoch und hält ein Ohr daran. »Was hast du gesagt?«

Das Kichern wird lauter.

»Ich kann euch helfen«, ertönt die Stimme noch einmal.

Erschrocken lässt Merle den Topf fallen. Langsam drehe ich mich einmal um mich selbst und lasse den Blick über die langen Pflanzenreihen schweifen. Als ich wieder beim Rosmarin ankomme, ist Merle verschwunden.

Hä?

»Du hast sie doch nicht etwa aufgefressen?«, frage ich das Kraut.

Jetzt ist das Lachen so laut, dass selbst ich endlich raffe, wo es herkommt. Ich bücke mich und werfe einen Blick unter den Gewächshaustisch.

Und tatsächlich. Auf dem Boden sitzt Merle neben einem Mädchen. Es trägt eine Latzhose und seine zwei Zöpfe wippen auf und ab vor Lachen.

»*Du hast sie doch nicht etwa aufgefressen?*«, äfft das fremde Mädchen mich nach und lacht sich schlapp.

»Oh Manno, nicht witzig«, sage ich, kann aber ein Grinsen nicht unterdrücken. »Hab ich gerade eine Pflanze angemotzt? Ist wohl doch witzig.«

Die Mädels nicken und winken mich zu sich unter den Tisch.

»Was machst du hier unten?«, will ich wissen.

»Ich warte darauf, dass was Spannendes passiert«, antwortet das Mädchen. »Manchmal gucke ich mir auch einfach nur Schuhe an. Dann stelle ich mir vor, wem sie wohl gehören. Bei euch dachte ich gleich, das ist spannend.« Automatisch checke ich meine Sneakers. Sie sind alt und ausgelatscht, haben früher mal Ritchie gehört, aber ich mag sie, sie sind cool. Merle trägt weiße Sneakers mit silbernen Streifen, die je nach Licht wie ein Regenbogen schimmern.

»Ach Quatsch. Du versteckst dich doch bestimmt vor jemandem. Sind deine Eltern hier irgendwo?«

»Irgendwo bestimmt«, antwortet das Mädchen.

»Vielleicht suchen sie dich schon«, sage ich. Das Mädchen sieht jung aus. Maximal vierte Klasse, eher dritte.

»Das glaube ich nicht«, mischt sich Merle nun ein. »Juna ist Gärtnerin, so wie du. Ihrer Familie gehört das alles hier.«

»Ihr kennt euch?«, rutscht es mir raus. Unglaublich, wen diese Merle alles kennt.

»Klar. Ich …«, will Juna gerade ausholen, da schneidet Merle ihr einfach das Wort ab: »Nur flüchtig«, sagt sie und verpasst dem Mädchen einen leichten Stoß mit dem Ellenbogen in die Rippen. Doch Juna plappert munter weiter. »Ich hab ihr mal zu Schlangen und Geckos geraten. Aber ich glaube, sie will nicht, dass ich darüber rede.«

Offensichtlich nicht, denke ich und ärgere mich. Ich frage mich, ob Mädchen manchmal einfach Sachen reden, die Jungs nicht verstehen.

»Heute geht es auch nicht um mich. Ich bin mit Hugo hier. Wir suchen Pflanzen für sein Projekt«, lenkt Merle von sich ab. Das immerhin kapiere ich, aber ich bohre nicht weiter. Vorerst.

»Was ist es für ein Projekt?«, fragt die kleine Gärtnerin und schaut mich neugierig an. Kurz bin ich versucht, es zu erzählen, einfach weil ihre großen Augen aussehen wie die von einem süßen Hundebaby, aber sie ist bestimmt nicht so harmlos, wie sie tut.

»Es ist geheim«, antworte ich daher entschlossen.

»Okay. Schon gut. Wie viel Geld habt ihr?«

»Fünfzehn Euro«, antworten Merle und ich wie aus einem Mund.

»Na dann. Folgt mir unauffällig.«

Statt den normalen Weg zu nehmen, kriecht Juna unter der langen Tischreihe entlang. Wie eine Kompanie Ameisen folgen wir ihr auf allen vieren. Es ist albern, aber irgendwie auch lustig. Bei jedem Paar Schuhe, das neben uns auftaucht, stelle jetzt auch ich mir die Frage, wessen Füße da wohl drinstecken. Nach Wildlederstiefeln, roten Pumps und schwarzen Lederschuhen erreichen wir den Ausgang zum Außengelände.

Hüpfend wie ein Flummi lotst uns Juna zwischen Baumstämmchen, Gehölzen und Sträuchern, die hier zum Verkauf stehen, zu einem kleinen Gewächshaus ganz am äußeren Rand des Geländes.

»Privat – Zutritt verboten« steht auf einem Schild an der Tür.

»Das hier ist mein Reich«, sagt sie und bittet uns hinein.

Im Vergleich zu den riesigen Hallengewächshäusern ist dieses hier geradezu mini. Zwei Reihen Tische mit den unterschiedlichsten Pflanzen stehen an den beiden Längsseiten, dazwischen gibt es einen Weg, der direkt zum Regal am Kopfende führt. Dort sind alle Arbeitsgeräte schön säuberlich aufgehängt, die man zum Gärtnern so braucht. Ich bin beeindruckt. Es ist hoch professionell.

»Hier darf ich arbeiten, wie es mir gefällt«, erklärt sie stolz. »Und ich darf auch verkaufen, wie es mir gefällt.«

Auf einem Pflanztisch in der Ecke entdecke ich einen Sack mit Samen. Daneben liegt ein Berg mit getrockneten Erdklumpen.

»Was ist das?«, frage ich neugierig.

»Das ist mein Geheimnis«, antwortet Juna und klimpert mit den langen Wimpern. »Ich verrate es dir, wenn du mir deins verrätst.«

Verfolgungsjagd

Merle

Gespannt warte ich darauf, ob Hugo Juna vom Dachgarten erzählen wird. Aber nein. Er sagt kein Wort. Stattdessen redet er mit ihr von Gärtner zu Gärtnerin über die vielen Pflänzchen, die ich nicht mal unterscheiden kann.

Angezogen von den Farben, Gerüchen und dem glitzernden Blütenstaub, kann ich nicht anders und ziehe meine Maske herunter. Wie Fibie halte ich meine Nase einfach in alles hinein. Die Kräuter riechen lieblich oder würzig, süß oder nach Zitrone. Die Blumen duften nach Vanille, Zuckerwatte oder Schokolade, manche süß, manche schwer, manche so zart, dass ich ganz tief einatmen muss, um überhaupt etwas zu riechen.

»Was machst du da?«, ruft Hugo aus, als er bemerkt, was ich gerade tue. »Geht es dir gut?«

»Es geht mir einfach wunderbar«, antworte ich glückselig, doch dann spüre ich ein Kratzen im Hals. Kurz wird mir ganz flau. Ich versuche zu atmen, aber ich kann nicht. Ich muss husten. Hugo reißt meinen Rucksack auf und zieht das Notfallspray heraus.

Ich nehme es in die Hand, aber da ist es schon besser.

»Alles okay«, sage ich und ziehe schnell die Maske über. Das Atmen geht wieder gut. Zum Glück.

»Mach das nicht noch mal«, schimpft Hugo. Ich entschuldige mich. Er hat ja recht. Es war unvernünftig, aber es musste sein.

Juna hält uns einen großen Pappkarton entgegen: »Für fünfzehn Euro könnt ihr den hier vollmachen.«

»Das nenne ich ein gutes Angebot«, findet Hugo und sucht die schönsten Exemplare aus. Zum Schluss lässt Juna noch drei Schäufelchen voll Wildblumensamen in eine Papiertüte rieseln.

»Wenn ihr noch mehr braucht, wisst ihr ja, wo ihr mich findet«, sagt sie zum Abschied.

Die Geldscheine wechseln den Besitzer. Juna pappt einen fetten roten Aufkleber mit der Aufschrift »Bezahlt« auf den Karton, damit wir durch die Kasse kommen, ohne wegen Diebstahls verhaftet zu werden. Hugo bedankt sich, dann marschieren wir glücklich davon. Ich versuche noch, Fibie zu finden, aber sie ist in den großen Hallen verloren gegangen wie ein Kind in einer Süßigkeitenfabrik. Was soll's. Sie wird mich finden, wenn sie mich finden will.

Als ich mit dem großen Karton auf dem Schoß im Anhänger sitze, bin ich traurig, dass unser Besuch im Blütenparadies vorbei ist, aber irgendwie auch erleichtert. Bis zum Schluss hatte ich doch ein bisschen Angst, dass Juna unseren Steinvorgarten erwähnen würde oder, noch schlimmer, mein Wohnviertel irgendwie zur Sprache kommen würde. Aber zum Glück bin ich noch mal davongekommen. Schon wieder.

»Woher kennst du Juna?«, fragt Hugo und steigt auf den Sattel. »Schon seltsam, wo du noch nie in der Gärtnerei warst.«

Ich sitze mit dem Rücken zu ihm im Anhänger. Das ist gut so, denn ich spüre, dass ich knallrot werde. Jetzt muss mir was Gutes einfallen. Ich versuche es mit der halben Wahrheit. »Die Gärtnerei hat auch einen Lieferservice. Erst letzte Woche haben sie Blumen bei uns zu Hause vorbeigebracht. Da hab ich Juna gesehen und sie mich.«

»Wo wohnst du eigentlich genau in Winkelried?«, fragt Hugo und radelt los.

Au backe. Vielleicht wäre es besser, Hugo die Wahrheit zu sagen. Nein. Ich kann es ihm nicht sagen. Basta. Aus.

»Waldstraße 4«, sage ich mit so viel Überzeugung in der Stimme, wie ich aufbringen kann. Es ist Emilias Adresse. Sie ist ja noch auf Gran

Canaria. Wenn er vorbeifährt und klingelt, macht zumindest niemand auf, und ich kann später behaupten, dass wir unterwegs waren.

Trotzdem ist mir ganz schlecht. Ich fühle mich wie eine Betrügerin. Bei so viel schlechtem Gewissen fallen mir auch meine Eltern ein. Ich checke die Uhrzeit und die Tracking-App. Sie sind noch im Büro, aber es wird langsam Zeit, dass ich mich auf den Nachhauseweg mache.

»Kannst du mich an der Tanke rauslassen? Ich muss langsam heim«, sage ich daher zu Hugo.

»Ich kann dich auch nach Hause fahren. Kein Problem«, bietet Hugo an.

»Tanke reicht völlig. Ich gehe gerne noch ein Stück zu Fuß«, sage ich schnell, als Hugo in den Stadtpark abbiegt.

Zum Glück gibt er endlich Ruhe. Ich frage mich, ob er etwas ahnt.

Inzwischen habe ich mich daran gewöhnt, dass die Welt diesen silbernen Glanz hat, aber ich erschrecke immer noch, wenn ich in Pollen-Krisengebiete komme. Hier im Stadtpark ist es besonders schlimm. Überall sind sie. Ihre Formen sind irrwitzig, mal sind es zarte Schleier, mal dichte Wolken, mal wirbelnde Windhosen. Und dieses Mal kann ich nicht ausweichen. Wenn Hugo mitten hindurchfährt, dann trifft es mich eben auch. Ich versuche, die Nerven zu behalten und einfach ganz ruhig zu atmen.

Auf dem Hauptweg ist so viel los, dass Hugo jetzt sogar Schlangenlinien fährt und mir ein kleines bisschen schlecht wird. Aber es geht nicht anders. Alles ist voll mit Hundebesitzern beim Gassigehen, Joggern und Familien mit Kindern auf dem Weg zum Spielplatz. Einer der Jogger läuft mit uns ein Stück um die Wette, immer wieder explodieren Pollen in seinem Gesicht. Das ist wirklich lustig. Ich finde es schade, als er winkend in einen Seitenpfad abbiegt.

Direkt hinter ihm radelt eine ältere Dame, die so griesgrämig dreinblickt, als hätte sie etwas gegessen, das Blähungen macht. Ihre Augen fixieren mich. Ich spüre genau, dass sie mich durch die Menge an Menschen ansieht.

Ein tapsiger Labradorwelpe kommt ihr in die Quere. Sie muss bremsen und steigt ab. Ich höre nicht, was sie sagt, aber sie schimpft laut, bis der Besitzer seinen Hund enger an die Leine nimmt. Irgendwie kommt sie mir bekannt vor. Ich habe sie schon mal gesehen, aber ich weiß nicht mehr, wo. Das ist alles ganz seltsam. Wenn ich nicht ganz sicher wäre, dass meine Eltern keine Ahnung von meinen Ausflügen haben, dann könnte man meinen, die Lady ist so was wie ein Detektiv. Jemand, der uns auf den Fersen ist, uns ausspioniert. Kurz verliere ich sie hinter einer dichten Pollenwolke aus den Augen. Doch dann taucht sie aus einer gigantischen Silber-Explosion wieder auf.

»Hugo. Ich glaube, uns verfolgt jemand«, sage ich, auch wenn es wahrscheinlich Unfug ist.

»Hat er ein Skateboard und einen hässlichen Anzug an?«

»Nein. Sie hat ein Fahrrad und eine braune Jacke an.«

»Kleine Locken wie ein Pudel?«

»Ja, genau. Woher weißt du das? Kennst du die etwa?«

Hugo guckt kurz über seine Schulter nach hinten und stöhnt missmutig auf.

»Ach du heilige Schweinepest. Seit wann hat die denn ein Fahrrad? Verdammt.«

Plötzlich weiß ich wieder, wer sie ist.

»Was, die Politesse? Ohne Uniform sieht die ganz anders aus. Was will die denn?«

»Mir auf die Nerven gehen«, sagt Hugo. »Aber da hat sie sich geschnitten. Nicht mit mir.«

Jetzt winkt sie und wedelt mit einem Arm.

»Ich glaube, sie will, dass wir anhalten.«

»Auf keinen Fall.«

»Wieso nicht? Du hast doch gar keinen Honig dabei.«

»Aber die Blumen sollte sie auch nicht sehen. Sonst kommt sie uns noch auf die Schliche. Sie ist zwar blöd, aber eins und eins kann sie zusammenzählen. Wir müssen sie so schnell wie möglich abhängen.«

Ich merke, dass es unter meinem Hintern zu ruckeln beginnt. Hugo tritt ordentlich in die Pedale. Jetzt ist es aus mit der Spazierfahrt. Natürlich gibt unsere Verfolgerin ebenfalls Gas. Sie ist ganz schön schnell. Sie treibt uns vor sich her wie Schafe auf der Weide.

Zum Glück ist es nicht mehr weit bis zum Ende des Parks. Ich sehe beim schnellen Blick nach vorne bereits die Skateranlage, aber auch eine Kindergartengruppe, die wie eine Heuschreckenplage unseren Fluchtweg verstopft. Überholen ist unmöglich.

Ich schließe die Augen und erwarte eine Vollbremsung. Doch stattdessen neigen sich Fahrrad und Anhänger für einen Moment zur Seite.

»Wir müssen einen Umweg fahren«, ruft Hugo.

Als ich die Augen öffne, sehe ich, dass wir auf einen kleinen Seitenweg abgebogen sind. Aber Berta hängt uns immer noch am Hintern.

Endlich sind wir aus dem Park draußen und haben wieder glatten Asphalt unter den Reifen. Jetzt kommen wir schneller voran. Das ist die gute Nachricht. Aber die Straße, in die Hugo abbiegt, gefällt mir überhaupt nicht. Vor uns erhebt sich das Bürohaus meines Vaters.

Auch das noch. Ich blicke nach oben zu den riesigen Fensterscheiben und die Fensterscheiben blicken zu mir herab.

Wie oft habe ich dort gestanden und genau auf diese Straße geblickt? Mir wird heiß und kalt. Vielleicht steht mein Vater gerade dort, mit einem Kaffee in der Hand, und wundert sich über ein Mädchen, das in einem Anhänger sitzt und wie seine Tochter aussieht. Ich starre auf das Eingangsportal, sehe durch die gläsernen Türen den Portier, an dem gerade eine elegante Frau vorbei nach draußen geht. Die Türen öffnen sich: dunkle Haare, graues Kostüm, High Heels – nicht meine Mutter!

Hugo biegt in die Fußgängerzone ab.

»Hier ist Radfahren verboten«, rufe ich, als wir das Schild »Nur für Fußgänger« passieren.

»Eben«, antwortet Hugo und gibt Gas. »Das wird sie um den Verstand bringen.«

Tatsächlich ist Bertas Tobsuchtsanfall urkomisch. Sie brüllt und zetert so laut, dass einige Passanten verdutzt stehen bleiben und ihr einen Vogel zeigen.

»Sie wird sich doch wohl an die Regeln halten und absteigen, oder?«, will Hugo wissen.

»Nee. Eher kriegt sie ’nen Herzinfarkt.« Selbst von Weitem kann ich sehen, dass sie einen hochroten Kopf hat und völlig außer Atem ist, aber Aufgeben kommt scheinbar nicht infrage.

»Dann müssen wir sie eben im Gassenlabyrinth loswerden«, sagt Hugo und biegt in ein schmales Sträßchen ab. Doch so einfach ist es nicht. Immer wenn wir denken, dass wir sie los sind, taucht sie wieder auf, lästig wie ein Kaugummi am Schuh.

Plötzlich sehe ich goldene Fragezeichen vor mir in der Luft.

»Fibie!« Ich freue mich.

»Du musst uns helfen«, rufe ich ihr zu, da ist sie auch wieder verschwunden. Einfach im Senkrechtstart nach oben in den Himmel.

»Wie weit ist sie noch weg?«, fragt Hugo.

»Drei Meter.«

»Bleibt stehen«, ruft Berta immer wieder.

»Zwei Meter«, melde ich nach vorne.

Das ist ganz schön knapp. Gleich hat sie uns eingeholt. Ich suche den Himmel ab. Wo ist Fibie denn nur hin?

Da. Endlich!

Ein goldener Pfeil erscheint über unseren Köpfen.

»Folge dem Pfeil. Fibie holt uns hier raus«, rufe ich.

»Ich seh keinen Pfeil«, schimpft Hugo.

Natürlich nicht.

»Nach rechts …«, lotse ich meinen Chauffeur in die nächste Seitengasse. Für einen Moment verliert die Berta den Sichtkontakt. Diese wenigen Sekunden sind unsere Chance. Fibie biegt in einen Hinterhof ein und wir folgen ihr um die Ecke durch den Torbogen des Hauses. Hinter einer Reihe Mülltonnen gehen wir in Deckung. Einen Augenblick später höre ich Schutzblechklappern und Flüche. Die blöde Berta ist an uns vorbeigeradelt. Bingo!

Eine ernste Sache

Hugo

»Hugo Kalinski!«

Gerade habe ich mein Rad geparkt und abgesperrt, da steht wie aus dem Nichts die blöde Berta hinter mir.

Sie muss mir aufgelauert haben. Na klar, irgendwann würde ich nach Hause fahren. Das ist nicht so schwer zu erraten. Sie musste nur lange genug warten.

»Und jetzt zeigst du mir, was in diesem Karton ist, mein Freundchen.«

»Ich bin nicht Ihr Freundchen«, bocke ich und verschränke die Arme vor der Brust.

»Los. Aufmachen. Es besteht Verdacht auf eine Ordnungswidrigkeit.«

Noch bevor ich den Karton öffnen kann, zerrt sie bereits an den Klappen. Ich weiß genau, dass sie Honig, Kerzen und Marmeladen erwartet. Und natürlich Beweise, dass ich das Zeug verkaufe, ein Rechnungsbuch und Geld oder so was. Umso verdutzter ist ihr fieses Gesicht, als sie sieht, was wirklich darin ist.

»Blumen?«, ruft sie angewidert aus, als wäre der Karton voller schleimiger Schnecken.

»So viele Blumen? Wozu brauchst du die denn? Für euren Garten ja wohl nicht mehr, wie ich gehört habe.«

Sie lacht wie die böse Königin im Märchen. Am liebsten würde ich ihr gegen das Schienbein treten. Aber dann zeigt sie mich bestimmt wegen Körperverletzung an. Also bremse ich meinen Fuß, der bereits ein bisschen zuckt.

»Na los, rede endlich. Wozu brauchst du die Pflanzen?«

»Die sind für …«, stammele ich, aber mein Kopf ist leer, ich habe nicht die geringste Ahnung, was ich sagen soll, als mir jemand ins Wort fällt und meinen Satz vervollständigt. »Die sind für mich.«

Als ich mich umdrehe, steht Gloria vor mir. In Jeans, Turnschuhen und mit einer Jute-Einkaufstasche ist sie kaum zu erkennen. Keine Federn, kein schreiendes Pink oder Pailletten. Nichts glitzert oder funkelt.

»Danke, Hugo, dass du die Pflanzen für mich abgeholt hast. Ich hatte so viel um die Ohren heute. Ich hätte es nicht geschafft. Sie wissen ja, Frau Buschmann, ich liebe es bunt. Dieses Jahr ist Schluss mit trostlosem Balkon. Es muss knallen in allen Farben des Regenbogens, nicht wahr, Sonnyboy?«

Die blöde Berta versucht zu lächeln, aber ihre Mundwinkel zucken nur kurz, so sehr ärgert sie sich. Ich dagegen habe mein Lächeln wiedergefunden. Es ist so breit, dass ich es hinter meinen Ohren spüren kann.

»Was mich aber noch interessieren würde«, sagt Gloria, »jetzt, wo Sie meinen kleinen Freund hier kontrollieren. Sind Sie überhaupt im Dienst?«

Die blöde Berta kocht vor Wut. Denn das ist sie natürlich nicht, wie jeder an ihren Klamotten sehen kann. Doch statt sich zu verteidigen, setzt sie auf Angriff. »Hier gehen ganz seltsame Dinge vor. Ich bin nicht blöd und auch nicht taub. Nachts höre ich den Aufzug fahren und im Hausflur hängen in letzter Zeit immer so viele Kinder rum. Irgendwas ist im Gange. Und ich finde heraus, was es ist.« Dann macht sie kehrt und verschwindet mit kleinen, harten Schritten über den Gehweg ins Haus.

»Danke«, sage ich und drücke Gloria ganz fest. »Du warst meine Rettung.«

Aber Gloria schiebt mich von sich weg und sieht mich ernst an. »Ich bin auch nicht taub, mein Lieber. Ich hoffe, ihr treibt nichts Illegales.«

»Nein. Natürlich nicht«, sage ich und will schon Luft holen, um mich zu erklären, da verschließt sie mit ihrem Zeigefinger ihren Mund. »Pssst. Ich will nichts hören. Wenn ich es wüsste, müsste ich es deiner Mutter erzählen. Das wollen wir doch beide nicht, oder?«

Da hat sie recht. Schweigen ist Gold. Ach, Gloria ist einfach die Beste. Ich komme gar nicht dazu, es ihr zu sagen, denn auf dem Bürgersteig kommt bereits Ritchie winkend auf seinem Skateboard angerast. Seine Anzughose flattert im Wind, seine Krawatte peitscht ihm ins Gesicht. Er sieht so geil bescheuert aus, dass es schon wieder cool ist. Gerade hat sich Gloria verabschiedet, da bremst Ritchie direkt vor meinem Anhänger, natürlich nicht, ohne vorher noch mit einem Angeber-Olli von der Straße auf den Bürgersteig zu springen.

»Hugo, Alter«, prustet er hervor. »Gut, dass ich dich treffe. Ich bräuchte nämlich ganz dringend meinen Schlüssel zurück.«

»Was?«, rufe ich aus. »Das geht aber nicht. Wir haben doch gesagt: eine Woche.«

»Ja, das weiß ich, aber ich muss noch ein bisschen was vorbereiten auf dem Dach, okay. Ich brauch ihn schon früher.«

»Was denn vorbereiten?«

Überall lauern Gefahren, aber mit Ritchie als Störenfried hatte ich nicht gerechnet.

»Versteh mal, Hugo, es ist eine ernste Sache. Es geht um Leben und Tod«, sagt er und sieht mich flehend an.

»Was für eine ernste Sache?«

Ritchie kratzt sich verlegen am Kopf, wie er es immer tut, wenn er nachdenkt und sich nicht sicher ist, ob er es mir erzählen soll.

Doch dann platzt es aus ihm heraus: »Doreen. Es geht um Doreen. Sie ist die schönste Frau der Welt. Ich hab sie gesehen. Und ich sag dir, es hat *bang* gemacht, voll die Liebe in die Fresse. Die Praktikantin in der Bank. Sie ist nur noch zwei Wochen da, deshalb musste ich schnell sein. Und heute hab ich sie gefragt. Und sie hat Ja gesagt.«

»Du willst sie heiraten?«

»Nee, Alter. Ich hab ein Date. An Hexennacht. Wir gehen Döner essen und dann zeig ich ihr den Sternenhimmel. Verstehst du nicht, Hugo? Liebe. Romantik, Alter. Ich brauch den Schlüssel. «

Er quatscht und quatscht und quatscht. Ich hör nur noch Liebe, Liebe, Liebe. Und ich frage mich, ob ich ihm sagen soll, dass das mit dem Döner keine gute Idee ist, man saut sich bei jedem Bissen ein und stinkt dann ganz fies nach Knoblauch. Aber bei Ritchie sind anscheinend alle Sicherungen durchgebrannt. Dabei hat er immer gesagt: »Hugo, bei Frauen, da musst du die Nerven behalten. Die stehen nur auf Jungs mit dem coolen Blick.«

Davon ist bei ihm gerade nix mehr zu sehen. Seine Wangen leuchten rot, und ich befürchte, dass ich ihm seinen Sternenhimmel-Plan nicht ausreden kann.

»Okay, Deal. Hexennacht ist am Dienstag. Korrekt?«

Ritchie nickt und stöhnt: »Ja, Mann, noch sechsundneunzig Stunden, noch drei Mal schlafen. Eine Ewigkeit.«

»Du bekommst den Schlüssel an Hexennacht. Und ich verspreche dir, dass auf dem Dach alles perfekt ist für dein Date. Vertraust du mir, Bruder?«

Er zögert und sein Blick bleibt an den Blumen in meiner Kiste hängen.

»Ich hab keine Ahnung, was du da treibst, Kleiner, aber ich vertraue dir. Versau es nicht, denn die Braut ist so krass. Ich meine, sie hat Ja gesagt, obwohl die jeden haben könnte, aber sie geht mit mir aus. Mit Ritchie.«

Zur Besiegelung des Deals will ich mit ihm abklatschen, aber er gibt mir die Hand und schüttelt sie, als wäre ich Mitte vierzig und er mein Kundenberater. Aber was soll's. Noch sechsundneunzig Stunden Zeit, einen coolen Dachgarten zu zaubern. Das muss reichen!

Schöne Überraschung

Merle

Unter mir liegt die Stadt mit Häusern wie aus Legosteinen. Auf den Straßen bewegen sich die Autos ganz langsam wie Boote auf grauen Flüssen. Ich fliege! Es ist so toll, alles von oben zu sehen. Aber ich frage mich, was ich hier tue. Dann fällt es mir plötzlich ein. Ich bin eine Spurbiene und ich suche nach Nahrung. Ich steuere das Viertel Neugarten an, aber ich finde nur Steinwüsten und trostlose grüne Rasenteppiche. Auch im Rest der Stadt sieht es mau aus. Mal ein paar Blumen hier, ein paar Blumen da. Das ist alles.

Deshalb verlasse ich die Stadt. Hinter einem großen Industriegebiet mit vielen Hallen und Fabriken entdecke ich einen Wald. Gleich daneben liegen riesige Felder mit Getreide und ein Golfplatz. Doch weit und breit keine Wiese mit Wildblumen, kein Acker mit Obstbäumen.

Was soll ich bloß meiner Familie sagen? Wie erkläre ich das der Königin? Die Larven brauchen doch was zu essen. Mein Volk braucht den Nektar, sonst kann es keinen Honig herstellen. So werden wir den nächsten Winter nicht überleben. Es liegt in meiner Hand. Ich bin die Spurbiene, es ist mein Auftrag. Ich versage.

Verzweifelt fliege ich noch eine Runde, da rieche ich plötzlich lieblichen Nektar. Es ist ein süßer Duft, dem ich folge. Endlich entdecke ich ein Meer aus Obstbäumen. Sie blühen in Weiß, Rosa und Pink. Meine Rettung!

Aber nein! Plötzlich fällt mir das Schild am Gartentor ins Auge: »Parzelle 17«. Es ist Hugos Garten. Dann höre ich das Geräusch einer Motorsäge und wie der erste Baum krachend zu Boden fällt.

Mit Herzklopfen öffne ich die Augen.

Ich bin wieder ich und keine Spurbiene mehr.

Was für ein Traum.

Noch völlig verpeilt schlurfe ich aus meinem Bett direkt an den Schreibtisch, klappe meinen Laptop auf und fange an zu recherchieren. Ich muss einfach noch mehr über dieses Thema wissen. Doch je mehr ich lese, desto unmöglicher erscheint es mir, den Bienen zu helfen. Das Problem ist so viel größer, als ich dachte.

Denn es betrifft nicht nur die Honigbienen. Es gibt fünfhundertsechzig Arten Wildbienen, denen es nicht besser geht. Sie sind ebenfalls bedroht. Sie leben zwar nicht in einem großen Volk, sondern sind Einzelgänger, und sie produzieren auch keinen Honig. Aber für die Natur sind sie genauso wichtig wie Fibie und ihre Familie, weil sie ebenfalls fleißige Bestäuber sind. Sie arbeiten sogar noch hart, wenn es den Honigbienen zu kalt oder zu nass ist. Und sie leiden genauso darunter, dass nicht mehr genug blüht. Bei allen anderen Insekten sieht es noch düsterer aus. In den letzten dreißig Jahren sind drei Viertel von ihnen einfach verschwunden. Ausgelöscht. Und mit ihnen auch viele Singvögel.

»Ein Dachgarten allein wird sie nicht retten!«, höre ich mich selbst murmeln. »Nicht Fibies Familie, nicht die Wildbienen und auch sonst keine Insekten. Wir müssen mehr tun. Viel mehr.«

Völlig in Aufruhr recherchiere ich weiter. Ich will eine Lösung finden. Ich muss eine Lösung finden.

Dabei vergesse ich vollkommen die Zeit und erschrecke, als es plötzlich klopft.

»Merlelein. Morgen. Ziehst du dich bitte schnell an. Das Frühstück ist fertig und …« Meine Mutter grinst mir entgegen, auf eine seltsam verzückte Weise: »… es hat gerade geklingelt. Überraschung.«

Das soll die Überraschung sein, von der meine Eltern schon das ganze Wochenende quatschen?

Besuch?

Am heiligen Sonntag!

Auf der Treppe trifft mich fast der Schlag.

Das ist krasser Scheiß.

Im Flur steht Jay mit Blumen in der Hand und seinem Prince-Charming-Lächeln im Gesicht. Mein Vater schüttelt gerade seinen Eltern die Hände, und meine Mutter bedankt sich so überschwänglich für die Rosen, als wären die Wilsons Superstars oder die Royals.

»Darf ich vorstellen«, sagt mein Vater. »Das ist unsere Tochter Merle.«

Ich knickse vor Verlegenheit und schüttele nun ebenfalls brav Hände, die zarten von Jays Mutter, die starken seines Vaters und Jays leicht feuchte Flossen, die mir zeigen, dass er nur halb so cool ist, wie er gerade tut.

»Ich freue mich, dich mal kennenzulernen«, sagt Jay.

»Ich mich erst«, antworte ich, und wir blicken uns bissig in die Augen.

Dann geleitet uns meine Mutter zum Tisch. Die Tafel ist gedeckt mit lauter Leckereien: Lachs und Eier, Pfannkuchen und Erdbeertörtchen.

»Seitdem wir letzten Herbst hergezogen sind, hat Merle noch nicht so viele Freunde gefunden. Bisher nur ein Mädchen aus ihrer Klasse, das sie ab und zu mal trifft«, schwatzt meine Mutter drauflos, als wäre ich gar nicht da.

Jays Mutter nickt verständnisvoll. »Ach, wir sind ja auch erst nach Germany gekommen vor vier Jahren. Es ist immer schwer. An die Anfang. Isn't it, Jay? Vor allem für mich als Amerikanerin. Ick musste Deutsch erst lernen.«

So plappern die Erwachsenen noch eine Weile erst über Umzüge, dann über New York, wo Familie Wilson lange gelebt hat und sich Jays Eltern wohl auch kennen- und lieben gelernt haben, sie als Ärztin und er als Medizinstudent aus Deutschland. Bis mein Vater plötzlich aufschreit »Die Brötchen« und hektisch in die Küche läuft.

»Wie gefällt es dir auf der Baustelle?«, fragt meine Mutter, während ich meinen Vater aus der dampfenden Küche fluchen höre.

»Is' cool. Man erlebt ja die verrücktesten Dinge. Hätte ich nicht gedacht.« Er schenkt mir ein übertrieben freundliches Grinsen.

»Tatsächlich? Verrückte Sachen?«, fragt meine Mutter, kommt aber nicht dazu, weiter nachzuhaken, denn Jay richtet schon eine Frage direkt an mich: »Und Merle, was machst du so in deinen Ferien?«

»Chillen«, antworte ich knapp. Es wird mir langsam zu heiß hier. Ich hab keine Ahnung, was dieser Typ vorhat, aber vielleicht hat Hugo doch recht, und man kann ihm nicht trauen. Was zur Hölle tut er überhaupt hier? Bis zu unserer nächtlichen Begegnung war ich Luft für ihn. Warum bin ich denn jetzt plötzlich so interessant?

»Ja«, fährt meine Mutter damit fort, über mich zu reden. »Es ist richtig blöd für Merle. Erst fährt ihre Freundin in den Urlaub und dann fällt bei meinem Mann im Büro die Sekretärin aus. Die Grippe. Und ich muss aushelfen und lasse sie hier die ganze Zeit alleine. Na ja, wahrscheinlich nur noch ein paar Tage. Dann kommt Frau Grauvogel hoffentlich wieder.«

»Das klingt ja schrecklich langweilig. Schade, dass ich nächste Woche noch auf der Baustelle arbeite, sonst hätten wir mal was zusammen unternehmen können.«

Was redet er denn da?, denke ich, als mein Vater gerade aus der Küche kommt und die Brötchen für tot erklärt.

»Ja, das ist gar keine schlechte Idee«, murmelt meine Mutter vor sich hin.

»Was ist keine schlechte Idee? Dass die Brötchen verkohlt sind?«, fragt mein Vater genervt.

»Jay ist doch jetzt vorübergehend bei dir angestellt, oder etwa nicht?«, sagt sie.

»Ja, und? Wir haben keine Brötchen zum Frühstück. Wovon redest du?«

»Jay hat angeboten, in den nächsten Tagen Zeit mit Merle zu verbringen. Du als Chef kannst doch entscheiden, wo der Junge aushilft, oder nicht?«

Ich glaub, ich hab was an den Ohren. Versucht meine Mutter gerade, Jay als Babysitter für mich zu engagieren?

»Ja, ich könnte Merle was übers Filmen beibringen.«

Und seine Augen sagen: »Du schuldest mir noch eine Story, schon vergessen?«

»Das wäre doch mal ein Ferienevent«, ruft meine Mutter begeistert aus. »Natürlich gegen Bezahlung.«

Ich fühle mich so überfahren, dass ich nichts sagen kann. Ich starre geradeaus durch das Fenster in unseren Garten und frage mich, wie ich dieser Situation nur so schnell wie möglich entkommen kann.

Plötzlich sehe ich Fibie am Fenster. Sie bringt bestimmt Nachrichten vom Dachgarten. Es sind viele Buchstaben, denen ich folgen muss, deshalb höre ich nicht mehr, was die Verrückten um mich herum verhandeln. Vielleicht verkaufen sie mich gerade für immer an Jay. Aber es ist auch egal, denn alles, was mich interessiert, ist Fibies Nachricht:

ALLES FERTIG. MORGEN PARTY.

»Ja, im Grunde habe ich nichts dagegen. Wieso nicht«, höre ich meinen Vater sagen, während sich in meinem Kopf ganz viele wirre Gedanken plötzlich zu einem genialen Plan verknüpfen.

»Merle hat noch gar nichts dazu gesagt«, stichelt Jay.

Jetzt schenke ich ihm sein saublödes Grinsen zurück: »Sehr gerne. Bin dabei.« Und meine Augen sagen: »Du sollst deine Story bekommen.«

Die Einweihungsparty

Hugo

»Was ist dadrin, Backsteine?« Ben und Yasin lassen die Beute auf den Boden sinken, mitten im Nachtschatten des Dachgartens.

»Honig! Und inzwischen ungefähr dreißigtausend Bienen. Die haben eben ganz schön Gewicht.«

Trotz ihrer Muckis schnaufen sie vor Anstrengung.

»Los, Jungs, noch ein letztes Stück«, feuere ich sie an. »Dark Warriors geben niemals auf, so war das doch, oder?«

»Ich kann nicht mehr«, jammert Ben.

»Los, Bro, das ist Training«, sagt Yasin, dann packen sie beide noch mal mit einem »Hauruck« an und tragen die Beute ans andere Ende des Dachs. Es ist der perfekte Platz mit maximaler Entfernung zum Garten, damit die Bienen sich nicht gestört fühlen und von hier aus in alle Himmelsrichtungen ausschwärmen können.

»Hugo, wir müssen los. Sollen wir morgen zur Party noch was mitbringen?«

»Das Einzige, was jetzt noch fehlt, ist 'ne Regentonne und Regen.« Am Nachthimmel ist kein einziges Wölkchen zu sehen, nur Sterne und der Mond.

»Das wird beides schwierig«, meint Yasin lachend, dann klatschen wir ab, und die Jungs verabschieden sich.

Ich bleibe noch ein bisschen und mache es mir in der neuen Loungeecke gemütlich, die Samira eingerichtet hat. Mehrere Sessel aus Holzpaletten bilden ein U, in der Mitte steht ein Snowboard, das sie mit vier Beinen in einen Tisch verwandelt hat. Erschöpft lasse ich mich in die Kissen plumpsen. Sie riechen nach Opa Jakobs Zimmer, denn die Upcycling-Königin hat die Bezüge aus Opas alten Vorhängen genäht.

Ich kann kaum glauben, was wir in ein paar Tagen geschafft haben. Zuerst war es nur eine Idee, eine Zeichnung auf Papier. Jetzt ist es Wirklichkeit. Die Bienen werden Augen machen, wenn sie morgen bei Sonnenaufgang das Flugloch verlassen und ihr neues Zuhause hoch über der Stadt zum ersten Mal sehen. Und hoffentlich gefällt es auch Merle.

»Das ist alles echt unglaublich. Wie lange war ich weg? Es war doch nur ein Wochenende.« Merle läuft aufgeregt zwischen Bett, Schrank und Regal hin und her, fuchtelt mit den Armen und sagt immer wieder »Wow«.

Überall summt es. Das Geräusch ist für mich wie Musik. Das schönste Lied der Welt. Die Bienen erkunden schon den ganzen Morgen den Dachgarten.

»Fibie freut sich auch wie verrückt«, sagt Merle und zeigt auf eine Biene, die gerade aus einer Narzisse im Schrankbeet geflogen kommt und dann suchend das Bett erkundet. Darauf liegt im Moment nur eine braune Decke aus Erde.

Merle lacht. »Fibie fragt, was das sein soll?«

»Na, so schnell geht es auch wieder nicht. Die Samen brauchen Wasser und Sonne, dann werden die Wildblumen schon bald wachsen.«

Merles Augen strahlen: »Wir haben es geschafft, Hugo. Dein Dachgarten ist fertig. Die Bienen haben ein neues Zuhause. Wie du es dir gewünscht hast. Freust du dich?«

»Ja. Total«, stammele ich, und tausend Gedanken gehen mir durch den Kopf. Ich denke an den Tag, als sie plötzlich im Geheimversteck aufgetaucht ist. Ich sehe sie vor mir als der Geist, der mir in meiner dunkelsten Stunde das Leben gerettet hat. An dem Tag, als ich aufgeben wollte, als alles verloren war. Bis heute verstehe ich nicht, warum sie hier ist. Eigentlich weiß ich noch nicht mal wirklich, wer sie ist. Aber ich mag sie und ich bin ihr so dankbar.

»Ohne dich hätte ich es nicht geschafft.«

Verlegen wendet Merle den Blick ab. »Vergiss nicht Fibie. Ohne sie hätte uns die Polizei auf dem Schrottplatz verhaftet und die blöde Berta hätte uns schon mehrfach erwischt. Und was ist mit Samira und den Jungs? Ohne sie würden wir hier oben mit zwei einsamen Blumentöpfen sitzen.«

»Manche Dinge kann man wohl doch nicht alleine schaffen«, gebe ich zu, »da muss man ein Team sein, so wie die Bienen im Stock.«

»Und wir sind ein gutes Team.« Dann druckst sie herum. »Ich muss dir dringend noch was sagen.«

Doch dazu kommt es nicht. Das geheime Klopfzeichen. Lang, zweimal kurz, lang.

»Die Gäste kommen«, sage ich voller Vorfreude, laufe zur Tür und schließe auf.

»Mach die Augen zu, Hugo«, sagt Samira, die mir zur Begrüßung mit einem Tuch vor meiner Nase herumwedelt. »Ich verbinde sie dir lieber. Du schummelst sonst.«

Eine Sekunde später bin ich blind. Jemand führt mich zurück auf einen der Sessel.

»Was soll das? Bitte, Leute.«

Nichts zu sehen, ist fast nicht auszuhalten. Am liebsten würde ich mir die Augenbinde vom Kopf reißen. Dann höre ich die Jungs murmeln und ein bisschen blechernes Gerumpel.

Endlich spüre ich Finger an meinem Kopf, jemand löst meine Augenfessel.

Mit einem »Tadaaa« präsentieren Samira, Yasin und Ben ihre Überraschung.

Ich kann es nicht glauben.

Ich stehe auf und fasse sie an, aber sie ist echt aus Blech. Ich weiß nicht, wie sie das geschafft haben. Vor mir steht tatsächlich eine Badewanne.

»Regen konnten wir allerdings nicht besorgen«, sagt Ben und grinst.

»Wie habt ihr das denn angestellt?«, fragt Merle fassungslos.

»Samira hat erzählt, dass die Brüder Knorr auf Basketball stehen. Na ja, ich hatte da noch einen goldenen Fan-Ball mit Unterschriften. Den hab ich gegen die alte Blechdose hier getauscht.«

Ich weiß nicht, was ich sagen soll. Ich dachte die ganze Zeit, dass die Jungs nur mitmachen, weil ich ihnen die Schallplatten geschenkt habe. Nie hätte ich erwartet, dass sie sich so ins Zeug legen würden. Ich bin gerührt. Umarmen würde zu weit führen, aber ich klopfe ihnen auf die Schulter. Es ist fast ein bisschen wie Geburtstag, denn Samira hat auch noch eine Kiste dabei.

Die neuen Honiggläser! Wow.

Sie sehen so toll aus, bunt bemalt und beklebt. Es sind Kunstwerke. Jetzt muss ich nur den Honig schleudern, dann werden die Kunden staunen. Ich denke an Frau Meister. Sie liebt es bunt.

Aber auch ich bin vorbereitet. Auf einer Party sollte es immer etwas zu essen geben. Zur Feier des Tages habe ich daher frisches Brot und Butter besorgt. Dazu gibt es natürlich *Blütenliebe*. Honigbrote sind das Leckerste auf der Welt. Auf ein paar Scheiben schmiere ich auch Kirschmarmelade aus dem letzten Sommer. Die habe ich mit meinem Opa gekocht. Ich muss mit Schmerzen in der Brust an Mamas Kirschbaum denken. Dieses Jahr werden keine Früchte daran wachsen. Aber ich sage es nicht laut. Die Stimmung ist gerade so schön. Alle plappern durcheinander und stürzen sich wie hungrige Löwen auf die Brote. Nur Merle ist still.

Sie sieht nachdenklich aus.

Ich setze mich zu ihr.

»Alles klar?«

»Ich weiß, dass wir jetzt gerade feiern, vielleicht ist es ein blöder Moment, damit anzufangen.«

»Was ist denn los?«

»Es ist ein toller Dachgarten«, sagt sie, »aber wir müssen mehr tun. Das reicht einfach nicht.«

»Wie meinst du das?«, hake ich nach, und auch die anderen hören nun gebannt zu, was Merle zu sagen hat. Die nimmt ein Marmeladenbrot vom Teller und hält es in die Runde.

Genau wie die anderen bin ich völlig verdattert. So habe ich Merle noch nie reden hören.

»Wusstet ihr, dass es in China schon fast keine Bienen mehr gibt? Da wandern Arbeiter von Obstbaum zu Obstbaum und bestäuben die Blüten von Hand. Das könnte hier auch passieren, wenn wir nichts tun. Ohne die Bienen werden viele Pflanzenarten sterben. Und dann gibt es auch keine Marmeladenbrote mehr.«

Sie steht auf und zeigt einmal über die Dächer der Stadt.

»Es geht auch nicht nur um Hugos Bienen. Da draußen sind Tausende Wildbienen und viele andere Insekten, die alle Nahrung brauchen. Die ganze verdammte Stadt muss blühen. Nur so können wir sie alle retten.«

Jays Einsatz

Merle

Sie schauen mich alle mit großen Augen an.

»Wie soll das denn gehen?«, fragt Hugo. »Die ganze Stadt zum Blühen bringen?«

»Alleine schaffen wir das nicht. Aber wenn alle Kinder der Stadt mithelfen, dann könnte es doch klappen.«

»Alle Kinder der Stadt?« Ben nimmt die Basecap ab und kratzt sich am Kopf.

»Ja, ich hätte schon eine Idee«, sage ich.

Hugo ist nicht mit allem glücklich, was ich vorschlage. Vor allem, als er erfährt, welche Rolle Jay dabei spielen soll. Auch Ben und Yasin mögen ihn nicht. Er ist schließlich Basketballkonkurrenz.

»Können wir das nicht ohne diesen Vollhorst machen? Ehrlich«, jammert Hugo immer wieder, aber dann sieht er doch ein, dass es ohne den Vollhorst nicht klappen wird. Auch die Jungs verstehen, dass es um mehr geht als ihren Sport.

Ich sende meinem neuen Babysitter per Handy ein Daumen-hoch.

Es kann losgehen.

Kurze Zeit später verwandelt sich der Dachgarten in ein Filmset. Jay spannt uns alle ein. Samira ist für die Ausstattung zuständig und bringt alle Utensilien, die gebraucht werden. Yasin arbeitet als Lichttechniker. Er bekommt einen aufgespannten Schirm in die Hand gedrückt und sorgt für ausreichend Schatten. Ben ist der Set-Runner, klingt cool, bedeutet aber, dass er sich als Mädchen für alles um jeden Scheiß kümmern muss. Ich habe den coolsten Job. Ich halte Jays Handykamera in der Hand und filme. Im Fokus habe ich die Bienenbeute, allerdings so, dass man nicht sehen kann, wo wir uns befinden. Das ist Hugos Bedingung für die Dreherlaubnis in seinem Dachgarten. Nachdem ich ein paar Starts und Landungen der Bienen gefilmt habe, ist Fibies Auftritt dran. Sie fliegt eine Blüte an und lässt mich ganz nah mit der Linse heran, sodass man ihre Arbeit genau sehen kann. Dann schwenke ich auf Jay.

»Hey, Kids. Hier ist wieder Jay von ›Krasser Scheiß TV‹. Heute brauche ich euren Einsatz und euren Mut. Aber Achtung! Es ist top-secret. Eine Geheimaktion. Also, wer die Klappe nicht halten kann, sollte jetzt besser wegklicken. Aber bevor ich euch verrate, was ihr für unsere Aktion ›Rettet die Bienen‹ tun könnt, stelle ich euch erst mal diesen jungen Mann vor. Das ist Honeymaster Hugo.«

Hugo winkt verlegen in die Kamera.

Dann beginnt das Interview:

Jay: *In diesem Kasten hier wohnen deine Bienen. Was geht da-drin gerade ab?*

Hugo: Oje, jede Menge. Die Bienen arbeiten gerade fleißig zusammen. Sie sind ein Team. Jede erfüllt eine bestimmte Aufgabe. Die Bienenkönigin zum Beispiel, die legt den ganzen Tag Eier. Zweitausend Stück.

Jay: *Zweitausend? What the fuck.*

Hugo: Ja, daraus schlüpfen nach drei Tagen winzige Maden, die von den Arbeiterinnen jede Minute gefüttert werden, sechs Tage lang, bis sie sich verpuppen. So wie Raupen in einem Kokon. Nach einundzwanzig Tagen wird eine neue Honigbiene geboren.

Jay: *Und ist dadrin dann alles voller Eier und Maden?*

Hugo: Nein. Nur in einem Teil der Waben. Hier unten in der Beute. Die sind für die Aufzucht der Brut. Andere Waben sind für die Lagerung von Honig und den Vorrat an Blütenstaub.

Jay: *Sie sammeln auch den Blütenstaub, nicht nur den Nektar?*

Hugo: Klar, es gibt extra Sammelbienen, die am Tag bis zu zehn Mal rausfliegen. Die bringen den Nektar in ihrem Magen zurück. Daraus machen andere Bienen im Stock dann den Honig. Und an ihren Beinen sind Pollenhöschen. Daran haftet der Blütenstaub. Die Pollen werden mit dem Honig gemischt oder sie machen daraus eine echte Spezialität: Gelee Royal. Das ist extra für die Babys.

Jay: *Das klingt aber lecker. Woher wissen die Bienen, wo es die besten Pollen für ihr Gelee Royal gibt?*

Hugo: Wenn eine Biene feine Blüten entdeckt hat, dann verrät sie den anderen, wo.

Jay: *Quatschen die miteinander, so wie wir jetzt, oder was?*

Hugo: Nein, sie tanzen.

Jay: *Du verarschst mich doch, Mann. Die Bienen tanzen? Hip-Hop oder was?*

Hugo: Na ja, man nennt das Schwänzeltanz.

Jay: *Schwänzel, was?*

Hugo: Die Bienen laufen die Form einer Acht und bewegen dabei ihren Hintern, als hätten sie einen Schwanz. So sagen sie, in welche Richtung die anderen fliegen müssen und wie weit die Blüten entfernt sind.

Jay: *Leute, ihr merkt schon. Unser Honeymaster Hugo ist ein echter Experte.*

»Cut. Pause«, ruft Jay, der jetzt nicht mehr Moderator, sondern unser Regisseur ist.

»I'm happy. Das war ein toller Anfang für das Video«, sagt Jay, der es später noch schneiden und dann online stellen wird. Aber vorher müssen wir noch ein paar Szenen drehen.

Als Nächstes steigt Hugo in den Imkeranzug, nebelt unter Staunen der Crew die Bienenbeute mit Rauch ein und holt ein Rähmchen mit einer prall gefüllten Wabe heraus. Natürlich umschwärmt von Tausenden Bienen. Darunter ist auch Fibie. Das sehe ich an den goldenen Streifen, die sie wie Pinselstriche in der Luft hinterlässt. Aber das sehe natürlich nur ich.

»Er ist wirklich der Herr der Bienen. Unglaublich, was der Junge sich traut«, jubelt Jay in die Kamera.

Die nächste Szene spielt in Hugos Küche. Gemeinsam bereiten wir alles vor, und zwar so, dass kein Gesundheitsamt der Welt etwas zu meckern hätte. Alles ist tipptopp sauber. Hugo und Jay sehen so lustig aus. Sie tragen beide Schürzen und grüne Häubchen auf dem Kopf wie Krankenpfleger im OP, damit kein Haar in den Honig gelangen kann.

»Und Action!«, ruft Jay, dann schalte ich die Kamera scharf, aber Yasin und Ben haben einen Lachanfall. »Ihr seht so beknackt aus.«

Es dauert, bis ich die Crew zur Ordnung gerufen habe, erst dann filmen wir weiter.

Ich halte, so wie Jay es mir gesagt hat, zuerst auf eines der Rähmchen in Nahaufnahme.

»Die Bienen verschließen die Waben mit Wachs«, erklärt Hugo und zeigt auf die Wachsschicht. »Darunter befindet sich der Honig. Deshalb müssen wir diese Wachsdeckel jetzt erst mal abschaben.« Hugo hält ein spezielles Arbeitsgerät in die Kamera: »Das ist eine Entdeckelungsgabel. Damit geht es ganz leicht«, dann kratzt er das Wachs von der Oberfläche, und schon legt er die reiche Honigernte frei. Am liebsten würde ich mit dem Finger reintauchen und sofort probieren.

»Was ist das für ein Gerät?«, fragt Jay und zeigt auf eine silberne Tonne aus Edelstahl, die wie ein Mülleimer auf drei Beinen aussieht.

»Das ist eine Honigschleuder«, erklärt Hugo und stellt nach und nach die Rähmchen hinein. Dann schließt er den Deckel und dreht an einer roten Kurbel. Erst langsam, dann immer schneller. Während die Schleuder rotiert, kniet sich Jay davor und stellt einen Eimer auf.

»Jetzt«, sagt Hugo, dann öffnet Jay einen kleinen Auslasshahn. Wie flüssiges Gold ergießt sich der Honig in den Eimer. Die Crew applaudiert und jubelt im Hintergrund. Hugo grinst stolz in die Kamera. Dann schwenke ich noch mal auf Jay: »So, Kids, jetzt brauchen wir euch. Ihr liebt Honig? Ja? Ihr wisst jetzt, welche tolle Arbeit die Bienen leisten. Ohne sie gibt es keinen Honig und viele andere Pflanzen werden nicht mehr bestäubt. Ihr wollt den Bienen helfen? Dann zeigen wir euch jetzt, was ihr tun könnt. Denn wir haben einen großartigen Plan. Aber ohne euch wird es nicht funktionieren. Also, Kids, folgt uns. Gemeinsam werden wir die Stadt zum Blühen bringen.«

Unsere nächste Station ist die Gärtnerei Wandelröschen. Juna wartet schon auf uns in ihrem Gewächshaus.

»Wie bist du nur darauf gekommen?«, fragt mich Hugo und betrachtet den Berg Erdklumpen in einer Schubkarre. »Ich hab sie im Internet gesehen, und da hab ich verstanden, was Juna hier heimlich baut.«

Die kleine Blumenfee freut sich riesig, uns zu sehen.

Sie hat schon alles für die Filmaufnahmen vorbereitet.

Jay ist zufrieden mit mir als Kamerafrau. Mit Selfiestick wäre alles doppelt so kompliziert. Ich darf also weitermachen.

»Kamera läuft«, rufe ich und halte auf die Arbeitsplatte. Dort liegen Blumensamen, Erde und ein Beutel Katzenstreu.

Juna nimmt eine Schüssel und mixt die Zutaten wie bei einem Kuchen einfach zusammen. Erst lässt sie einen Teelöffel Samen hineinrieseln, dann schaufelt sie vier bis fünf Esslöffel Erde darauf. »So. Damit alles zusammenhält, braucht man Tonpulver, aber Katzenstreu geht auch. Da ist Bentonit drin. Das Katzenstreu solltet ihr aber zerkleinern.« Mit einem Mörser zerstößt Juna die kleinen Bröckchen und mischt sie noch unter die Masse. »Diese Menge reicht für circa sechs Samenbomben.« Sie rührt die Mischung mit den Händen ein paarmal durch. »Dann müsst ihr tröpfchenweise Wasser dazugeben, aber nicht zu viel. Und kneten, bis ein gleichmäßiger Teig entsteht. Zum Schluss könnt ihr walnussgroße Kugeln daraus formen. Trocknen lassen und fertig sind 1-a-Samenbomben.« Stolz hält sie das Ergebnis in die Kamera.

»Samenbomben. Was? Das denkt ihr doch jetzt, oder? Was sollen wir denn damit?« Jays Gesicht drängelt sich vor die Kameralinse. »Na werfen, Kids. Und zwar so viele wie möglich! Ihr kapiert immer noch nichts? Morgen ist Hexennacht. Lasst uns nicht hängen. Wir zählen auf euch. Lasst uns die Stadt zum Blühen bringen. Save the bees!«

Gerade will ich die Aufnahme stoppen, da schiebt die Blumenfee den Riesenkerl zur Seite. Erst sieht man nur ihre Zöpfe wie zwei Hasenohren ins Bild reichen. Ich schwenke nach unten, denn Juna will offensichtlich noch was sagen: »Und sagt jetzt bloß nicht: ›Mimimi, das kann ich nicht. Wo soll ich jetzt noch Samen herbekommen?‹ Wenn euch irgendeine Zutat fehlt, dann schließt euch zusammen. Der eine hat Erde im Garten, der andere Katzenstreu. Und zur Not bin ich auch noch für euch da. Sobald die Sonne untergeht, findet ihr mich hier in der Gärtnerei Wandelröschen. Dann kriegen wir das gemeinsam hin.«

Jetzt drängelt sich Jay wieder ins Bild.

»Ihr habt es gehört, Kids. Seid kreativ. Lasst uns gemeinsame Sache machen. Und lasst euch nicht erwischen!«

Hexennacht

Hugo

»Alter, wie seh ich aus?« Wie ein Model auf dem Laufsteg stolziert Ritchie die Diele rauf und runter.

Nach Skater im Kommunionsanzug, denke ich, aber ich gebe ihm ein Daumen-hoch, auch wenn die weißen Sneakers und die Basecap irgendwie schräg zu Jackett und Bundfaltenhose aussehen. Aber Ritchie wiederholt immer wieder, dass das die neueste Mode in Berlin ist. Urban Style.

»Wie ist meine Rasur?«, fragt er und streckt mir sein Kinn entgegen. Aus seinem Kragen riecht er nach Irisch Moos. Ich kenne den Gestank. Mein Opa hat das Rasierwasser immer dazu benutzt, die Maulwürfe zu vertreiben. Mit Erfolg.

»Alles prima«, lüge ich und drücke ihm den Dachschlüssel in die Hand.

»Ich brauche den aber immer wieder zwischendurch«, stelle ich noch klar. Schließlich muss ich regelmäßig nach den Bienen gucken und die Blumen gießen. Und ich habe Angst, dass er die Beute anfasst, deshalb muss ich doch eine kleine Warnung loswerden. »Und nicht den großen Kasten aufmachen. Da wohnen die Bienen drin. Einfach in Ruhe lassen. Im Dunkeln bleiben sie eh drin und stören euch nicht.«

»Deine Bienen sind auf dem Dach?«

»Psst. Nicht so laut«, zische ich, denn meine Mutter sitzt in der Küche und guckt fern.

»Mann, Alter. Ich bin so gespannt, was du da oben getrieben hast.«

»Ich denke, für ein Date unterm Sternenhimmel ist es perfekt.« Mehr sage ich nicht, auch nicht, dass ich ein paar warme Decken in die

Lounge gelegt und hübsche Solarlaternen aufgestellt habe, sonst ist es ja keine Überraschung mehr.

»Und was machst du heute Abend noch?«, fragt mich mein Etagenbruder und mustert meine Aufmachung ganz in Schwarz. »Willst du irgendwo einbrechen? Ah, ich weiß es, der Klassiker: Klopapier? Hab ich recht?«

»So ähnlich«, antworte ich vage, denn die Wände haben Ohren.

»Viel Spaß mit Doreen«, wünsche ich ihm noch zum Abschied und gehe zurück ins Bad. Es ist Zeit für eine Ladung Tarnschminke im Gesicht.

Um Punkt neun Uhr treffen wir uns an der Lok. Yasin, Ben und Samira sind schon da. Sie tragen auch schwarze Klamotten, Mützen auf dem Kopf und Streifen im Gesicht wie Indianer auf dem Kriegspfad.

Wir beschließen, noch ein paar Minuten auf Merle zu warten. Ich hoffe, dass sie noch kommt, obwohl sie bereits angekündigt hat, dass sie es nicht versprechen kann. Alles hängt davon ab, ob sie sich heimlich rausschleichen kann.

Um Zeit zu schinden, schlage ich vor, dass wir uns zusammen Jays Video ansehen. Samira zückt ihr Handy und wir feiern uns auf »Krasser Scheiß TV«.

»Hugo Honeymaster, das ist so cool«, sagt Yasin immer wieder. Aber ich möchte im Boden versinken.

»Ach du heilige Schweinepest«, ist das Einzige, was ich dazu sagen kann. Wie ich aussehe und wie ich mich anhöre! Sich selbst in einem Video zu sehen, ist reinste Folter. Ich dachte immer, ich wäre ein cooler Dreizehnjähriger, aber meine Stimme klingt, als wäre ich erst zehn. Noch total piepsig.

Zumindest aber hat Jay alles so geschnitten, dass man den Drehort nicht erkennt. Tatsächlich hält er sich an seine Versprechen.

Die anderen sind begeistert, vor allem, weil ständig neue Kommentare aufpoppen und die Kids der Stadt die Aktion anscheinend gut finden.

»Ihr seht aus wie richtige Guerilla-Gärtner.«

Merle.

Sie hat es geschafft.

»Sorry. Heute war es echt schwer abzuhauen. Ich musste mein Bett präparieren, damit es so aussieht, dass ich dadrin liege. Meine Mutter guckt vorm Zubettgehen immer noch nach mir.«

Bevor es losgeht, bilden wir einen Kreis zum Schwur, mit leicht geändertem Text. Dieses Mal ist es Merle, die die Zeilen vorsagt. Wir anderen wiederholen:

»Ich schwöre feierlich,
beim Leben der letzten Königin,
dass ich Samenbomben werfe,
weil ich ein Bienenretter bin.«

Voller Begeisterung klopfen wir uns gegenseitig auf die Schultern. Dann geht es endlich los. Ich habe einen ganzen Anhänger voller Samenbomben dabei. Wir füllen unsere Rucksäcke bis zum Rand. »Der Anhänger bleibt hier im Schutz der Lok stehen. Hier können wir immer Nachschub holen«, sage ich. Dann teilen wir uns in zwei Gruppen auf. Fünf Kinder in Tarnklamotten sind doch zu auffällig.

Ben steht schon an meiner Seite, als Merle ihn abdrängt und zu meiner großen Freude sagt: »Ich gehe mit dem Honeymaster.«

Ganz unabhängig davon, dass ich sie mag, wäre es auch falsch, wenn wir diesen Teil des Abenteuers nicht zusammen erleben würden.

Von der Lok aus, an der wir gleich die ersten Bomben abwerfen, schwärmen wir aus. Zuerst ist das Eisenbahnerviertel dran. Hier gibt es zwar viele Grünstreifen, aber die sind eben nur grün. Es ist höchste Zeit für mehr Blumenpracht. Allerdings achten wir darauf, keinen auszuwählen, der regelmäßig gemäht wird. Sonst sind unsere Blumen zickzack wieder ab.

Geduckt schleichen wir hinter den Autos entlang und werfen dann aus der Hocke die Samenbomben ins Grün. Im hohen Bogen fliegen die Klumpen durch die Luft und landen lautlos an ihrem Ziel. Es macht einen höllischen Spaß.

Sobald der erste Regen kommt, werden die Samen darin zu keimen beginnen. Obwohl es dunkel ist, versuche ich, mir vorzustellen, wie wundervoll alles in ein paar Wochen blühen wird.

»Irgendwie ist wenig los. Hast du auf deinem Weg hierher schon andere Kinder gesehen?«, frage ich Merle.

Sie schüttelt den Kopf.

»Ist doch seltsam. Ich mache mir Sorgen, dass keiner sonst mitmacht.«

»Jays Video hat so viele Likes. Die sind vielleicht in anderen Vierteln unterwegs, oder sie gehen jetzt erst los«, versucht Merle, mich zu beruhigen.

Wie auf Bestellung öffnet sich die Tür des Wohnhauses vor unserer Nase und zwei Jungs kommen heraus. Aufgeregt verpasse ich Merle einen Stoß in die Rippen. Auf Zehenspitzen verfolgen wir die beiden, um zu sehen, ob sie zu uns Bienenrettern gehören.

»Los, gib das Zeug her«, sagt der eine zu dem anderen. Der zweite Junge öffnet seinen Rucksack und …

»Klopapier«, stöhnt Merle neben mir. Wir tauchen hinter einer rostigen alten Karre unter und beobachten enttäuscht, wie das Duo nun ganz einfallslos Klopapier um einen Mülleimer wickelt.

Aber immerhin kommt langsam ein bisschen Leben in die Straßen. Kaum sind die Jungs weitergezogen, da tauchen drei Mädchen auf, die tatsächlich als Hexen verkleidet sind. Wir ducken uns noch tiefer, damit sie uns nicht sehen können. Als sie kichernd weiterziehen, bemerke ich, dass sie ein Flugblatt an die Windschutzscheibe der Rostkarre geheftet haben.

»Vielleicht steht da ja ›Rettet die Bienen‹ drauf«, flüstert Merle.

Ich husche aus dem Hinterhalt und schnappe mir den Zettel. »Auto zu verkaufen. Kosten: zweitausend Euro. Bitte melden unter 0176/12345678«, lese ich vor. »Lustige Idee.«

»Leider die falsche Idee«, murrt Merle.

»Lass uns weitermachen.«

Schneller als erwartet haben wir unsere Samenbomben abgeworfen und besorgen Nachschub.

An der Lok warten schon die anderen auf uns.

»Das Zeug geht ja weg wie warme Semmeln«, sagt Samira. »Gleich sind wir schon arbeitslos und wir haben nur so wenige Stellen bombardiert. So wird das nix mit der blühenden Stadt.«

»Ist doch komisch«, jammert jetzt auch Ben. »Alle finden es gut. Daumen hoch und tausend Kommentare, aber niemand ist zu sehen.«

Wir sind alle verwirrt. War die ganze Aktion umsonst? Ist es den Kindern doch egal, was aus den Bienen wird? Wir alle denken es, aber nur Yasin traut sich, es zu sagen: »So ein Mist. Dann können wir es auch lassen.«

Nix mimimi

Merle

»Ihr werdet doch jetzt nicht aufgeben!«, schimpfe ich und erschrecke fast selbst über die Wut in meiner Stimme. »Jede Blume zählt. Wir machen weiter.«

»Ja, wie würde Juna jetzt sagen: ›Nix mimimi.‹ Merle hat recht. Wir hören auf zu jammern. Weiter geht's«, sagt Samira entschlossen.

»Vielleicht hat Juna noch Samenbomben übrig? Wir sollten in der Gärtnerei vorbeischauen«, schlägt Hugo vor.

Die anderen sind einverstanden. Auf dem Weg dorthin werfen wir noch die restlichen Samenbomben und verschönern ein paar Parkplätze, leere Seitenstreifen entlang der Bürgersteige und die Wiese neben Hugos Schule.

Trotzdem ist die Stimmung gedrückt. Wir alle hatten uns mehr von Jays Video versprochen. Ich hatte es mir so toll vorgestellt, wie überall in der Stadt kleine Hexen durch die Straßen ziehen und Erdklumpen werfen. Und erst das Bild in ein paar Wochen. Wenn überall Blumen wachsen und die ganze Stadt blüht. Das können wir jetzt wohl vergessen. Die paar Stellen, die wir bombardiert haben, werden wahrscheinlich keinen großen Unterschied machen. Schade.

»Ich hätte echt gedacht, dass sie alle mitmachen«, sagt Hugo, der neben mir läuft. Er schiebt sein Fahrrad und lässt den Kopf hängen. Das einzige Mal, dass er ein bisschen lächelt, ist, als wir an einem Dönerladen vorbeikommen. Die ganze Bande muss anhalten, weil Hugo unbedingt durchs Fenster gucken will. Natürlich platzen auch die anderen vor Neugierde und drücken sich die Nasen platt.

»Nee, ist das Ritchie?«, fragt Samira.

»Was für ’ne heiße Braut! Wo hat er denn die her?«, bohrt Ben.

Ich versuche jetzt auch, etwas zu sehen, aber außer ein paar blonden Locken von hinten kann ich nicht viel erkennen. Ein Mädchen und ein Junge sitzen an einem kleinen Bistrotisch und essen. Als der Junge die Gaffer bemerkt, kommt er nach draußen gelaufen.

»Verschwindet, ihr Spanner. Kann man nicht mal in Ruhe zu Abend essen?«

Kichernd verdrücken wir uns.

»Das ist Ritchie«, erklärt Hugo. Dann erzählt er mir von seinem Etagenbruder und der ganz, ganz großen Liebe Doreen.

Wir sind so ins Gespräch vertieft, dass wir erst gar nicht sehen, was sich auf dem Parkplatz der Gärtnerei Wandelröschen abspielt.

»Was ist denn hier los?«, kreischt Samira.

»What?«, stammelt Yasin.

»Ich werd verrückt«, staunt Ben.

Hunderte Kinder wuseln auf dem großen Platz herum wie Bienen in einem Bienenstock.

»Was geht hier ab?«

Hugos Augen leuchten.

Als wir näher rankommen, raffe ich erst, was los ist.

Der Parkplatz der Gärtnerei hat sich in eine Fabrik für Samenbomben verwandelt. An einer Stelle nimmt ein Junge alles entgegen, was die Kinder mitgebracht haben. Schubkarren mit Erde, Katzenstreu, Samen.

Auf einer langen Tischreihe daneben kneten andere Kinder den Teig für die Samenbomben und formen sie zu Klumpen. Ich sehe Juna, die gerade mit dem Schlauch einen Eimer mit Wasser nachfüllt und Anweisungen gibt.

»Normalerweise müssen die Bomben zwei Tage trocknen. Ach, was soll’s«, sagt sie fröhlich. »So feucht könnt ihr das Zeug auch in Mauerritzen schmieren.«

Den Kindern ist es schnuppe. Mit glücklichen Gesichtern stopfen sie sich an der nächsten Station die fertig angerührte Matschpampe in Taschen und Rucksäcke. Dort steht auch Jay, der heute mal kein Handy in der Hand hat, sondern mit anpackt.

»Und macht weiter. Morgen, nächste Woche, in einem Monat. Heute ist nur der Anfang. Wenn es klappen soll, dann müsst ihr weitermachen«, ruft er immer wieder.

Als er uns sieht, winkt er uns zu sich. »Der Honeymaster ist da!«, ruft er, und die Kids rundherum jubeln Hugo zu. Das ist ihm so peinlich.

Doch es ist keine Zeit für ein langes Fantreffen. Wir füllen den Anhänger auf und ziehen weiter durch die Stadt.

Ich bin überglücklich, denn plötzlich sind sie überall, die Hexen, die für unsere Sache kämpfen. Als Schatten huschen sie durch die Straßen der Stadt und immer wieder sehe ich schwarze Wurfgeschosse in der Luft.

Wir sind Kinder. Aber wir sind nicht aufzuhalten!

Mit meinem Rucksack voll mit Matschpampe mache ich mich auf den Rückweg nach Hause. Unser Haus liegt in tiefem Schlaf. Alles ist dunkel. Meine Eltern pennen bereits tief und fest und sie haben nichts bemerkt. Wäre das Leben ein Musical, würde ich jetzt singen und tanzen. Aber die Party muss warten, denn ich muss noch meine ganz persönliche Mission beenden. Eine Steinwüste und ein Rasenteppich brauchen ganz dringend eine Spezialbehandlung.

Zuerst nehme ich mir unseren Vorgarten vor und schmiere Samenbomben-Matsche überall in die Ritzen des Brunnens. Geradezu diebisch freue ich mich auf das Gesicht meiner Mutter, wenn dort die ersten Knospen sprießen.

Den Rest der Pampe habe ich für den Garten vorgesehen. Vorsichtig schleiche ich mich an der Garage entlang hinters Haus. Hier ist auch bald Schluss mit langweiligem Einheitsgrün. Ich sorge jetzt für eine bunte Bienenweide.

»Hi.«

Jemand hat »Hi« gesagt.

Eine Stimme hinter der Mauer!

»Wir treffen uns in letzter Zeit öfter mal nachts, oder?«, sagt die Stimme. Es ist Jay.

»Tust du das, was ich auch tue?«, frage ich.

»Könnte sein.«

Dann fliegt ein schwarzer Klumpen über die Mauer und landet neben mir auf dem Rasen.

Das lasse ich mir nicht zwei Mal sagen. Ich greife in meinen Rucksack und werfe eine Samenbombe zurück in Nachbars Garten.

»Okay«, höre ich von der anderen Seite der Mauer. Es ist der Startschuss zu einer fetten Samenbombenschlacht. Die Erdklumpen fliegen über die Mauer hin und her, als wären es Schneebälle.

Ich muss mich total zusammenreißen, dass ich nicht laut lache.

»Hände hoch.«

Diese dunkle Stimme gehört nicht zu Jay. Sie kommt auch nicht aus Richtung Mauer, sondern ertönt hinter meinem Rücken.

»Und langsam umdrehen.«

Oh. Mist.

Ich recke die Arme in die Luft und drehe mich ganz langsam um. Der Schein einer Taschenlampe blendet mich. Aber ich erkenne trotzdem den bulligen, großen Mann mit dem Schlagstock in der Hand. Er gehört zum Sicherheitsservice, an den unser Hausalarm angeschlossen ist.

Wie konnte das passieren? Ich hatte doch alles ausgeschaltet.

»Und jetzt fallen lassen.«

Im ersten Moment weiß ich gar nicht, was er meint, dann nehme ich wahr, dass ich ja immer noch einen Klumpen Erde in der Hand halte, und lasse los.

»Alles gesichert«, brabbelt Mr Security in sein Headset.

Plötzlich geht die Außenbeleuchtung an und erhellt den Garten wie Flutlicht in einem Fußballstation.

Ich bin geblendet. Doch auch im grellsten Licht sehe ich meinem Untergang mitten ins Gesicht. Die Schiebetür zum Wohnzimmer öffnet sich. In Schlafklamotten und Bademantel stehen meine Eltern an der Schwelle und sehen mich entsetzt an. »Merle?«

Ein bisschen Spaß muss sein

Hugo

Es ist seltsam still in unserer Wohnung, als ich am nächsten Morgen aufwache. Ich habe lang geschlafen. Es ist schon fast elf. Für einen Moment frage ich mich, ob Mama heute Dienst im Krankenhaus hat. Aber nein. Sie hat frei. Da bin ich mir sicher. Komisch, dass ich sie nicht höre. Normalerweise lässt Mama immer das Radio in der Küche laufen oder aus dem Fernseher plappern irgendwelche Leute über Brautkleider oder Liebe oder sonst irgendeinen Schwachsinn. Ein ganz schlechtes Zeichen ist der Zigarettengeruch.

Alarmstufe rot.

Ich sehe sofort in der Küche nach, aber da ist sie nicht. Dann checke ich ihr Schlafzimmer. Das Bett ist leer. Allerdings ist der ganze Fußboden übersät mit Fotos. Ich bücke mich und hebe eins auf. Darauf sitzt meine Mama als kleines Mädchen auf dem Schoß eines Mannes, den ich im ersten Moment kaum erkenne. Er trägt einen gigantischen Schnurrbart im Gesicht und einen hässlichen blauen Trainingsanzug mit gelben Streifen. Aber an seinen fröhlichen Augen erkenne ich ihn natürlich doch. Mein Opa Jakob.

Jetzt sehe ich ihn überall auf den Bildern. Mit mir als Baby, im Hochzeitsfrack neben einer schönen Braut. Das muss Oma Annie sein, die ich leider nie kennengelernt habe. Arm in Arm mit einem Kumpel an Karneval. Mit Mama und mir unterm Weihnachtsbaum. Sofort ist mir klar, wo sie ist. Natürlich! Denn auch mein Herz ist gerade so voll Sehnsucht.

Mitten zwischen Kisten, Büchern und einem Berg Klamotten finde ich sie auf dem Boden seines alten Zimmers, das Gesicht in den angewinkelten Knien vergraben. Sie hebt den Kopf und sieht mich mit verweinten Augen an.

»Hallo, Großer.« Im Arm hält sie Opas alte Strickweste wie ein Kuscheltier. Dann sinkt ihr Kopf wieder auf ihre Knie. Ich laufe zu ihr, setze mich neben sie und lege einen Arm um ihre Schulter. Sie zittert. Kein Wunder, dass sie friert, denn sie trägt nur ein Nachthemd. Ich ziehe an der Weste, die sie jetzt langsam loslässt, und lege sie ihr um die Schultern.

»Ich vermisse ihn«, sagt sie und schluchzt so sehr, dass es mir einen Stich im Herzen verpasst. Ich habe sie fast noch nie weinen sehen. Bei Opas Beerdigung, ja, aber danach nie mehr.

»Ich würde so gerne noch mal mit ihm reden«, sagt sie wimmernd, »seine Stimme hören, ihn umarmen und ihm einen dicken Kuss geben. Ihm sagen, wie lieb ich ihn hab. Aber er ist nicht mehr da, Hugo.«

Ganz fest drücke ich sie. »Doch, Mama. Er ist da. Ich kann ihn spüren. In mir drin. Ich kann ihn sogar hören, wenn ich mich anstrenge.«

»Ja? Und was sagt er?«

Damit es echt klingt, verstelle ich die Stimme: »Wie wäre es mal wieder mit ordentlich Remmidemmi, dass dem alten Bierbauch die Flasche aus der Hand fällt?«

Jetzt höre ich sie leise lachen und weinen zugleich.

»Warte hier«, sage ich, »bin gleich wieder da.«

Dann laufe ich los, nach oben in den sechsten Stock, barfuß und im Schlafanzug, und klingele Sturm.

Was mir öffnet, sieht aus wie ein rosa Cadillac, den jemand gegen einen Baum gefahren hat. Total ramponiert. Glorias Haare stehen in alle Richtungen und unter der Schlafmaske guckt mir ein geschwollenes Auge entgegen.

»Wow, Sonnyboy. Bisschen früh für Besuch. Alles bunt?«

»Nein, schwarz wie alte Lakritzschnecken.«

Mehr muss ich auch nicht sagen. Gloria bittet mich rein und öffnet sogar ihr zweites Auge für mich.

»Brauchen wir Feenstaub?«

»Ja, tonnenweise.«

Zum Glück ist Gloria partyerprobt. Von null auf hundert geht es mit einem Espresso, ein bisschen Make-up und dem passenden Outfit. Nur zehn Minuten später sind wir bereit.

»Oh, mein Gott. Ist es nicht ein bisschen früh dafür«, ruft Mama aus, als wir im Partyoutfit vor ihr stehen. Gloria trägt ein gelbes Kanarienvogel-Kleid, ich habe meinen Schlafanzug mit einer roten Federboa und einem silbernen Zylinder aufgepeppt. Für Mama haben wir extra einen großen lila Hut mit Blumenschmuck dabei, der perfekt zu ihrem Nachthemd passt.

Jetzt fehlt nur noch das passende Partygetränk: Ich mixe Traubensaft mit Sprudel, Limo und Zitrone zu einem Cocktail. Die Geheimzutat ist ein dicker Löffel Honig.

Dann räumen wir alle Sachen in Opas Zimmer zur Seite, damit richtig viel Platz für eine Tanzfläche ist. Gloria schließt die Rollläden, während ich die Discokugel starte, die wild tanzende Kreise in Rot, Grün und Lila an die Wände malt, und Mama legt Opas Lieblingsschallplatte auf.

Dann stoßen wir an.

»Auf den besten Opa der Welt.«

»Auf den besten Papa der Welt.«

»Auf Mister Gummibeine.«

Kaum ist das *Bling* unserer Gläser verklungen, klopft auch schon von oben der Bierbauch wie wild mit seinem Stock auf den Boden, genau wie es sein soll. Und wir geben ihm zufrieden grinsend unsere Antwort, genau wie es Opa Jakob getan hätte, und drehen die Musik einfach noch ein bisschen lauter.

»Ein bisschen Spaß muss sein« tönt es durch die Boxen. Laut grölend singen wir mit. Ich schließe die Augen. In Gedanken sehe ich meinen Opa jetzt genau vor mir. Er sitzt in seinem Sessel und lächelt mir zu. Ich strecke ihm meine Hand entgegen. Mister Gummibeine nickt entschlossen, dann steht er auf und wir tanzen, tanzen, tanzen.

Die Standpauke

Merle

Ich bin auf alles gefasst.

Hausarrest mit Fußfessel.

Daddel-Verbot für die nächsten fünf Monate.

Internat.

Aber egal, was gleich passiert. Die ganze Wahrheit kann ich ihnen nicht sagen. Unmöglich.

Ich muss Hugo da raushalten. Erstens, weil sein Leben schon kompliziert genug ist, und zweitens, weil mein Vater ihn auf jeden Fall zur Rede stellen würde. Was eine Katastrophe wäre, denn dann wüsste Hugo ja, wer ich bin, und alles wäre aus und vorbei. Endgültig.

Klar. Er wird sich wundern, wenn ich nicht mehr auftauche, aber es ist immer noch besser, er denkt, ich bin verschollen, als dass er herausfindet, wer ich in Wahrheit bin.

In seinem Herzen soll er für immer die Merle behalten, die ihm geholfen hat, die Bienenflüsterin, mit der er eine tolle Zeit verbracht hat, die seine Freundin ist und die ihn wirklich, wirklich mag. Die Merle Winters, die ihn angelogen hat, die Tochter des bösen Baulöwen, die darf er niemals treffen. Vielleicht ist es sogar besser, wenn ich in ein Internat geschickt werde. Dann begegnen wir uns wenigstens nicht mehr.

Die Anklagebank ist Papas Sessel. Ich habe zur Verhandlung Platz genommen. Meine Eltern sitzen auf dem Ecksofa. Mein Vater ist der Richter. So viel ist klar. Normalerweise ist meine Mutter immer meine Verteidigerin. Heute jedoch könnte sie auch auf seiner Seite sein. Ich kann es in ihrem Gesicht nicht ablesen. Sie sieht besorgt und müde aus.

»Wir hören«, eröffnet mein Vater die Verhandlung. »Was hast du zu deiner Verteidigung zu sagen?«

»Ihr hättet mich ja eh nicht gehen lassen. Was ist mir da anderes übrig geblieben, als auszubüxen?«

»Stimmt. Natürlich nicht! Weil zwölfjährige Mädchen nachts nichts auf der Straße zu suchen haben.«

»Es war Hexennacht. Da dürfen alle nachts raus. Die ganze Stadt war voll mit Kindern.«

»Hexennacht. Was soll das sein? Hast du davon schon mal gehört, Karsten? Das sind ja schöne Sitten.« Mein Vater schüttelt den Kopf. Was andere Kinder machen oder dürfen, ist für ihn sowieso kein Maßstab.

»Und das ist alles, was du dazu zu sagen hast?«

Ich habe gestanden. Was wollen sie denn jetzt noch hören? Ich will gerade zu einem »Es tut mir leid« ansetzen, obwohl es mir gar nicht leidtut, da sagt mein Vater: »Du brauchst uns nichts mehr vorzumachen. Wir wissen schon alles.«

Alles? Mir wird heiß und kalt. In Gedanken gehe ich all meine heimlichen Ausflüge durch. Wie in einem Videoclip sehe ich alles vor mir. Fibie, die mit goldenen Buchstaben SOS in die Luft schreibt.

Schnitt. Ich hinter einem Baum im Geheimversteck, wo ich Hugo und seine Bienen das erste Mal sehe.

Schnitt. Der traurigste Junge der Stadt sitzt zwischen blühenden Obstbäumen auf den Stufen zur Gartenlaube.

Schnitt. Meine Hände berühren den einen Baum, der niemals fallen darf, weil er das Herz des Gartens ist.

Schnitt. Die Kamera schwenkt über die Dächer der Stadt. Wir stehen auf dem Dach und wissen, dass wir den perfekten Ort für einen Dachgarten gefunden haben.

Schnitt. Ich sitze mit Samira in einer Badewanne auf einem Schrottplatz.

»Merle.« Mein Vater unterbricht jäh den Film in meinem Kopf.

»Jay Wilson hat dich überredet.«

Jay? Hä?

Was faselt er da nur?

»Ich dachte, er ist schon vernünftiger. Da vertraue ich ihm meine Tochter an und was macht der Bursche? Das muss natürlich Konsequenzen haben. Ich werde auf jeden Fall noch mit seinen Eltern reden.«

Meine Mutter schüttelt auch den Kopf.

»Auf mich machte er so einen netten Eindruck. Unfassbar. Hat er dir irgendetwas versprochen, wenn du mitmachst?«

»Aber, aber«, stottere ich. »Was redet ihr denn da? Es hat doch gar nichts mit Jay zu tun. Er hat keine Schuld. Ich, ich alleine hab das so gewollt.«

»Ich meine, jeder weiß, dass du nicht einfach so nachts weglaufen würdest, um irgendeinen Unsinn anzustellen.«

»Nein. So war das nicht. Ich habe alles geplant. Ich.«

Ich werde lauter, aber irgendwie sind meine Eltern taub für das, was ich zu sagen habe.

»Du musst ihn nicht in Schutz nehmen, Kleines«, sagt meine Mutter. »Jay war heute Morgen schon hier und hat sich entschuldigt.«

»Jay hat was?«

»Ja. Er hat sich entschuldigt. Das ist schon mal ein Pluspunkt, aber wir möchten nicht, dass du weiter Kontakt zu ihm hast. Er ist kein guter Umgang.«

»Wir müssen uns auch selbst ein bisschen die Schuld geben. Wir haben dich vielleicht einfach zu viel alleine gelassen«, sagt mein Vater. »Aber die gute Nachricht ist, dass Frau Grauvogel ab morgen wieder im Büro ist.«

»Und wir haben uns überlegt, dass die letzten Tage der Ferien noch richtig klasse werden sollen«, sagt meine Mutter. »Also habe ich Oma und Opa angerufen und ihnen gesagt, dass wir morgen kommen. Papa kann nicht mit. Aber wir beide machen uns ein paar schöne Tage. Was denkst du?«

Verzweifelt schaue ich nach draußen in den Garten. Wo ist Fibie? Jetzt würde ich ihr gerne ein SOS schicken. Aber wie es aussieht, kommt niemand, um mich zu retten.

Die falsche Freundin

Hugo

»Hugo, aufwachen.«

Meine Mutter rüttelt mich am Arm. »Draußen wartet jemand auf dich. Zieh dich bitte schnell an.«

»Ist es ein Mädchen?«, frage ich und springe aus den Federn. Mein erster Gedanke ist Merle.

»Nein. Es sieht nach Ärger aus. Hast du irgendwelchen Unfug an Hexennacht angestellt?«

»Nein. Nur Gutes.«

»Nix kaputt gemacht oder so? Du kannst es mir ruhig sagen. Ich werde nicht schimpfen.«

»Nein. Ehrlich, Mama.«

Schnell schlüpfe ich in Jeans und Sneakers und ziehe mir einen Pulli über mein Schlafshirt. Das muss reichen.

Fieberhaft denke ich darüber nach, was los sein könnte. Aber ich habe keine Idee.

Allerdings ist mir gleich klar, dass es um mehr gehen muss als Erdklumpen in einem Grünstreifen.

Vor der Tür warten drei Erwachsene auf mich: ein Polizist, Frau Buschmann und eine Dame von der Hausverwaltung, die ich vom Sehen kenne.

»Das ist er«, keift die blöde Berta und zeigt mit dem Finger auf mich. »Hugo Kalinski. Verhaften Sie ihn.« Der Polizist hält meiner Mutter seinen Dienstausweis vor die Nase und stellt sich als Edgar Huber vor.

»Jetzt hören wir uns doch erst mal an, was Hugo dazu zu sagen hat«, mischt sich meine Mutter ein.

Schützend legt sie den Arm um mich.

»Hugo Kalinski, hast du dir unerlaubten Zutritt zum Dach dieses Hauses verschafft?«, fragt der Polizist Huber.

Der Dachgarten.

Sie wissen es.

Jemand hat uns verraten.

Ich kann nicht antworten, so sehr stehe ich unter Schock.

»Du brauchst es gar nicht zu leugnen. Wir haben uns alles angesehen«, sagt Berta, und die Dame von der Hausverwaltung winkt mit einem Schlüsselbund.

»Die Bienen dort oben gehören doch dir, oder?«

»Hugo«, stöhnt meine Mutter auf. »Die Bienen sind auf dem Dach?«

»Und das Betreten des Dachs ist strengstens verboten. Es ist weder ein Platz für Bienen noch für einen Garten«, keift Berta weiter.

Sofort muss ich an Ritchie denken. Schließlich war er der letzte Besucher. Und einer, der keinen Schwur geleistet hat.

»Sagen Sie Ritchie, dass er für mich gestorben ist, der miese Verräter«, zische ich ihr böse entgegen.

»Nein, Freundchen.« Sie schüttelt entschieden den Kopf. »Mein Sohn hat kein Wort gesagt.«

»Wer dann? Ich muss wissen, wer es war.«

»Ich kann dir keinen Namen nennen, das versteht sich. Informantenschutz. Aber ich glaube der jungen Dame jedes Wort.«

Eine junge Dame? Mein Gehirn dreht sich wie ein Karussell. Samira? Warum sollte sie das tun? Oder Merle? Nein, das kann nicht sein. Unmöglich.

»Die Bienen müssen als Erstes weg«, sagt die Frau von der Hausverwaltung.

»Ich kümmere mich darum. Ich kenne einen Imker, der sie abholt«, höre ich meine Mutter sagen, aber es klingt weit entfernt, als hätte ich Watte in den Ohren.

Die Bienen.

Der Dachgarten.

Alles war umsonst.

Der Lümmerlein wird kommen und sie holen.

Alles ist aus und vorbei.

»Und was ist mit dem Jungen? Der muss bestraft werden.«

Berta zittert vor Wut.

Der Polizist räuspert sich lautstark: »Frau Buschmann, überlassen Sie das bitte uns. Außerdem sieht es nicht so aus, als wäre jemand zu Schaden gekommen.«

»Und er ist erst dreizehn«, sagt meine Mutter und hält mich noch fester. »Sie können ihn gar nicht verhaften.«

»Einen schönen Satansbraten haben Sie da. Sie ahnen ja gar nicht, was er sonst noch alles treibt, wenn Sie nicht da sind.«

»Jetzt reicht es aber. So reden Sie nicht über meinen Sohn«, schreit meine Mutter und schubst Berta nach hinten.

»Körperverletzung. Sie hat mich geschlagen. Sehen Sie, die ganze Familie ist kriminell.«

»Sind Sie noch zu retten? Sie einsame, gemeine alte Schachtel. Haben Sie nichts Besseres zu tun, als Kindern nachzustellen?«

Alles dreht sich in meinem Kopf, meine Beine sind weich, mir ist schlecht. Ich will, dass das sofort aufhört. Ich reiße mich los und laufe davon.

»Hugo«, ruft meine Mutter mir hinterher.

»Na los, fangen Sie ihn«, höre ich Frau Buschmann wettern, aber ich bin flink.

Völlig kopflos steige ich auf mein Fahrrad und radele durch die Straßen der Stadt.

Wie kann es sein, dass vorgestern noch der beste Tag in meinem Leben war und heute alles kaputt ist? Wie konnten sie von unserem Dachgarten erfahren?

Der Lümmerlein wird kommen und sie holen, doch dieses Mal kann ich nichts tun.

Ich weiß nicht mal, wo ich hinsoll.

Merle.

Ich muss es Merle sagen.

Ich folge dem Schild »Winkelried« und cruise so lange durch den kleinen Vorort, bis ich endlich die Waldstraße gefunden habe. Hausnummer 4. Das muss es sein.

Es ist ein hübsches, gelb gestrichenes Einfamilienhaus mit einer Tanne im Vorgarten. Rote Tulpen und gelbe Narzissen säumen den Weg zur Haustür.

»Schreiner« steht auf dem Klingelschild. Ich hab sie nie nach ihrem Nachnamen gefragt. Aber die Adresse stimmt schon mal. Ich klingele. Kurz darauf höre ich Schritte im Flur.

Eine Frau öffnet die Tür. Sie hat kurzes blondes Haar und trägt eine schwarze Brille. So hatte ich mir Merles Mutter nicht vorgestellt. Sie ähnelt ihr überhaupt nicht.

»Ja, bitte«, sagt sie, und ich merke sofort, dass sie gestresst ist. Wahrscheinlich denkt sie, dass ich ihr etwas verkaufen will. Das ist der Grund, warum ich nicht von Haus zu Haus laufe, um meinen Honig zu verkaufen. Die Leute fühlen sich sofort unwohl, wenn ein Fremder vor der Tür steht. Selbst bei einem Kind wittern sie nichts Gutes.

»Kann ich bitte Ihre Tochter sprechen?«, frage ich so höflich wie möglich.

Jetzt grinst sie plötzlich. Dabei versteh ich nicht, was an meinem Anliegen so lustig ist.

»Kleinen Moment, ich rufe sie«, sagt sie und bittet mich sogar herein. Überall stehen Koffer herum.

»Entschuldige das Chaos. Wir sind gestern erst weit nach Mitternacht aus dem Urlaub zurückgekommen. Es war noch keine Zeit auszupacken. Meine Tochter hat mir gar nicht gesagt, dass sie Besuch erwartet.«

»Sie waren im Urlaub?«

»Ja, Gran Canaria. Da fahren wir eigentlich immer in den Osterferien hin. Wegen des traumhaften Wetters. Aber hier war es wohl auch ganz schön. Warte hier. Ich hol sie.«

Sie können nicht im Urlaub gewesen sein, will ich gerade sagen, da verschwindet Frau Schreiner hinter einer Tür. Doch bevor ich verstehe, dass hier gar nichts stimmt, und weglaufen kann, steht schon dieses fremde Mädchen vor mir. Es hat langes blondes Haar, sein Gesicht ist sonnengebräunt und es ist genauso erstaunt wie ich.

»Du wolltest zu mir?«, fragt sie. »Wer bist du?«

»Tut mir leid, ich hab mich wohl in der Adresse geirrt. Ich wollte in die Waldstraße 4 zu einer Freundin.«

»Das hier ist die Waldstraße 4«, sagt das Mädchen.

»Dann hab ich mir vielleicht die falsche Hausnummer gemerkt. Oder hast du zufällig noch eine Schwester?«

»Wie heißt das Mädchen, das du suchst? Vielleicht kenne ich sie ja.«

»Merle«, sage ich.

»Das ist seltsam. Ich kenne eine Merle«, sagt das Mädchen. »Merle Winters.«

Der Brief

Merle

Lieber Hugo,
es tut mir so leid, dass ich dich angelogen habe.
Ich mag dich und ich will dich auf keinen Fall
als Freund verlieren.
Aber du solltest wissen, dass mein Name
Merle Winters ist.

Ich zerknülle den Brief und werfe ihn in den Papierkorb. Buchstabe für Buchstabe mein Geständnis vor mir zu sehen, vergrößert nur meine Scham. Ich bin eine Lügnerin. Und das ist nicht zu ändern. Es ist die Wahrheit, die ich immer noch nicht aussprechen und schon gar nicht aufschreiben kann.

Aber irgendwie muss ich Hugo erreichen, ihm erklären, warum mich der Erdboden verschluckt hat. Er wird sich wundern, wenn ich so plötzlich nicht mehr auftauche. Und dann wird er mich suchen und irgendwann die Wahrheit herausfinden. Es gibt also kein Entkommen. So oder so.

Ich versuche es noch einmal mit anderen Worten, auch wenn ich weiß, dass es sinnlos ist. Hugo wird den Brief niemals bekommen, denn ich habe keine Briefmarke, und ich werde sowieso an keiner Post vorbeikommen, um ihn einzuwerfen. Trotzdem kann ich nicht anders und schreibe.

Es klopft an die Tür. Meine Mutter.

»Moment«, rufe ich. Der Stift in meiner Hand zittert, als hätte sie mich beinahe bei wer-weiß-was erwischt.

Schnell schreibe ich die letzten Worte aufs Papier, dann lege ich zur Tarnung ein Buch über den Brief.

»Ja?«

Meine Mutter kommt herein und fixiert sofort den leeren Koffer, der offen auf dem Boden liegt. »Du hast ja immer noch nichts gepackt. Jetzt aber hurtig. Dein Vater wird gleich hier sein und uns abholen. Er kommt extra aus dem Büro, um uns zum Bahnhof zu fahren.«

»Ich möchte aber gar nicht weg, Mama. Lass uns hierbleiben, bitte.«

»Klar. Du willst lieber mit deinem neuen Freund nachts die Gegend unsicher machen, aber das hat jetzt ein Ende.«

Sie schickt einen bösen Blick durch das Fenster direkt in Jays Zimmer gegenüber. Ich folge ihrem Blick, aber zum Glück ist Jay nicht da. Kein Licht, kein Schatten, kein Junge.

»Wer hat ihn denn als Babysitter engagiert. Ihr oder ich? Das ist so unfair. Außerdem hab ich es schon tausend Mal erklärt. Jay hat gar nichts mit der Sache zu tun gehabt.«

»Und wenn dich der Mann im Mond im Traum angestiftet hat, es ist mir egal. Wir fahren. Keine Widerrede.«

Wutschnaubend öffnet sie meinen Schrank und beginnt damit, meinen Koffer zu packen. Ich rühre keinen Finger. Soll sie doch. Mir ist alles egal.

Sehnsüchtig schaue ich stattdessen aus dem Fenster. Immer noch hoffe ich, dass Fibie auftaucht. Wie kann es sein, dass ich ihr jetzt egal bin? Ich dachte, wir wären Freundinnen und sie würde mich auch weiter besuchen. Aber sie kommt nicht.

Keine Biene weit und breit.

Nichts.

Nur Himmel, ein Nachbarhaus, ein Zimmer und … Jay!

Er steht an seinem Fenster und winkt mir zu.

Zum Glück ist meine Mutter zu beschäftigt, um ihn zu bemerken.

Jay hält sein Handy sichtbar ins Fenster und zeigt darauf.

Anscheinend will er, dass ich meine Nachrichten checke. Aber so einfach ist das nicht. Denn meine Eltern konnten es nicht ohne Strafe auf sich beruhen lassen. Voll neunzehnhundertsiebzig!

Jetzt, wo mein Vater gerade nicht da ist, wage ich einen Versuch.

»Kann ich bitte mein Handy zurückhaben?«

»Nein«, antwortet meine Mutter, ohne mich anzusehen, und packt Hosen in den Koffer. Sie ist so kühl und abweisend, wie ich sie sonst nicht kenne. »Ich hätte nie gedacht, dass du mich so hintergehen würdest. Wir haben uns doch immer alles erzählt. Ich verstehe nicht, was mit dir los ist. Ist das jetzt schon die Pubertät?«

Aus einer Schublade holt sie Strümpfe und wirft sie in den Koffer, als wären es stinkende faule Eier.

»Und wann kriege ich mein Handy wieder?«, bohre ich weiter.

»Wenn wir es für richtig halten.«

Jay winkt mir zu. Anscheinend hat er meine Mutter hinter der Schranktür nicht gesehen.

Er will, dass ich das Fenster öffne. Ich schüttle den Kopf und zeige auf den Schrank, als meine Mutter gerade die Türen schließt und skeptisch zum Haus der Wilsons guckt. Jetzt hat sie ihn gesehen, denke ich, aber als ich auch hinüberlinse, ist er verschwunden. Wohl gerade noch rechtzeitig abgetaucht.

»Komm gleich runter. Dein Vater muss jeden Moment da sein«, sagt sie streng, schließt den Koffer und rollt ihn aus meinem Zimmer.

Inzwischen hampelt Mr »Krasser Scheiß TV« wieder am Fenster herum und gibt mir Handzeichen, die ich nicht verstehe.

Spontan öffne ich das Fenster. Ohne meine Maske. Überall im Garten sind Pollenschleier unterwegs. Heute ist höchste Warnstufe. Aber es ist mir egal. Wenn ich umfalle und sterbe, ist es mir auch recht.

»Merle, na endlich. Ich hab dir tausend Messages geschrieben«, ruft er aufgeregt zu mir rüber.

»Sie haben mein Handy einkassiert«, sage ich und muss husten. Die silberne Luft strömt an mir vorbei in mein Zimmer. Jetzt ist alles verpestet.

Jay schüttelt den Kopf. »Shit.«

Durch den offenen Türspalt höre ich von unten die dunklen, dumpfen Töne der Stimme meines Vaters. Er redet mit meiner Mutter. Plötzlich muss ich an einen Satz denken, den mein Vater an Ostern gesagt hat. »Wenn was ist, kannst du auch einfach einen Papierflieger über die Mauer werfen.«

»Jay, du musst mir einen Gefallen tun. Ich muss gleich los. Wir fahren weg.« Ich spüre, wie sich meine Kehle langsam zuschnürt.

»Klar. Was denn?«

»Merle«, ruft mein Vater von unten. Jetzt muss ich mich beeilen. So gut ich kann, falte ich den Brief an Hugo zu einem Papierflieger.

»Der hier ist für Hugo«, rufe ich Jay zu und nehme den Flieger zwischen Daumen und Zeigefinger. Dann hebe ich meinen Arm über meinen Kopf in die Startposition und werfe ihn, so gut ich kann. Tatsächlich gleitet er ein Stück geradeaus.

Nur noch einen Meter, dann ist die Mauer erreicht. Bitte, bitte, flieg, feuere ich ihn in Gedanken an, doch plötzlich sackt er ein Stück ab.

Oh nein. Sinkflug.

Selbst auf die Entfernung erkenne ich Jays verkniffenes Gesicht. Er ist nicht überzeugt davon, dass mein Jet ankommen wird. Und ich auch nicht mehr.

Ich will schon die Augen schließen, um den Frontalcrash mit dem Gemäuer nicht mit ansehen zu müssen, da steigt er plötzlich wieder in die Lüfte.

Eine Böe – sie kommt aus dem Nichts wie eine unsichtbare silberne Hand und verpasst dem Flieger den entscheidenden Schubs. Geschafft!

Alles fake

Hugo

Ich kann das einfach nicht glauben. Sie hat mich angelogen. Die ganze Zeit. Eine einzige große Lüge, alles fake. Sie heißt Merle Winters. Winters wie der böse Baulöwe. Das kann unmöglich ein Zufall sein. Der Dieb meiner Zukunft ist ihr Vater. Und ich habe sie gemocht. Ihr alles anvertraut. Meine Bienen, mein Leben.

Aber warum? Ich verstehe nicht, warum sie mir erst hilft und dann den Dachgarten verrät. Das macht doch keinen Sinn.

Aber es muss so sein. Es ist die einzig mögliche Erklärung.

Wahrscheinlich war alles von Anfang an eine ganz große Show, ein Theaterstück mit Jay als Regisseur. Vermutlich war es seine Idee. Auf der Suche nach dem ganz großen Ding für »Krasser Scheiß TV«. Na klar. Als er auf der Baustelle aufgetaucht ist, das war doch bestimmt abgesprochen.

Sie haben alles geplant und ich war nur eine doofe Marionette. Und jetzt, jetzt sitzen sie zusammen und lachen sich tot über mich. Wahrscheinlich filmt der Arsch gerade, wie meine Bienen abtransportiert werden. Dann hat er einen fetten Skandal, den er im Internet ausschlachten kann. Noch mehr Klicks, noch mehr Abonnenten. Alles fürs Business. Natürlich. Und die Tochter eines Geschäftsmanns ist bestimmt auch durch und durch Geschäftsfrau. Wahrscheinlich teilen sie sich die Einnahmen aus dem Werbegeschäft. Und Honeymaster Hugo ist der Depp, den sie dafür gebraucht haben.

Wie konnte ich nur so dumm sein?

Jetzt, wo ich klar sehe, erwache ich langsam aus meinem Schock.

»Geht es dir gut?«, fragt die falsche Merle.

»Kannst du mir sagen, wo Merle Winters wohnt?«, will ich wissen und versuche, dabei möglichst freundlich auszusehen. Denn könnte sie meine innere Fratze aus Wut und Hass sehen, würde sie mir garantiert nicht Merles Adresse geben.

»Die Hausnummer weiß ich nicht. Aber die Straße heißt Immergrünallee. Das Haus erkennt man ganz gut an einem Brunnen im Vorgarten.«

»Die Immergrauallee. Die kenne ich.« Die falsche Merle lacht über meinen Witz. Doch ich meine es todernst. Ich bedanke mich und mache mich auf den Weg.

Kurze Zeit später biege ich ins Neugarten-Viertel ein. Alles passt so gut zusammen. Natürlich lebt die Familie des Baulöwen in einem toten Betonklotz, den er selbst gebaut hat. Und natürlich hat Merle da ein Geheimnis daraus gemacht. Hätte sie mir ihre Adresse verraten, wäre ich ihr ja gleich auf die Schliche gekommen. Ein Blick aufs Klingelschild hätte genügt. Ende der Vorstellung.

Jetzt muss ich nur noch ihr Haus finden, was nicht so einfach ist, denn die Häuser sehen auf den ersten Blick wirklich alle gleich aus. Wenn man genauer guckt, sieht man schon kleine Unterschiede. Manche haben Zäune, andere Mauern mit großen Toren. Auch die Fenster unterscheiden sich durch die Art und Farbe der Jalousien, Vorhänge oder die Dekoration. Aber ansonsten sind sie alle grau, kalt und herzlos.

Während ich nach einem Brunnen im Vorgarten Ausschau halte, erinnere ich mich an die ersten Baustellen am Rande der Kleingartensiedlung. Als die ersten Häuser gebaut wurden, habe ich jeden Tag fasziniert beobachtet, wie sie Stück für Stück in die Höhe wuchsen. Am Anfang fand ich es gar nicht schlimm. Im Gegenteil: Ich mag Bagger, ich gucke ihnen gerne zu, wenn sie ihre Arbeit tun. Doch dann breiteten sie sich aus wie Lava aus einem Vulkan und zerstörten nach und nach all die wundervollen Gärten mit ihren Bäumen und Blumen, bis nur noch einer übrig war.

Mein Großvater war fuchsteufelswild. Er hasste die anderen Gartenbesitzer dafür, dass sie die Natur für Geld eintauschten. Für ihn war das undenkbar.

Immer wenn wir gemeinsam auf dem Fahrrad durch die Baustellen zum Garten fuhren, verbrachte er den ganzen Weg damit, laut zu schimpfen. Am schlimmsten war es im letzten Jahr, nachdem nur sein Garten übrig und fast all seine Bienenvölker gestorben waren. Er war so traurig und hilflos und unendlich wütend. Und kurze Zeit später war er tot.

Doch jetzt in diesem Moment kann ich ihn in mir spüren, all seine Kraft, als wäre er an meiner Seite und würde sagen: »Dann los, mein Junge. Schrei, wenn du willst. Du wirst sehen, dann geht es dir gleich besser.«

Also schreie ich, so laut ich kann.

Hugo

Merle

»Merle, du kannst nicht einfach ohne deinen Atemschutz das Fenster aufmachen. Was denkst du dir dabei? Außerdem muss ich jetzt alles waschen. Die Pollen sind bestimmt schon überall«, schimpft meine Mutter, als wir losfahren. »Und glaub ja nicht, dass ich den Kollegen von gegenüber nicht gesehen hätte. Karsten, ich finde, wir sollten die Zimmer tauschen. Merle zieht zur Straßenseite hin und wir zur Gartenseite.« Während mein Vater den Wagen vom Grundstück lenkt, hört meine Mutter gar nicht mehr auf, sich über mich zu beschweren.

Bla, bla, bla.

Ich denke gerade darüber nach, mir Kopfhörer in die Ohren zu stopfen, da sehe ich ihn.

Hugo.

Er kommt uns auf seinem alten Fahrrad entgegen. Ich erkenne ihn sofort. Er hat es wohl eilig. Heute ist er ohne seinen klappernden Anhänger unterwegs.

Wo will er nur hin? Kurz überlege ich, mich zu verstecken, damit er mich nicht sieht, wenn wir an ihm vorbeifahren. Aber es ist die Gelegenheit, ihm zu sagen, was los ist. Falls Jay es nicht schafft, den Brief zu überbringen, ist das jetzt meine Chance. Also drücke ich auf den automatischen Fensterheber und die Scheibe fährt surrend nach unten.

»Ihr seid alle schuld. Ich hasse euch«, höre ich ihn rufen. Was ist bloß los? Es sieht so aus, als würde er die Häuser anschreien. Das ist seltsam.

»Hugo.« Ich winke und rufe.

Endlich. Seine Augen erfassen mich. Sofort stoppt er sein Fahrrad mit einer Vollbremsung. Zeitgleich bremst auch mein Vater den Wagen, weil vor uns gerade ein Auto aus der Seitenstraße abbiegt.

»Ich fahre weg. Es tut mir leid«, will ich zur anderen Straßenseite rufen, aber Hugo kommt mir zuvor.

»Warum hast du das getan? Ich dachte, wir sind Freunde. Du hast alles kaputt gemacht. Du Verräterin. Ich hasse dich.«

Mein Herz bleibt stehen. Hat er gerade »Ich hasse dich« gesagt?

»Wer ist das, Merle? Ich kenne ihn von irgendwoher«, schnattert meine Mutter dazwischen, sodass ich kein weiteres Wort mehr verstehen kann. »Karsten! Tu doch was, der Junge schreit unsere Tochter an.« Jetzt öffnet auch mein Vater sein Fenster.

»Es reicht, junger Mann«, bellt er zu Hugo herüber. »Kümmere dich lieber mal um euren Garten. Heute um zwölf Uhr endet die Frist. Was bis dahin nicht weg ist, kommt in den Müllcontainer. Es fliegt alles weg.«

Ich sehe, wie Hugo ganz bleich wird.

»Was ist mit den Bäumen? Werden sie heute gefällt?«

Mein Vater nickt nur stumm und sieht ihn dabei nicht einmal an.

»Hugo, Hugo«, rufe ich durchs offene Fenster. Aber es schließt sich vor meiner Nase, denn mein Vater bedient es von vorne und verriegelt es.

Ich klopfe an die Scheibe, schreie »Halt, halt an!«. Dann versuche ich, die Tür zu öffnen, aber ich habe keine Chance. Mein Vater gibt einfach Gas.

Der Tag X

Hugo

Der dicke schwarze SUV fährt mit quietschenden Reifen davon und verpestet die Luft mit Dieselgestank. Ich sehe Merle an die Scheibe klopfen. Meter für Meter wird ihr Gesicht undeutlicher und der Wagen immer kleiner, bis er am Ende der Immergrauallee nach links in Richtung Innenstadt verschwindet.

Für eine Weile stehe ich noch da und halte mich an meinem Fahrradlenker fest. Ohne ihn würde ich einfach umfallen und auf der Stelle sterben.

Der Termin der Hinrichtung!

Er ist heute.

Obwohl ich ja die ganze Zeit über gewusst habe, dass es so kommen würde, trifft mich die Nachricht unerwartet wie ein Nackenklatscher.

Wieso hat mir meine Mutter nicht gesagt, dass es eine Frist gibt? Einen Tag X.

Für einen sehr langen Moment weiß ich nicht, was ich tun soll. Ich könnte nach Hause fahren, mich ins Bett legen und nie wieder aufstehen. Aber vielleicht sollte ich all meinen Mut zusammennehmen, in den Garten düsen und mich verabschieden, allem Lebwohl sagen und meinen geliebten Bäumen beistehen – im Angesicht des Todes.

Oder … ich könnte versuchen, sie aufzuhalten.

Irgendwie.

Mit klopfendem Herzen rase ich los. Es ist erst kurz nach elf. Mir bleibt noch Zeit. Vielleicht kann ich es verhindern, vielleicht kann ich Opa Jakobs Garten retten.

Doch schon auf dem Zufahrtweg stirbt das bisschen Hoffnung. Die

Winters Bau AG hat bereits alles unter Kontrolle. Überall stehen Warn- und Hinweisschilder. Auf dem Feld gegenüber haben sie sogar schon ein Lager aufgeschlagen. Neben einem Bauwagen und einem blauen Toilettenhäuschen stehen mehrere Container. Für »Grünschnitt«, »Sperrmüll« und »Bauschutt«, verraten die Schilder daran. Baufahrzeuge lauern wie hungrige Raubtiere auf ihren Einsatz.

In Panik lasse ich mein Fahrrad am Wegesrand ins Gras fallen und laufe das letzte Stück. Ich muss wissen, was sie schon zerstört haben. Gibt es meinen Apfelbaum noch? Was ist mit Mamas Kirsche? Weiße Blüten tanzen vor meiner Nase durch die Luft. Ist das ein gutes oder schlechtes Zeichen?

Dann endlich habe ich freie Sicht auf den Garten.

Die Obstbäume stehen noch. Auch die Laube und der Werkzeugschuppen sind unangetastet.

Gott sei Dank.

Doch die Hinrichtung hat bereits begonnen. Mitten in der Hecke klafft ein riesiges Loch. Das Gartentor ist weg und ein Teil des Ligusters liegt am Boden. Gerade kommt ein breitschultriger Arbeiter mit einer Schubkarre vom Container zurück und lädt Astschnitt darauf, während ein anderer seine elektrische Säge aufheulen lässt und das nächste Stück Hecke niedermetzelt.

»Hey, was tun Sie da? Es ist noch nicht zwölf«, brülle ich ins Jaulen der Säge hinein.

Der Arbeiter nimmt die Ohrenschützer ab. »Was hast du gesagt?«

»Es ist noch nicht zwölf. Hören Sie sofort damit auf.«

»Horst, was will er uns damit sagen? Wann Mittagspause ist oder was?«

Die beiden Männer lachen. Ich würde sie jetzt gerne verhauen. Aber meine Chancen stehen schlecht. Sie sind doppelt so groß wie ich, haben beide Oberarme wie Hulk und gruselige Tattoos an Händen und Hälsen.

»Herr Winters hat gesagt, dass Sie erst ab zwölf Uhr hier anfangen«, erkläre ich. »Es gibt eine Frist.«

»Was quatscht das Kind? Sollen wir den Sicherheitsdienst rufen, Horst?«

Der Bauarbeiter Horst schüttelt den Kopf, stellt die Schubkarre ab und wendet sich mir zu: »Hat der Garten dir gehört, Junge?«

Ich nicke. Dann weist er mir mit einer galanten Armbewegung den Weg über die Heckentrümmer in den Garten, als wäre es ein roter Teppich: »Bitte, kein Problem. Geh nur.« Er wirft einen kurzen Blick auf seine Armbanduhr: »Es ist jetzt zehn nach elf. Also fünfzig Minuten lang gehört noch alles dir. Aber Punkt zwölf verschwindest du wie das Aschenputtel im Märchen, verstanden?«

Fünfzig Minuten. Okay. Das ist die Zeit, die ich habe, um mir etwas einfallen zu lassen.

Vorsichtig steige ich über den Trümmerhaufen aus Ästen. Dann stürme ich los. Es ist wie nach Hause kommen.

Mitten auf der Wiese steht der Kirschbaum und begrüßt mich mit ausgebreiteten Armen. Er ist noch viel größer, als ich ihn in Erinnerung hatte. Seine Krone steht weit über denen der anderen Bäume, die so schön blühen, als wäre heute ein großer Festtag und sie hätten sich extra herausgeputzt. Ihre Blätter rauschen im Wind, als wollten sie mir etwas sagen. Ich bilde mir ein, dass sie sich auch freuen, mich zu sehen, auf ihre ganz besondere baumische Weise. Als Erstes begrüße ich meinen geliebten Apfelbaum, dann umarme ich den Kirschbaum. Er ist das Herz des Gartens. Seit über dreißig Jahren. Fast drei Mal so alt wie ich. Ein so langes Leben, das jetzt ein Ende haben soll?

»Sag mir, was ich machen soll«, flüstere ich ihm zu. Ratlos stehen wir da und halten uns aneinander fest. Ich streichle seine Rinde, schnuppere am Moos in den Ritzen.

Denk nach, Hugo, denk nach.

Plötzlich weiß ich, was zu tun ist. Es ist meine einzige Chance.

Entschlossen greife ich den untersten Ast mit beiden Händen, nehme Schwung und stemme meine Füße gegen den Stamm. Mit aller Kraft ziehe ich mich nach oben.

»Hey, Junge, komm sofort da runter«, ruft der Bauarbeiter Horst, aber ich lasse mich nicht beirren.

Auch als er gelaufen kommt und noch versucht, mich am Hosenbein zu greifen, reiße ich mich los und hangele mich immer weiter von Ast zu Ast nach oben. Endlich erreiche ich meinen Lieblingsaussichtspunkt in der Baumkrone. Viele Stunden habe ich schon hier verbracht, mal war ich Kapitän auf einem Schiff, manchmal tat ich so, als wäre der Baum ein Raumschiff oder ein Räubergeheimversteck. Ich kenne jeden Ast, jede Narbe, jede Kerbe.

»Komm schon, Junge. Mach es uns allen doch nicht so schwer. Komm da runter.«

Ein bisschen albern, wie früher im Kindergarten mache ich ihm eine lange Nase. »Nein, niemals. Wenn ihr ihn töten wollt, dann müsst ihr mich schon mit absägen.«

Ich klammere mich an den Stamm und halte ihn ganz fest. Dann schließe ich die Augen und horche. Ich vermisse mein Lieblingslied. Das Summen der Bienen ist verstummt. Auch der Wind hält kurz den Atem an. Es ist totenstill. Ich spüre mein Herz an seinem. Wir gehören zusammen.

»Was machen wir denn jetzt?«, höre ich Kollege Kettensägenmann unten jammern.

»Lass ihn sitzen«, schlägt der Bauarbeiter Horst vor. »Er kann nicht ewig da oben hocken. Dann fangen wir nachher eben mit den anderen Bäumen dahinten an. Basta.«

»Und was ist mit diesem Frist-Gequatsche?«

»Ja, der Junge hat recht. Bis zwölf Uhr dürfen die alten Besitzer noch aufs Gelände. Hat der Chef gesagt. Dann ist Schluss und das hier ist offiziell eine Baustelle. Betreten verboten!«

Jetzt ist Schluss

Merle

»Ich wünsche euch einen schönen Tag. Grüßt Oma und Opa von mir! Am Sonntag komme ich euch mit dem Auto abholen«, sagt mein Vater, nachdem er das Gepäck aus dem Kofferraum gehoben hat und uns verabschiedet. Dann versucht er, mich zu umarmen, aber ich stoße ihn weg.

»Ich wünsche dir einen schrecklichen Tag.«

»Merle«, ermahnt mich meine Mutter. Sie will immer, dass ich mich zusammenreiße, so tue, als wäre nichts. Nur damit es keinen Streit gibt. Aber es ist mir unmöglich zu verbergen, wie sauer ich bin. Die Worte kommen aus meinem Mund wie Quellwasser.

»Wie konntest du den armen Jungen einfach am Straßenrand stehen lassen? Ganz allein mit so einer grausamen Nachricht. Wie kann man nur so herzlos sein? Der Garten bedeutet ihm alles. Und was ist mit den Bienen? Daran denkt niemand. Die Bäume stehen doch noch in voller Blüte. Das ist alles Nahrung. Du zerstörst ihren Lebensraum mit deinen Scheißhäusern.«

Meine Mutter blinzelt vor Stress. »Seit wann interessieren dich Bienen?«, fragt sie erstaunt. »Vor ein paar Tagen hätte dich beinahe eine von ihnen getötet und jetzt plötzlich bist du ihre beste Freundin? Ich verstehe überhaupt nichts mehr.«

»Was mich viel mehr interessiert, ist, warum unsere Tochter so viel Mitgefühl mit einem wildfremden Jungen hat«, sagt mein Vater und fixiert mich mit funkelnden Augen. »Was hast du mit ihm zu schaffen?«

»Wenn du es genau wissen willst. Wir sind Freunde!« Ich spucke ihm die Worte mit aller Kraft vor die Füße.

Hinter der Stirn meines Vaters rattern die Gehirnzellen. Er zählt eins und eins zusammen.

»Warst du mit ihm an Hexennacht unterwegs?«

Bingo!

»Genau. Und an vielen anderen Tagen auch«, antworte ich patzig.

Das Gesicht meines Vaters wird knallrot. Hektische Flecken wandern seinen ganzen Hals hinunter bis zum Hemdkragen. Bevor er einen Tobsuchtsanfall bekommen kann, grätscht meine Mutter dazwischen.

»Wir müssen los«, sagt sie mit Blick auf die Bahnhofsuhr. »Es ist schon Viertel nach elf. Unser Zug fährt in zehn Minuten ab.«

»Glaub ja nicht, dass sich das Thema damit erledigt hat. Das wird Konsequenzen haben, Fräulein.«

Auf dem Weg zum Bahnsteig verhallen die drohenden Abschiedsworte meines Vaters mit jedem Schritt. Ich bin wie betäubt. Ich spüre mich nicht. Meine Füße laufen, aber es ist, als wären sie nicht da. Meine Hand zieht den Rollkoffer, aber es fühlt sich an, als gehöre sie jemand anderem.

Der Zug steht schon zur Abfahrt im Gleis bereit. Hektisch scheucht mich meine Mutter vor sich die Stiegen hinauf. Eilig suchen wir uns zwei freie Plätze am Fenster.

Ich setze mich, während meine Mutter die Koffer in der Gepäckablage verstaut. Für einen Moment verschwindet alles um mich herum. Die drängelnden Fahrgäste im Gang, das genervte Gesicht meiner Mutter, die Durchsagen des Zugpersonals. In Gedanken bin ich ganz weit weg. Immer wieder sehe ich Hugo vor mir und höre ihn rufen: »Ich hasse dich.« Genau vor diesem Moment habe ich mich so gefürchtet und tatsächlich fühlt es sich noch schrecklicher an als in meinen Träumen. Merle, die Lügnerin. Das bin ich. Ich habe Hugo enttäuscht. Und jetzt bekomme ich meine verdiente Strafe: Er will nicht mehr mein Freund sein. Er hasst mich. Alles ist kaputt. Und ich selbst habe es kaputt gemacht. Wie um Himmels willen hat er die Wahrheit herausgefunden?

Ich spüre Tränen. Sie kullern meine Wangen hinunter. Ich kann sie nicht aufhalten.

»Er wird sich schon wieder beruhigen«, sagt meine Mutter, als sie es bemerkt. »Du kennst doch deinen Vater. Er ist nie lange böse.« Sie sitzt mir gegenüber und packt seelenruhig eine Butterbrotdose aus.

»Du verstehst gar nichts. Ich weine gar nicht wegen ihm.«

»Wegen wem denn dann?«

»Wegen Hugo! Kannst du dir vorstellen, wie traurig und verlassen er gerade ist? Und ich bin hier und kann ihm nicht helfen.«

Meine Mutter schüttelt den Kopf. »Was redest du da nur? Wobei denn helfen?«

»Fibie, wo bist du?«, stoße ich verzweifelt hervor und suche das kleine Stückchen Himmel ab, das zwischen den Gleisüberdachungen silberblau hervorblitzt. Aber die Biene ist nicht da. Keine goldenen Buchstaben. Nichts. Immer noch nichts. Vielleicht hasst sie mich jetzt auch.

»Fibie?«, fragt meine Mutter. »Wer ist jetzt wieder Fibie? Wo hast du dich bloß rumgetrieben?«

Ich bin es so leid. Mir platzt der Kragen. Die Lügen müssen ein Ende haben. »Wenn du es genau wissen willst. Fibie ist eine Biene. Wir sind Freundinnen, und normalerweise kommt sie, um mich zu holen, wenn Hugo mich braucht.«

Meine Mutter guckt mich an, als hätte ich gerade gesagt, der Osterhase sei mein bester Freund.

»Merle, geht es dir gut? Ich mache mir ernsthaft Sorgen. Vielleicht sollten wir doch besser hierbleiben und ich bringe dich zu Dr. Lauermann.«

Ängstlich legt sie ihre Hand auf meine Stirn, aber ich schlage sie reflexartig weg.

»Lass das«, höre ich mich sagen.

»Merlelein? Was ist los? Wo ist mein kleines Küken hin?«

»Ja, genau. Das ist das Problem. Ich bin kein kleines Küken mehr.«

Wie ferngesteuert stehe ich auf und meine Beine laufen los.

»Wo willst du hin?«, ruft mir meine Mutter hinterher.

»Achtung. Achtung. Die Türen schließen selbsttätig«, dröhnt eine Stimme über die Zuglautsprecher. »Vorsicht bei der Abfahrt.«

Zwölf Uhr mittags

Hugo

Von hier oben kann ich weit blicken – über die Felder bis nach Winkelried, über das Meer aus Betonklötzen, und ganz weit hinten in der Stadt sehe ich sogar die Hochhäuser der Eisenbahnersiedlung in den Himmel ragen. Irgendwo da oben sind meine Bienen. Ich frage mich, ob es ihnen gut geht oder ob der Lümmerlein sie schon abgeholt hat. Dann blicke ich auf die leeren Beuten am Ende der Wiese. Eigentlich wollte ich sie alle als ein großes Bienendorf neu eröffnen und Herr über mindestens zehn Völker werden.

»Tick, tack. Die Zeit läuft ab«, reißt mich der Bauarbeiter Horst aus meinen Gedanken. »Es ist fünf vor zwölf, junger Mann.«

Er denkt tatsächlich, dass ich runterkommen werde.

»Wenn du nicht freiwillig kommst, müssen wir dich runterholen.«

Sein Kollege steht jetzt neben ihm mit der Motorsäge in der Hand und startet sie.

»Was tun Sie da? Sind Sie verrückt?«, brülle ich nach unten, aber es ist zu spät. Der ganze Baum vibriert, als die Zähne sich in einen kleinen Ast schlagen, der nur ein paar Sekunden später krachend zu Boden fällt.

»Na los, Junge. Komm jetzt runter!«

Dann heult noch einmal die Motorsäge bedrohlich auf.

»Ihr Schweine. Das könnt ihr nicht tun! Er ist das Herz. Das verdammte Herz. Neeeeeiiiin.«

Ich schreie mir die Seele aus dem Leib, so laut, dass ich sie erst gar nicht erkenne, die Stimme, die meinen Namen ruft: »Hugo, Hugo.«

»Noch ein Kind. Was ist denn los heute?«

Ich kann nicht glauben, was ich sehe. Zwischen den beiden Henkern steht Merle und starrt zu mir nach oben.

Irgendwie freue ich mich, sie zu sehen, aber ich bin auch noch so wütend, dass ich nicht anders kann, als sie anzuraunzen: »Was willst du hier?«

»Es tut mir leid.« Ihre Stimme sagt es, ihre Augen meinen es. Trotzdem will der Schmerz in mir nur eines: sie vertreiben.

»Verschwinde, Verräterin. Ich brauche dich nicht. Ich brauche niemanden.«

»Hugo«, fleht sie. »Ich hätte dich nicht anlügen dürfen. Bitte. Aber wenn du gewusst hättest, wer ich bin, hättest du mich doch nie mitmachen lassen.«

Jay fällt mir ein. Und ich frage mich, ob das auch alles wieder nur ein Schauspiel ist.

»Wo sind deine Kumpels? Jay? Stehen die hinter der Hecke und lachen sich kaputt?«

»Nein. Wieso denn Jay?«

»Wieso hast du den Dachgarten verraten? Ich verstehe das nicht. Ich dachte, dir würde etwas an Fibie liegen.«

»Was? Was redest du da? Der Dachgarten ist aufgeflogen? Das wusste ich nicht. Oh Gott. Und du denkst, ich war das?«

»Aber wer denn sonst? Du bist die einzige hinterhältige Lügnerin, die ich kenne.«

»Nein. Ich schwöre, ich war das nicht.«

»Klar, weil aus deinem Mund ja nur die Wahrheit kommt. Merle aus Winkelried. Das Mädchen, das mit Bienen reden kann. So eine stinkende Schweinepest und ich falle auch noch darauf herein. Ich hoffe, ihr habt gutes Videomaterial von der Polizei und der Berta, wie sie den Dachgarten stürmen. Das gibt bestimmt viele Follower. Herzlichen Glückwunsch.«

»Hugo, nein.« In Merles Augen kann ich Tränen sehen. Eine gute

Schauspielerin scheint sie auch zu sein. Ich halte mir die Ohren zu. Ihre Lügen will ich nicht mehr hören.

»Verschwinde. Ich will dich nie mehr wiedersehen. Ich brauche niemanden. Das hab ich von Anfang an gesagt. Geh weg. Geh weg. Geh weg.«

Ich sehe, wie der Bauarbeiter Horst auf seine Uhr zeigt und dann Merle wegzerrt. Sie wehrt sich, aber die beiden Männer tragen sie, einer links, einer rechts, einfach wie einen Stuhl, der im Weg steht, vom Grundstück.

Es ist zwölf Uhr mittags. Ich höre die Glocken aus Winkelried.

High noon.

Plötzlich muss ich an Opas Lieblingswestern denken. Wie in diesem Film bin ich jetzt der Sheriff, an den niemand mehr glaubt. Ich kann nicht gegen die Bösewichte gewinnen. Alle wissen es. Ich auch! Aber ich werde mich meinen Feinden entgegenstellen – bis zum bitteren Ende.

Ein Schwur ist ein Schwur

Merle

»Lasst mich los, lasst mich los. Ich bin Merle Winters, ihr Idioten!« Als hätten sie sich die Finger verbrannt, lassen mich die beiden wie eine heiße Kartoffel in die hügelige Landschaft aus abgesägten Ästen und Blättern fallen.

»Das Betreten der Baustelle ist ab sofort verboten«, sagt der Bauarbeiter mit dem Helm und zieht mit der Hand eine unsichtbare Linie zum Grundstück. »Und das gilt auch für die Tochter des Chefs.«

Wie ein wildes Tier knurre ich die beiden an, dann stapfe ich wütend den Weg zurück bis zur Straße.

»So ein sturer Depp«, schimpfe ich laut vor mich hin. Ja. Ich bin eine Lügnerin, aber Hugo denkt, dass ich den Dachgarten verraten haben soll? Wie kommt er nur darauf? Ich verstehe rein gar nichts mehr.

Ich ziehe mein Handy aus der Hosentasche. Unzählige verpasste Anrufe von meiner Mutter. Die Arme sitzt jetzt allein im Zug nach Hagenfelde. Aber ich werde sie schmoren lassen.

Gerade will ich Jay anrufen, um herauszubekommen, ob er was mit dem Verrat zu tun hat, da kommt er doch tatsächlich um die nächste Häuserecke. Und er ist nicht allein.

»Was macht ihr denn hier?«

Freudig winke ich, aber Samira winkt nicht zurück, auch Ben und Yasin verziehen keine Miene und nicken nur cool.

»Ich hab versucht, deinen Brief bei Hugo zu Hause abzugeben«, erzählt Jay aufgeregt: »Aber er war nicht da. Da hab ich den Rest der Bande angefunkt und alles erfahren. Ist Hugo hier?«

Bevor ich antworten kann, feindet mich Samira an: »Hast du den Dachgarten verraten?«

»Nein. Warum sollte ich? Kein Wort.«

»Irgendjemand muss den Schwur gebrochen haben, oder nicht?«, sagt Yasin.

»Und was ist mit euch?«

Ben schüttelt den Kopf: »Wir sind Ehrenmänner. Ein Schwur ist ein Schwur. Eher schneid ich mir die Zunge ab.«

»Also von uns war es keiner«, sagt Jay. »Das haben wir schon geklärt. Wenn du es auch nicht warst, dann muss es einen anderen Verräter geben.«

»Wenn ich den erwische, ich mach Hackfleisch aus ihm.« Yasin ballt die Fäuste.

»Aber bevor wir den Verräter suchen können, müssen wir Hugo helfen«, sage ich. »Allerdings will er von mir nix wissen. Er hält mich für schuldig.«

»Ich rede mit ihm«, sagt Jay.

»Das kannst du vergessen. Er denkt, dass du mit mir unter einer Decke steckst. Alles für die Follower.«

»What? Dann muss ich ja erst recht mit ihm reden.«

Mit einem Kopfnicken deute ich auf die beiden Bauarbeiter, die den Eingang zum Garten versperren. »Außerdem lassen die Türsteher keinen mehr rein.«

Yasin und Ben tauschen vielsagende Blicke: »Die beiden übernehmen wir.«

Aus den Augenwinkeln sehe ich den schwarzen SUV, der langsam um die Ecke rollt. So ein Mist. Mein Vater. Der Wagen stoppt, das Fenster auf der Fahrerseite surrt herunter.

»Merle. Einsteigen. Sofort.«

Mission Blütenstaub

Hugo

Ein Mann muss tun, was ein Mann tun muss. Das sage ich mir immer wieder. Im Western bedeutet das, dass der Held irgendwann dem Bösewicht gegenübersteht und einer von beiden einfach schneller schießt. Ende.

In meinem Fall bedeutet es wahrscheinlich, dass ich hier oben sitzen bleiben werde, bis ich verhungere, mir in die Hosen mache oder vor Müdigkeit vom Ast falle. Das ist wohl der Unterschied zwischen Film und echtem Leben.

Im Western gibt es außerdem immer einen betrunkenen Hilfssheriff oder einen einarmigen Ex-Sträfling, der dem Helden zur Seite steht. Hier bin ich jedoch alleine gegen zwei Bauarbeiter, die gerade vor dem Loch in der Hecke stehen, unschlüssig immer mal wieder zu mir hinaufsehen und dann die Köpfe zusammenstecken. Wahrscheinlich beratschlagen sie, was sie tun sollen. Die Polizei rufen? Meine Mutter? Den Baulöwen?

Völlig mit dieser Frage beschäftigt, kapiere ich erst gar nicht, was meine Ohren hören. Ein lautes, langes »Jaaaaaaa«, das nach Angriff klingt.

Dann sehe ich sie!

Wie eine Rotte Wildschweine stürmen sie hinter der Hecke hervor. Es sind keine Fremden. Die Bande kenn ich.

Vorneweg laufen Ben und Yasin, gefolgt von Merle, Samira, Jay und … Herrn Winters? Im feinen blauen Anzug und glänzenden Schuhen stakst er als Schlusslicht wie ein Storch durch die Heckenreste am Boden, während Ben an der Spitzenposition dem Bauarbeiter Horst einfach den Schutzhelm vom Kopf klaut. Yasin nutzt den Moment der Verwirrung und überschreitet die Grenze zum Garten. Als würden sie Basketball spielen, passt Ben den Helm zu Yasin, der damit einfach in den Garten läuft.

»Hey, was soll das?«, schimpft Horst und heftet sich an Yasins Fersen.

»Hier ist eine Baustelle. Betreten verboten«, krakeelt der Motorsägenmann und breitet die Arme aus, doch Ben als Verteidiger der Dark Warriors blockt ihn so geschickt, dass Samira, Merle und Jay freie Bahn haben und es auch aufs verbotene Gelände schaffen.

Total verdattert steht der Baulöwe am Rand des Spielfeldes und macht einen auf Schiedsrichter. Nur die Trillerpfeife fehlt. »Kinder, jetzt ist aber Schluss«, ruft er immer wieder und wedelt mit den Armen. Allerdings interessieren sie sich null für seine Ansprache. Wie Hasen laufen sie kreuz und quer, manchmal schlagen sie Haken, damit die Jäger sie nicht fangen können.

Fassungslos beobachte ich, was sich unter meinen Füßen abspielt. Wo kommen die denn auf einmal alle her? Ich weiß nicht, ob ich mich freuen oder sauer sein soll. Abgesehen von Merle ist auch Jay mit dabei. Er hat mich zwischen Blättern und Blüten entdeckt und steuert jetzt auf den Kirschbaum zu. Wie ein Kunstturner am Reck schwingt er sich elegant auf den ersten Ast. Es gibt anscheinend nichts, was er nicht kann.

»Was willst du hier? Habt ihr nicht schon genug kaputt gemacht? Geht weg«, plärre ich ihm entgegen.

Aber er klettert unbeirrt immer weiter.

»Hugo, my friend«, sagt er, als er schnaubend auf einem Nachbarast Platz nimmt.

»Was soll das alles?«, raunze ich ihn an. Ich will, dass er verschwindet.

»Ich habe einer jungen Lady heute Morgen versprochen, dass ich das hier abgebe. Also tue ich es auch. Ehrensache.«

Dann zieht er einen zerknitterten Papierflieger aus seiner Hosentasche und hält ihn mir entgegen. Zwischen den Tragflächen erkenne ich Buchstaben.

Ein Brief? Von einer jungen Lady?

Aufgeregt entfalte ich ihn und lese.

Lieber Hugo,
egal, was du je über mich hören solltest, ich möchte,
dass du eins weißt:
Ich schwöre,
beim Leben der letzten Bienenkönigin,
dass ich immer auf deiner Seite bin.
Merle

»Ehrlich gesagt, verstehe ich auch nicht, warum sie jetzt hier ist. Eigentlich sollte sie in einem Zug sitzen, der sie zu ihren Großeltern bringt. Auf jeden Fall dachte ich, es wäre gut, wenn du das liest, denn egal, was du denkst, es ist bullshit.«

»Ihr habt den Garten nicht verraten?«, frage ich, obwohl mein Herz die Antwort jetzt kennt.

Jay schüttelt den Kopf. »No, man. Wir sind Bienenretter, genau wie du.«

Ich bin so erleichtert. Sie haben mich nicht verraten. Keiner von ihnen. Sie sind hier, um an meiner Seite zu kämpfen.

Samira dreht gerade Runden um den Werkzeugschuppen, verfolgt vom Kettensägenmann. Ben und Yasin halten Horst in Schach, indem sie sich immer wieder über seinen Kopf hinweg den Helm zuwerfen.

Dann sehe ich Merle. Sie steht an meinem Apfelbaum. Ich hab ihn ihr gezeigt, und sie weiß anscheinend noch, dass es mein Geburtstagsbaum ist. Ich winke ihr zu und zeige ihr den Papierflieger in meiner Hand. Ihre Augen lächeln.

Plötzlich ruft sie aus voller Brust: »Mission Blütenstaub.«

Es ist ein Schlachtruf, der alle anderen aufhorchen lässt.

Samira beendet den Drehwurm-Lauf und steuert auf einen Quittenbaum zu. Ben sucht sich einen Pflaumenbaum aus, Yasin eine Sauerkirsche.

»Mission Blütenstaub«, kreischen sie alle gemeinsam und steigen hinauf, als wären sie Ritter und die Bäume ihre Schlachtrosse.

»Kinder, kommt sofort da runter«, ruft der Baulöwe. Doch sie klettern immer höher und höher bis in die Kronen hinein.

Wundervolle Schweinepest. Mein Herz klopft. Dieses Mal vor Freude und vor Rührung.

»Ich gehe gleich runter und besetze noch einen Baum. Dann sind es sechs, die wir retten können. Aber was ist mit dem Rest?« Er zeigt auf die anderen Obstbäume, die keinen Ritter zum Schutz haben. Anschließend hält er mir seine Handykamera vor die Nase. »Livestream. Wenn du willst, senden wir jetzt direkt von hier aus in die Welt.«

»Ich weiß nicht«, sage ich unsicher. »Was soll ich denn sagen?«

Jay zuckt die Schultern: »Du musst die Kinder einfach nur um Hilfe bitten.«

»Wir fangen dahinten an, mit den Mirabellenbäumen«, höre ich die Stimme von Merles Vater befehlen. Dann sehe ich, wie der Henker nickt.

»Na gut.«

Jay drückt die Aufnahmetaste.

»Hallo, hier ist Hugo. Manche kennen mich vielleicht noch. Hugo, der Honeymaster. Es fällt mir schwer, das zu sagen, aber ich brauche euch.«

Die Maske

Merle

Das kann nicht wahr sein. Das tut er nicht wirklich! Ich kann nicht glauben, was ich sehe. Aber mein Vater hat gerade den Befehl zum Fällen erteilt. Einer der Bauarbeiter kommt mit Gehörschützern auf den Ohren und einer Motorsäge in der Hand angestiefelt und steuert einen Baum am Rande des Grundstückes an. Dann startet er das Gerät, das faucht und knattert wie ein Ungetüm aus der Hölle.

»Nein«, schreie ich und springe.

Mit einem dumpfen Ton schlage ich auf der Wiese auf. Im ersten Moment tun meine Knochen weh, als wären sie an mehreren Stellen gebrochen. Zum Glück kann ich aufstehen. Langsam und unter Schmerzen, aber es geht.

»Merle.«

Mein Vater kommt gelaufen.

»Was soll das? Bist du völlig verrückt? Du hättest dir den Hals brechen können.«

Ich zeige auf den Baum und sage es in aller Deutlichkeit: »Wenn du das zulässt, dann werde ich meine Maske abnehmen.«

Ich blicke in die Augen des Geschäftsmannes Karsten Winters. Der Chef eines Bauunternehmens zögert, er sieht zu seinem Arbeiter herüber, der gerade einen ersten kleinen Ast absägt, dann wieder zu mir. Mit beiden Händen reiße ich mir die Maske ein Stück von Mund und Nase.

»Nein, Merle. Tu das nicht«, ruft mein Vater und gibt dem Arbeiter ein Handzeichen. Die Motorsäge verstummt. Sofort ziehe ich die Maske wieder zurecht.

Aus den Bäumen um mich herum höre ich Applaus und Jubel. Aber ich weiß, dass das kein Happy End ist. Ich hab uns nur ein bisschen Zeit verschafft, das ist alles. Denn er ist und bleibt der Boss, der am Ende immer das bekommt, was er will. Jetzt steht ihm seine Tochter im Weg, aber wie lange werden wir durchhalten?

»Merle, du weißt, dass das hier sinnlos ist, oder? Das Grundstück gehört mir. Ich habe es gekauft, um Häuser darauf zu bauen. Und das geht eben nur, wenn Platz ist. Die Bäume müssen weg.«

»Wieso kaufst du nicht nächstes Mal ein Grundstück ohne Bäume? Schon mal darüber nachgedacht? Oder noch besser: Wieso baust du nicht einfach Häuser mit Bäumen und Blumenwiesen? Wer braucht schon Betonklötze in Steinwüsten!«

»Aber den Kunden gefällt es. Sie reißen sich drum. Es ist wenig Arbeit im Garten. Die Menschen wollen wenig Arbeit.«

Er versucht, meinen Arm zu greifen, aber ich weiche zurück.

»Heute vielleicht. Aber morgen? Was ist mit morgen? Wieso planst du nicht die Häuser der Zukunft? Die, die wir Kinder mal kaufen werden? Häuser, die für alle gut sind: Menschen und Natur.«

In seinen Augen sehe ich, wie er schwankt. Mal ist er mein Vater, mal Geschäftsmann. Doch dann verhärtet sich sein Blick.

»Darüber können wir morgen reden. Aber heute ist heute. Und zum jetzigen Zeitpunkt sitzen du und deine Freunde auf einem Grundstück, das euch nicht gehört. Das nennt sich Hausfriedensbruch. Es ist eine Straftat.«

Ich höre Sirenengeheul. Es ist eindeutig nicht der Alarm auf meinem Handy. Diese Sirenen sind echt und sie werden immer lauter. Unfassbar. Er hat die Polizei gerufen.

Der Plakattanz

Hugo

»Polizei!«, ruft Jay vom Nachbarbaum.

Mein Blick haftet immer noch an Merle. Was für ein tolles Mädchen. Sie hat sich für mich vom Baum gestürzt und ihrem Vater die Meinung gesagt. So mutig.

Hoffentlich hat sie sich nicht verletzt.

Das Sirenengeheul wird lauter. Jay hat recht. Die Streifenwagen jagen bestimmt schon durch das Neugarten-Viertel. Sie sind auf dem Weg hierher. Leider kann ich von hier oben nur Dächer, aber nicht die Straßen sehen. Merle ist inzwischen wieder sicher auf meinem Apfelbaum und winkt mir zu. Der Baulöwe hat sie ziehen lassen und ist verschwunden.

Es dauert nur wenige Minuten, da taucht Herr Winters auch schon wieder auf und hat Verstärkung mitgebracht. Vier Männer und zwei Frauen in Uniform. Also genau sechs. Wie wir. Clever. Rechnen kann er. Ob sie alle fit genug sind, um auf einen Baum zu klettern, daran zweifle ich allerdings sehr. Vorneweg stampft Polizist Huber. Der hat schon graue Haare und schnauft wie eine alte Lok. Keine Gefahr. Die anderen dagegen sehen jung und ziemlich fit aus.

Jay quatscht aufgeregt in die Handylinse. Anscheinend ist er immer noch live und überträgt alles auf seinem Kanal. Immer wieder schwenkt er die Kamera über die Szene, die sich jetzt am Boden abspielt. Der Huber hält ein Megafon an den Schnurrbart und posaunt hinein, was wir ja alle schon wissen.

»Dies ist Privatgelände. Bitte verlassen Sie umgehend die Bäume und gehen Sie nach Hause.«

Er siezt uns. Das nenne ich mal Respekt vor der Jugend. Aber die Antwort ist eindeutig.

Von Baum zu Baum sehen wir uns an und schütteln entschieden die Köpfe.

»Dieser Garten gehört Hugo und den Bienen. Das war schon immer so, und das wird auch so bleiben«, ruft Merle.

»Wir bleiben hier«, kreischt das Basketball-Duo von der Kernobst-Tribüne.

»Wenn ihr nicht freiwillig das Gelände verlasst, dann holen wir euch eben persönlich runter«, droht der Huber.

Jetzt sind wir doch per Du.

Er nickt Herrn Winters zu, dieser nickt zurück. Daraufhin gibt Huber ein Zeichen und die anderen Polizisten stapfen los.

Noch bevor ich mir über einen Plan Gedanken machen kann, ruft Jay zu mir herüber: »Hey, guck mal, Hugo.«

Ich folge seinem Finger und sehe, was er meint. Die anderen lachen bereits und jauchzen. Es sieht aber auch zu komisch aus.

Eine Armee aus Schildern marschiert durch die Luft. Bunte Plakate wippen über dem Liguster auf und ab, schwanken hin und her, als wären sie lebendig und hätten lange Beine zum Marschieren.

»Ohne Bienchen kein Blümchen«, »Rettet die Bienen« oder »Hände weg. Dieser Garten gehört Hugo« steht darauf geschrieben. Auf einem ist sogar eine Biene gemalt, die in einer Sprechblase sagt: »Wenn wir verschwinden, nehmen wir euch mit.«

Doch die Plakate sind zum Glück nicht ganz alleine gekommen. Sie haben viele Kinder dabei. »Bäume töten ist auch Mord«, rufen sie immer wieder in Chören. Ganz vorne ist Juna dabei. Viele sind so jung wie sie, andere sind fast erwachsen wie Jay, ein bunter Haufen kleiner Bienenretterinnen und Bienenretter. Manche Gesichter kommen mir von der Hexennacht bekannt vor. Plötzlich entdecke ich noch ein Plakat.

»Verzeih mir, Hugo!«

Erst kann ich nicht sehen, wer das Schild hochhält. Dann treffen sich unsere Blicke.

Meine Mama ist da!

Goldenes Feuer

Merle

So viele Kinder. Und es werden immer mehr. Jetzt haben wir doch noch eine Chance. Aber die Polizeitruppe ist schnell. Sie haben den Plan geändert. Statt uns von den Bäumen zu holen, bilden sie eine Menschenkette. Sechs Polizisten, zwei Bauarbeiter und mein Vater verschließen mit ihren Körpern das Loch in der Hecke. Die Kinder versuchen trotzdem hindurchzukommen. Selbst die kleine Blumenfee stürzt sich todesmutig auf einen alten Polizisten, aber sie prallt ab wie von einer Gummiwand und fällt auf ihren Hintern.

Es gibt kein Durchkommen mehr.

»Verschwindet! Das ist Privatgelände«, ruft der Oberpolizist immer wieder durch sein Megafon.

Mist. Beinahe hätten wir es geschafft, hier alles zu besetzen. Hoffentlich geben die Kinder jetzt nicht auf.

Unsicher tuscheln sie miteinander. Sie haben wohl Respekt vor den Erwachsenen. Aber sie dürfen auf keinen Fall nach Hause gehen.

»Wir bleiben hier«, rufe ich deshalb spontan. Und immer wieder. »Wir bleiben hier.«

Die Bienenbande stimmt mit ein. Aus den Bäumen rufen wir es in die Welt. Und endlich höre ich den Widerhall aus der Menge. Erst eine zarte Stimme, dann zwei, dann drei.

Jetzt stehen sie wieder wie ein Berg, unverrückbar, den Erwachsenen gegenüber.

»Wir bleiben hier.«

»Wir bleiben hier.«

»Wir bleiben hier.«

Immer wieder blicke ich zu Hugo hinüber. Er hält meinen Brief in der Hand. Ich hoffe, dass er mir verzeihen kann.

»Merle«, ruft er plötzlich aus und zeigt geradeaus in den Himmel.

Erst erkenne ich nur dunkle Punkte, die sich bewegen wie ein weit entfernter Vogelschwarm. Doch je näher sie kommen, desto klarer sehe ich. Eine wogende schwarze Wolke zieht in unsere Richtung. Bedrohlich sieht sie aus. Sie zuckt nach links und rechts, als könne sie sich nicht entscheiden, in welche Richtung es gehen soll. Trotzdem bewegt sie sich wie ein einziges großes Tier immer weiter auf uns zu.

Was zur Hölle ist das?

Dann sehe ich goldene Funken. Überall in der schwarzen Wolke entzünden sie sich wie kleine Flammen. Und ganz vorne brennt ein goldenes Feuer.

Fibie.

Tausend Flügelschläge

Hugo

Sie sind geschwärmt. Meine Bienen. Sie kommen zurück nach Hause. Ein kleiner Teil der Familie und eine neue Königin sind in der Beute geblieben, aber der Rest ist einfach abgehauen.

Es ist ein gigantischer Anblick. Zehntausende von ihnen fliegen auf uns zu. Irgendwo in ihrer Mitte ist die alte Königin, und ganz vorne, das wette ich, fliegt Fibie.

Jetzt sind sie schon ganz nah. Ich kann ihr Summen hören, ein Ton aus tausend Flügelschlägen.

»An alle Kinder«, rufe ich der Menge zu, »duckt euch, alle auf den Boden. Jetzt.«

Sofort gehen sie in die Hocke.

Wie ein Geisterwesen mit ausgebreiteten Armen fliegen die Bienen über die Kinderköpfe hinweg direkt auf die Erwachsenen zu und sprengen die Menschenkette auseinander.

Der Huber lässt das Megafon fallen, die Polizisten werfen sich auf den Boden, die Bauarbeiter flüchten in den Bauwagen, Herr Winters ins Toilettenhäuschen.

Die Kinder sind erstarrt. Sie halten den Atem an. Ich hatte auch beinahe vergessen, wie überwältigend ein Bienenschwarm im Flug sein kann.

»Willkommen zu Hause«, rufe ich meinen Freunden entgegen, die mich summend begrüßen. Sie fliegen im Kirschbaum umher, und ich spüre sie überall, auf meinen Armen, meinen Beinen, im Gesicht, in den Haaren. Doch das Chaos um mich herum hat einen Sinn. Nach und nach bilden sie an einer Astgabel unter mir eine Schwarmtraube.

Das ist das Zeichen. Sie sind genau dort angekommen, wo sie hinwollten.

Später werde ich sie einsammeln und ihnen ein neues Zuhause in einer der alten Beuten einrichten. Ich bin überglücklich.

Völlig versteinert hocken die Kinder immer noch vor der Gartengrenze, die jetzt frei ist.

»Ihr müsst keine Angst haben. Die Bienen tun euch nichts. Kommt einfach langsam rüber. Dann ist alles gut. Sie reagieren nur auf schnelle, hektische Bewegungen.«

Juna ist die Erste, die aufsteht und mit ihrem »Keine Bienchen, keine Blümchen«-Schild den Garten betritt.

Die anderen Kinder folgen ihr. Aufgeregt reden sie jetzt wieder miteinander. Manche suchen sich einen Baum und werden Baumritter, andere klettern auf das Dach der Gartenlaube oder besetzen den Werkzeugschuppen.

Es passiert so viel gleichzeitig, dass ich zuerst gar nicht wahrnehme, wer unten am Stamm auf mich wartet.

Meine Mama.

Ich freue mich so sehr.

Neben ihr stehen Ritchie und die blonde Dönerkönigin. Wo kommen die auf einmal her?

»Komm runter, Hugo«, ruft Ritchie. »Alter, wir müssen quatschen.«

Vorsichtig klettere ich, umschwärmt von meinen Bienen, nach unten. Nach und nach verlassen sie mich und fliegen zu ihrer Familie.

Vom untersten Ast aus springe ich in die Arme meiner Mama, die erst ein Stück nach hinten taumelt, mich dann aber fest in den Arm nimmt. Dann halten wir uns einen langen Moment umschlungen.

»Dein Opa wäre so stolz auf dich«, flüstert sie mir ins Ohr.

Als wir uns voneinander lösen, kann ich endlich fragen, was mir die ganze Zeit schon auf der Zunge liegt.

»Was tut ihr denn hier?«

Ritchie zieht seine Freundin am Ärmel. »Als Erstes will Doreen dir etwas sagen.«

Doreen sieht aus wie ein trauriger Frosch. Große Glupschaugen sehen mich an.

»Tut mir voll leid«, wispert sie.

Ich verstehe nicht, was sie meint.

»Das mit dem Dachgarten«, sagt sie und klimpert mit den Wimpern. »Ich fand es so toll. Und als ich heute Morgen vor der Bank Frau Buschmann getroffen habe, kamen wir ins Gespräch, und da hab ich nur gesagt, dass jedes Haus so einen coolen Dachgarten haben sollte. Das war schon alles. Natürlich hab ich gleich gemerkt, dass die gar nix davon wusste, aber da war es ja schon zu spät. Die ist ab wie die Feuerwehr. Na ja, und den Rest kennst du ja.«

Doreen! Sie ist also die »junge Dame«, von der die blöde Berta gesprochen hat.

»Und weil ich ja auch irgendwie schuld bin – ich hätte Doreen sagen müssen, dass sie die Klappe halten muss –, da dachte ich, dass ich es wiedergutmachen muss.«

Mein Etagenbruder öffnet eine echt spießige Aktentasche und zieht ein Bündel Papiere heraus.

»Ich kann den Garten nicht zurückkaufen«, sagt meine Mutter, »denn ein Teil des Geldes ist schon weg, weil ich damit Schulden bezahlt habe. Aber zumindest zwanzigtausend Euro könnte ich noch mal investieren.«

Was redet sie da?

»Also«, sagt Ritchie, und dann erklärt er mir, was sie sich überlegt haben.

Das Angebot

Merle

»Hallo, schön, dass ihr da seid«, begrüße ich die Kinder, die zu mir in den Apfelbaum klettern. Aufgeregt erzählen sie, wie sie das Live-Video von Jay gesehen und sich gleich auf den Weg gemacht haben. Mit einem Ohr höre ich zu, alle anderen Sinne versuchen zu verstehen, was unten in der Arena vor sich geht. Die Polizisten sind aufgestanden und stehen unschlüssig herum. Auch mein Vater hat den Weg aus dem Klohäuschen gefunden und redet mit wedelnden Armen mit dem Oberpolizisten. Seine Birne ist so rot, als würde sie gleich explodieren. Den Polizisten steht die Ratlosigkeit ins Gesicht geschrieben. Das Gelände ist mit Kindern belagert. Und Jay filmt das Ganze noch fürs Netz. Da kann man jetzt nicht völlig ausflippen und sie alle mit Wasserwerfern von den Bäumen pusten. Das weiß mein Vater auch. Ganz schlecht fürs Image.

Am Boden entdecke ich Hugo. Er ist nicht allein. Bei ihm sind sein Etagenbruder und das Mädel aus der Dönerbude. Ich erinnere mich. Love is in the air!

Aber wer ist die Frau? Sie sieht aus wie die Krankenpflegerin, die mich nach dem Bienenstich versorgt hat. Schwester Jelena. Ja, das ist sie. Ich erkenne sie genau. Gemeinsam gehen die vier auf meinen Vater zu.

»Könnt ihr die Wache auf dem Baum alleine übernehmen?«, frage ich die Kinder, die natürlich freudig zustimmen. »Ich muss mich um was kümmern.«

Dann klettere ich nach unten und starte einen Lauschangriff.

Ich muss wissen, was da los ist. Auch Jay ist schon da und schleicht sich näher ran. Wir zwinkern uns zu.

»Wir möchten Ihnen ein Angebot machen, Herr Winters«, sagt Hugos Nachbar. »Das Grundstück gehört ja Ihnen.«

»Genauso ist es. Endlich hat es einer mal verstanden«, braust mein Vater auf. Ich nehme von hinten seine Hand.

»Merle.« Er zuckt zusammen. Ich spüre, dass seine Innenfläche nass geschwitzt ist.

»Hör doch erst mal zu, Papa«, sage ich.

»Also, Frau Kalinski würde zwanzigtausend Euro anbezahlen. Sofort. Dafür überschreiben Sie Hugo einen entsprechenden Anteil am Grundstück. Den Rest pachten wir für die nächsten Jahre. Zu einem kindgerechten Preis im Monat, den sich Hugo leisten kann. Sobald er achtzehn Jahre alt ist, hat er das Vorkaufsrecht auf den Rest des Grundstücks. Dann kann er einen Kredit beantragen und Ihnen alles abkaufen.«

»Wir könnten ein Spendenkonto bei der Bank einrichten«, sagt die Dönerkönigin.

»Habt ihr das gehört, Freunde?«, sagt Jay in die Kamera. »Wenn ihr Hugo und den Bienengarten unterstützen wollt, dann könnt ihr ein bisschen Taschengeld für die gute Sache lockermachen. Sounds fantastic.«

»Aber ich habe noch gar nicht zugesagt«, schnauft mein Vater. Ich drücke seine Hand, so fest ich kann.

Gruppenkuscheln

Hugo

»Herr Huber, kann ich mir das da mal ausleihen?«

Ich greife das Megafon. Verdutzt lässt der Polizist seine Sprechposaune los.

Dann blicke ich über den Garten auf all die vielen Kinder, die extra gekommen sind, um mir zu helfen. Gebannt schauen sie zu mir herunter.

Ich fülle meine Lunge mit guter Gartenluft und sende meine Gedanken an meinen Opa Jakob.

Freudig sage ich, was gesagt werden muss:

»Wir haben gewonnen.«

Der Jubel ist so laut, dass alles, was ich noch sage, darin untergeht. Die Kinder hüpfen und springen vor Freude.

Ich hoffe, dass mein »Danke« bei allen angekommen ist. Wenn nicht, können sie es ja noch mal auf »Krasser Scheiß TV« ansehen. Glückselig tanze ich über die Wiese, bis mich eine Hand aufhält.

»Tut mir leid, dass ich dir was vorgemacht habe.«

Merle.

»Mir tut es leid, dass ich dir nicht geglaubt habe«, sage ich schnell.

»Dann sind wir jetzt wohl quitt, irgendwie. Freunde?« Sie hält mir ein High Five entgegen.

Ich schlage ein: »Ja. Klar. Du kannst mich übrigens hier immer besuchen. Ich mag es, wenn Geister plötzlich in meinem Garten auftauchen.«

Merle lacht und umarmt mich, so lange, dass es mir schon fast ein bisschen peinlich ist.

Zum Glück kommen Ben, Yasin und Samira angelaufen und werfen sich auf uns. Gruppenkuscheln. Ich mag meine Bienenbande. Wie konnte ich jemals ohne sie sein?

Ich bin du

Merle

Ich bin so froh, dass Hugo und ich wieder Freunde sind.

Trotzdem hat mein Herz noch keine Ruhe. Als ich die Goldpupse vor meiner Nase sehe, weiß ich auch, was mir gefehlt hat.

»Fibie. Na endlich! Ich dachte schon, du hättest mich vergessen.«

Die Biene fliegt ihre verrückten Schleifen und Kreise und schreibt ein NIE in die Luft. Dann überrascht sie mich mit diesen Worten: ICH BIN DU. DU BIST ICH.

»Wie meinst du das?«

»Was sagt sie?«, will Samira wissen.

»Ich bin du und du bist ich?«, übersetze ich fragend.

Ich sehe die anderen achselzuckend an.

»Sie meint vielleicht, dass sie zwar eine Biene ist, aber seit dem Stich hören und schreiben kann wie ein Mensch«, vermutet Hugo.

»Und was kann ich? Außer Pollen sehen?«

Alle gucken gebannt auf Fibies Antwort, auch wenn nur ich sie lesen kann.

»Was sagt sie?«, drängen meine Freunde.

Einen Moment stehe ich noch auf dem Schlauch.

Dann verstehe ich es. Die ganze Zeit über hatte ich schon so eine Ahnung. Aber ich war mir nie sicher.

Der Stich.

Ich kann nicht nur Pollen sehen.

Sie können mir auch nichts mehr anhaben.

Sofort reiße ich mir die Maske vom Gesicht.

Und atme.

Zwei Monate später

Merle

Ihre Fingerspitzen schnellen nach unten und greifen einen grünen Stängel.

»Nein, Mama. Halt. Das ist kein Unkraut.« Erschrocken zuckt sie zusammen und lässt los. Gerade noch rechtzeitig.

»Das wird mal eine schöne Blume«, sage ich und grinse. Meine Mutter schüttelt den Kopf und betrachtet ihren heiligen Steinvorgarten.

»Also hier auch?«

»Nur in die Ritzen rund um den Brunnen hab ich es geschmiert. Ich schwöre. Der Rest der Samen-Matschpampe ist hinterm Haus gelandet.«

»Ja, das ist ja nicht mehr zu übersehen.«

»Ich finde unseren Garten viel hübscher so«, sage ich. Fibie ist meiner Meinung und zeigt es mit einem großen Goldpups. Dann beginnt sie zu drängeln wie eh und je.

Los

»Ich muss los«, sage ich zu meiner Mutter gewandt, doch sie stoppt mich.

»Warte.« Dann läuft sie ins Haus und kommt mit einer kleinen gelben Sprühflasche zurück. »Damit du dich nicht verbrennst. Es wird heute noch richtig heiß.«

Plötzlich macht es »*Pff, Pff*« und ein gezielter Spritzer landet mitten in meinem Gesicht.

Ich sehe nix mehr, spüre ihre Finger überall an Stirn, Wangen, Nase und Mund und schmecke die schmierige Sonnencreme sogar auf meinen Lippen.

»Bäh. Lass das«, fauche ich. »Zwölf, Mama. Ich bin zwölf. Ich kann mich schon selbst eincremen.«

»Entschuldige. Manchmal vergesse ich es einfach«, sagt sie lachend und nimmt mich in den Arm. »Wahrscheinlich mach ich das noch, wenn du dreißig bist. Sorry. Du bist eben mein Kind, es ist so schwer.«

»Dann musst du üben«, schimpfe ich.

»Okay«, sagt sie und drückt mir die Sprühflasche in die Hand. »Nimm die Sonnencreme mit. Aber auch die Arme und Beine zwischendurch nicht vergessen.«

Als ich kurze Zeit später den Dachgarten betrete, sind Yasin und Ben schon da. Sie duellieren sich gerade am Tischkicker, der ganz neu unterm Sonnensegel steht. Samira hat ihn irgendwo aufgetan und restauriert. Die beiden nicken mir nur cool zu. Gloria hingegen, die sich in der Loungeecke sonnt, winkt mit ihrem ganzen Körper: »Juhu, Merle.«

Ihr Sommerkleid ist so bunt wie die Beete um sie herum.

Es ist einfach toll. Jedes Mal, wenn ich herkomme, ist irgendetwas Neues gewachsen. Auf dem Wildblumen-Bett entdecke ich roten Klatschmohn. Er sieht super aus zwischen den weißen Margeriten und den blauen Kornblumen. Auch die Tomaten im Schrankbeet färben sich langsam rot und an den Bohnenranken sind die ersten weißen Blüten zu sehen.

Zum Glück konnten wir den Garten behalten. Doch seitdem die absturzsichere Dachumrandung gebaut ist, ist das hier kein Geheimversteck mehr. Alle Hausbewohner dürfen den Garten nutzen. Berta und Herr Bierbauch kommen allerdings nie her, aber sonst ist eigentlich immer was los. Jetzt erst sehe ich, dass jemand in der Hängematte liegt und schnarcht. Gloria bemerkt meinen fragenden Blick.

»Herr Fuchs und die Zwillinge«, raunt sie mir zu, »die Nacht war wohl wieder die Hölle.« Ich gehe näher ran und sehe tatsächlich die roten Locken der Babys links und rechts in seinen Armen. Alle drei schlummern friedlich.

»Wo sind die anderen?«, will ich wissen.

»Die holen wir jetzt ab«, entgegnet Gloria und klimpert mit dem Autoschlüssel in der Hand. »Ich hab extra einen Transporter für unsere Überraschung gemietet.«

Hugo

»Soll ich schon Würstchen auflegen?« Mama sieht Ritchie und Doreen fragend an, die es sich auf einer Picknickdecke im Schatten unterm Kirschbaum bequem gemacht haben.

»Also ich könnt schon was vertragen«, antwortet Ritchie und reibt sich den Bauch.

»Du bist vielleicht verfressen.« Doreen schüttelt den Kopf und füttert Ritchie mit einer knallroten Kirsche. »Nein, Frau Kalinski, wir können warten, bis alle da sind.«

Es ist lustig. Nach nur zwei Monaten klingen die beiden wie ein altes Ehepaar. Meine Mutter legt die Würstchen wieder in die Kühltasche zurück.

Alles ist bereit. Die Grillkohle glimmt, die Getränke sind gekühlt. Jetzt fehlen nur noch die restlichen Gäste.

Endlich höre ich ein Auto über den Anfahrtsweg ruckeln.

»Sie kommen«, rufe ich aufgeregt und laufe zum Monsterloch in der Hecke. Doch aus dem großen Transporter steigen nicht einfach nur meine Freunde aus. Sie alle tragen etwas. Juna, Merle, Samira und Gloria halten je einen großen Lavendelbusch im Arm. Dahinter tragen Ben und Yasin zu zweit ein sperriges Paket mit einer roten Schleife. Und Jay filmt alles mit seiner Handykamera.

»Ihr wisst schon, dass ich nicht Geburtstag habe«, rufe ich ihnen entgegen. »Das ist nur eine Einweihungsparty.« – »Genau«, erwidert Merle. »Der Lavendel ist auch gar nicht für dich, sondern für die Bienen.«

Aufgeregt lotse ich meine Gäste zu den Beuten, von denen inzwischen fünf bewohnt sind. Zu Opas letztem Bienenvolk sind noch vier weitere Völker dazugekommen, die der Lümmerlein mir besorgt hat.

»Willkommen in Hugos Bienendorf«, sage ich stolz. »Den Lavendel können wir zwischen die Beuten pflanzen. Das wird mega. Danke, Leute.«

»Aber das ist noch nicht alles«, sagt Gloria und winkt die beiden Packesel näher heran, die mir feierlich das große Paket mit der Schleife überreichen.

Was kann das bloß sein?

Voller Spannung reiße ich das braune Packpapier auseinander. Nach und nach kommt ein Schild zum Vorschein. Darauf steht: »Hugos Honigladen«. Es ist schön, aber es ist viel zu groß für meinen Fahrradlenker.

»Was hat das zu bedeuten?«, frage ich irritiert.

Mama hält mir lächelnd einen Brief entgegen. Aufgeregt lese ich ihn.

»Sie haben es genehmigt«, jubele ich und werfe mich voller Freude in ihre Arme.

»Ja«, sagt sie. »Ab sofort können alle Leute deinen Honig auf dem Wochenmarkt kaufen.«

»Und wir dachten, dass du dazu doch ein ordentliches Schild für den Stand brauchst«, erklärt Merle. Alle anderen klatschen.

Ich bin sprachlos. Das habe ich mir so sehr gewünscht.

»Was ist das hier?«, höre ich Jay fragen. Als ich mich umdrehe, sehe ich, wie er auf einen gefüllten Eimer zeigt, der neben dem Kirschbaum im Gras steht. Dann hebt er die Wasserpistole auf, die ich extra daneben positioniert habe.

»Die Munition ist überall im Garten verteilt«, rufe ich, während Jay bereits lädt und dabei teuflisch grinst.

Aufgeregt laufen alle los und suchen einen freien Eimer. Noch bevor ich den einen hinter der Schubkarre erreichen kann, trifft mich im Laufen eine Ladung eiskaltes Wasser volle Kanne am Rücken. Alles in mir erinnert sich. Plötzlich höre ich Opas schallendes Lachen, in der Luft um mich herum, in den raschelnden Blättern der Bäume, im Surren der Bienen. Ich spüre ihn ganz nah. Mein Kopf sagt, dass das nicht sein kann. Aber mein Herz weiß es besser.

Hergestellt in Deutschland
Gedruckt auf FSC®-Papier
Lösungsmittelfreier Klebstoff
Drucklack auf Wasserbasis

1. Auflage 2020

Dieses Werk wurde mit Unterstützung der »Akademie für Kindermedien« entwickelt.
Umschlaggestaltung: Christian Keller
unter der Verwendung von Motiven von shutterstock / Doremi /
Lumitar / matrioshka / Dernkadel / Marchie
Druck: CPI, Leck
ISBN 978-3-7348-4724-0

www.magellanverlag.de